Foreign Language Education and Application

外語教育與應用

尹大家　主編

تعليم اللغات الأجنبية وتطبيقاتها
한국어 교육과 응용
外国語における教育と応用
Aplicación y Educación de Lenguas Extranjeras
A Educação e Aplicação de Línguas Estrangeiras
Воспитание и применение иностранных языков
Edukacja Języka Obcego i Stosowanie w Nauczaniu Języków Obcych
Éducation et application des langues étrangères
การเรียนการสอนและการประยุกต์ใช้ภาษาต่างประเทศ
Giảng Dạy Và Thực Hành Ngoại Ngữ
Fremdsprachenausbildung und -anwendung
Educazione e pratica di lingue straniere

財經錢線

序言

展讀掩卷，餘歸納入選論文特點有三。特色鮮明的院本研究是其一，16篇聚焦外語教育、教學研究的論文可為明證；應用研究為主、理論研究為輔是其二，全部入選論文的研究內容和對象可為佐例；語言類學科與非語言類學科的研究成果互為映照是其三。

上述三個特點，與學院的建設和發展定位十分吻合，既以科學研究和教學研究成果的方式，展示了學院教師在進行教學、管理工作時，積極主動從事相關研究的學術成長歷程，又展示了學院建設堅持走內涵發展之路所取得的階段性成果。對此，我是很欣慰的。

一所外語學科特色鮮明的獨立學院，深入學習貫徹習近平總書記系列講話精神，抓住國家「一帶一路」倡議帶來的語言學科發展的重大機遇，持續推進和深化我院外語教育和教學的改革與創新，為國家經濟建設和社會發展服務，培養全面發展的社會主義建設者和接班人，是我們的責任與使命所在。因此，在教學和科研的相互促進方面，我們永遠在路上，需要繼續加大力度，加快步伐，不斷前行。

作為一所外語學科特色鮮明的獨立學院，如何堅持不忘初心，以培養學生跨語言和跨文化的溝通能力、對標對位服務國家「一帶一路」倡議的新型外語類人才為己任？如何在發展中保持定力，懷開放包容之心，立特色發展之基，統籌推進「外語+」內涵的融通發展和創新發展？如何注重推進國際化特色鮮明的漢語國際教育、經濟學、管理學等相關專業的建設和發展？如何聚焦培育和發展我院作為四川省唯一的專業外語院校應有的語言學科核心競爭力，不斷提升我院對於中外文化交融互通和培育外語類應用型人才的貢獻度？如此等等，不一而足，都是需要我們今後在教學科研實踐中作進一步深入研究、探索的。

我希望，而且相信，以轉型建設現代化應用型大學為契機，勇於探索人才培養模式、教學範式的改革和創新，不斷深化外語類應用型、複合型與創新型人才的供給側改革，我院今後的科研將從外延到內涵都得以不斷加大、加深、加強，真正體現出自己的科研特色，從而推進學院各項事業的全面和可持續發展。

尹大家

目錄

外語教育研究

「一帶一路」倡議下的複合型外語人才培養策略 ……………………… 曹朝洪（1）
獨立學院對實踐育人基地的要求與建設 ………………………………… 管　靜（9）
獨立學院實踐育人教學設計、實踐及育人成效分析
　　——以四川外國語大學成都學院英語專業為例 ………… 王　會　黃自偉　劉　鷹（16）
獨立學院加強系部校園文化品牌活動的創新和實踐
　　——以四川外國語大學成都學院為例 ……………………… 武悶悶　李江原（26）
淺析大學生創業項目的運行步驟 …………………………… 趙翊羽　黃　娟　王　會（33）

外語教學研究

自動性任務框架
　　——商務口譯教學模式構建探索 ……………………………………… 龐士程（42）
從法語專業四級考試寫作部分淺析獨立學院外語專業寫作教學 ……… 金　星（48）
論「教師主導，學生主體」在基礎德語課堂中的困境及應對策略 …… 李　碩（55）
翻轉課堂教學模式在英語語音教學中的應用 …………………………… 宋　瑩（61）
韓文漢譯常見偏誤及對策分析 …………………………………………… 馬麗玲（69）
英語語言理解難度如何化解研究
　　——以考研真題為例 …………………………………………………… 許姝馨（77）
中德高校合作下的德語教學探討 ………………………………………… 粟海瀾（82）
淺談有效學習韓語的教學方案 …………………………………………… 金豔玲（89）
翻譯技巧的理據追尋 ……………………………………………………… 唐　楷（95）
聽力養成的基本要素 ……………………………………………………… 何　萍（102）
從顧客體驗角度探討英語精讀任務型教學的課堂設計 ………… 肖　璟　張曉婷（107）

外國文學研究

論蕭伯納戲劇《芭芭拉少校》中的救贖 …………………… 蔣　燕　蔣秀青（114）

外國語言研究

論明治維新以來日本人漢字觀的演變 ………………………………… 陳　強（120）
從漢字表記的影響看奈良時代日本文體的主要特徵 ………… 胡　琛　徐慧芳（128）

翻譯理論與實踐研究

對翻譯研究中文化轉向的思考 ………………………………………… 江偉強（137）
修補破碎的花瓶
　　——構建網路協同翻譯的「超互文性」 ……………………… 陳首為（144）
淺析交際翻譯理論指導下文化負載詞的翻譯
　　——以《老友記》為例 ……………………………………………… 蘭　溪（151）

教學管理研究

從需求層次理論視角對高校輔導員需求狀況的調查與分析 …………… 黎　洋（156）
從文化角度淺析高爾夫運動在中國的發展狀況 ……………………… 許　可（164）
體育課程資源的內涵及開發利用問題的實踐探索 ………… 吳奎忠　陳秋麗（170）

其他

新聞學教育實踐探索研究
　　——以四川外國語大學成都學院文化傳媒系為例 …………… 豆歡歡（176）
四川外國語大學成都學院校園體育文化優秀案例
　　——以「青城太極舞」為例 ………… 母慶磊　王　亮　熊志峰　吳奎忠　熊　旭（181）
獨立學院足球人才培養的機遇與挑戰
　　——以四川外國語大學成都學院為例 ………… 熊志峰　王　亮　孫　健（188）
加強我院大學生創新創業教育的研究與實踐 ………………………… 王　林（193）
「95后」大學生網貸現象的調查和分析 …………………… 白　婷　王健媛（197）
「一帶一路」背景下成都各區縣政府門戶網站英語版質量評估
　　——以《2016年度中國政府網站外文版評估》為藍本 ……… 周　黎（203）
現代漢語「被」字被動句研究綜述 …………………………………… 張　麗（210）

外語教育研究

「一帶一路」倡議下的複合型外語人才培養策略

四川外國語大學成都學院經濟管理系　曹朝洪[①]

【摘　要】文章探討了「一帶一路」倡議的意義以及目前高校外語人才培養中存在的問題，介紹了複合型外語人才的定義和特點，並從辦學理念、人才培養模式、師資隊伍建設、課程體系、課堂教學以及學生實踐六個方面，闡述了「一帶一路」倡議下的複合型外語人才培養策略。

【關鍵詞】「一帶一路」；複合型外語人才；培養策略

一、前　言

　　習主席於2013年9月和10月在哈薩克斯坦和印度尼西亞發表演講，提出了共同構建「絲綢之路經濟帶」和21世紀「海上絲綢之路」的構想。在當今經濟全球化、文化多元化和社會信息化的背景下，國家領導層高瞻遠矚提出「一帶一路」倡議，這對密切中國同周邊國家及其他歐亞國家之間的政治和經濟關係、深化區域交流合作以及拓展對外開放空間，有著重大意義。

　　該倡議將構建一個東起太平洋沿岸、西到地中海和波羅的海，聯通歐亞非大陸的經濟大走廊。通過帶狀經濟、走廊經濟、貿易便利化、技術援助、經濟援助、經濟一體化等多種可供選擇的方式，尋求沿線各國政策溝通、設施聯通、貿易暢通、資金融通、民心相通，推動各國經濟協調發展，形成大範圍、高水平和深層次的區域合作，打造開放、包容、均衡、普惠的區域經濟合作架構。實現「一帶一路」中的「五通發展」，首要的和必須的是要讓沿線國家和人民的語言相通和文

---

① 曹朝洪，男，教育學碩士，四川外國語大學成都學院經濟管理系副教授。研究方向為英語語言文學、商務英語教學與實踐。

化相通，因此熟悉和掌握沿線國家語言成為我們成功實施該倡議的首要任務。語言的掌握離不開外語人才，這為高校外語人才的培養提供了機遇和挑戰。雖然外語人才的培養早已不是熱門話題，但如何培養掌握一門及多門外語，具備一定的經濟、管理或法學等學科基礎知識和理論，有較強的跨文化交際能力，能熟練運用外語在國際環境中從事翻譯、商務、經貿、金融、管理、教學或研究等工作的複合型外語人才，已成為眾多高校關注的熱議話題。

二、目前高校外語人才培養存在的問題

反思人才培養中的問題，查找原因，尋找對策，促進提高。

我們的人才培養或多或少存在以下問題：

第一，課程設置方面。目前高校外語人才培養同質化現象突出。縱觀各高校的外語專業，雖然校與校之間各不相同，但它們的培養模式趨同、課程設置趨同，這或許是人才培養同質化原因之一。在專業知識課、技能課和工具性課程的設置及其比例分配層面上，不少院校未能很好地契合本校特點和社會需求，出現不少畢業生所學理論與實際需求脫節現象。不少院校培養的外語人才缺乏核心競爭力，無法滿足「一帶一路」倡議和經濟全球化的需求。

第二，師資隊伍建設。部分院校教師的年齡結構和職稱結構有待完善，部分高校由於辦學歷史不長，從年齡結構上看，青年教師偏多；從職稱上看，中級職稱及以下占比較大。同時教師大部分屬於某語種語言文學類出生，且大都是高校畢業後直接走上教師崗位，除本專業外，許多教師對鄰近學科、邊緣學科和交叉學科的知識欠缺，既懂外語又懂經貿、商務、管理、法律等知識的複合型教師匱乏，這使得高校要培養複合型外語人才受到一定制約。

隨著「一帶一路」倡議的實施，特別是國際交流與經濟合作的進一步加強，急需大量具有紮實的外語基本功、寬闊的國際視野、瞭解和熟悉國際商務通行規則，掌握一定的經濟、管理和法學等相關基本知識和理論，具備較高的人文素養和跨文化交際能力，能參與國際交流和競爭，能在國際環境中從事商務、經貿、管理、金融、外事等工作的複合型外語人才。

三、「一帶一路」倡議下複合型外語人才培養策略

（一）複合型外語人才的定義和特點

結合《高等學校英語專業英語教學大綱》，我們認為複合型外語人才是指：掌握一門或幾門外語，有紮實的外語基礎和廣博的文化知識，掌握一定的經濟、管理或法學等學科基礎知識和理論，有較高的人文素養和跨文化交際能力，能熟練運用外語在國際環境中從事翻譯、商務、經貿、金

融、管理、教學或研究等工作的外語人才。由此，複合型外語人才應具有如下特徵：

第一，有紮實的外語基本功，有寬闊的專業知識和廣泛的文化素養，能夠根據需要熟練使用外語交際。

第二，有寬闊的國際視野與高度，有較高的人文素養和綜合素質。

第三，掌握一定的經濟學、管理學或法學等相關學科的基礎知識，有基本的商務知識，對國際商務慣例和一些通行規則有瞭解。

第四，重視人際關係與社交禮儀，能夠跨文化交際，有較強的溝通能力和語言表達能力，能適應競爭，適應壓力環境下工作。

第五，有自主學習能力和發展潛能，有較強的社會適應力和創新能力，能在國際環境中從事管理、金融、外貿、外事等工作。

學科交叉、知識融合、技術集成是當今社會一大重要特徵，因此複合型外語人才也體現出知識複合、能力複合、思維複合等特徵。「一帶一路」倡議將進一步促進對外經濟和貿易的發展，為報關、國際物流、歷史民俗、旅遊經貿、金融保險、涉外法律等行業為複合型外語人才提供了廣闊的用武之地，也給高校外語人才培養帶來了機遇和挑戰。

（二）複合型外語人才培養策略

1. 樹立國際化辦學理念

「一帶一路」倡議是進一步提高中國對外開放水平的重要構想，也為進一步推進中國高等教育國際化、深化高等教育綜合改革、提高教育質量提供了重大機遇。要培養具有國際視野的高素質複合型外語人才，我們必須要樹立國際化辦學理念。

第一，要建設一支國際化的教師團隊，可以吸收高素質外教人才到國內高校任教，同時也支持國內教師「走出去」，學習國外先進的教學理念和模式，提高辦學水平和教學質量。

第二，高校外語專業的課程設置要有利於全面培養學生的國際視野和跨文化交際能力，比如開設「跨文化商務交際」「中外文化對比」等，使學生的知識結構、思維結構、價值取向等，滿足國際化素養要求。

第三，要加強與國外高校的交流與合作，尤其加強與「一帶一路」沿線國家高校的合作，推進國際化辦學。一方面，我們要「走出去」，以本校特色學科為優勢，以「2+2」「3+2」「4+1」（即前2年、3年或4年在國內學習，后2年或1年到國外學習）等辦學形式，將學生輸送到國外，學習國外先進教育理念與技術，培養一大批能夠肩負「一帶一路」建設、實施「走出去」戰略的國際化人才；另一方面，我們要「請進來」，加快推進「一帶一路」沿線國家來華留學生教育，培養出一批瞭解中國、熱愛中國的國際化人才，助推「一帶一路」建設。外語專業類的高校具備開展國際項目的優勢，因此尤其建議充分發揮好這方面的優勢。

第四，通過夏令營、學術研討、交換生項目等，強化外語應用能力，增強學生的跨文化意識，

培養學生的多維文化視野，提高學生的跨文化交際能力，樹立向全球服務，向全球開放的觀點，培養學生的國際交往能力。

具有國際化辦學理念不僅是培養複合型外語人才的需要，更是高校教育發展的趨勢。

2. 結合校本實情構建培養模式

經濟全球化和文化多元化的時代背景對人才提出了更高的要求，尤其對傳統外語人才培養模式提出了嚴峻挑戰。人才培養模式是指高校在一定的教育理念指引下，圍繞人才培養目標所做的一種路徑選擇，是解決怎樣培養人中操作層面的問題。良好的人才培養模式勢必能夠促進學生的知識、能力和素質的協調發展。

可以結合各校特色、培養目標以及行業需求，構建有效的培養模式，選用恰當的教學內容和手段，在加強語言教學的「實用性」和「專業具體性」的同時加大跨院系聯合培養外語人才的力度，培養適應經濟發展需要的應用型、技能型、複合型外語人才。可供探索的培養模式包括：外語專業+外語專業（雙語）模式，如英語+阿拉伯語、韓語或西班牙語等；外語專業+其他專業方向模式，如英語或他語專業+國際經濟與貿易、金融學、電子商務、國際會展等專業；其他專業+外語模式，以其他專業為主修、外語為輔修，如國際經濟與貿易、金融學、電子商務、國際會展等專業與英語或他語種的結合；雙學位模式，即外語專業學生到相關院系完成第二學位，或其他院系學生到外國語學院完成第二學位。

總之，無論是哪種人才培養模式，其目標應有利於培養具有紮實的外語基本功，瞭解國際通行商務規則，掌握一定的經濟、管理或法學等學科的基礎知識和理論，有較高的人文素養和跨文化交際能力，能熟練地運用外語在國際環境中從事翻譯、商務、經貿、金融、管理、教學或研究等工作的複合型外語人才。

3. 加強師資隊伍建設

教師是辦學的第一要素和首要條件，是大學的靈魂。師資隊伍素質的高低，決定著教學活動的品質，影響著辦學育人的水平。要培養複合型外語人才，師資隊伍也應是複合型的，因此教師要加強學習、轉變觀念、與時俱進、更新知識，完成師資複合型的轉變。許多高校外語教師屬「知識結構單一的語言型人才」，缺少其他專業的複合知識，因此要加快對現有的普通單一型師資的「雙師型」的定向培養，促使其盡快完成複合型的轉型。一方面，可以考慮與校內或國內其他的專業院系（如經濟管理類學院）進行合作，選派教師到其他專業院系進修、深造，使廣大外語教師擺脫知識結構單一的帽子，提高外語教師與其他專業知識的複合應用能力。另一方面，可將現有教師送到相關企事業單位或跨國公司進行實踐鍛煉，通過掛職頂崗、專業實踐等多種形式，提高教師的實踐能力和複合能力。另外，也可加大教師海外研修力度，選派教師出國進修、訪問，提高教師的學歷水平和教學水平，為人才培養提供強有力的師資保障。

除了從內培養，還可從外引進。考慮拓寬「雙師型」（有相關行業從業經驗的教師）師資引進渠道，加大對高學歷、高職稱、高技能複合型師資人才的引進力度，優化專職教師隊伍結構。

或從涉外企業中聘請高水平的具有涉外實踐經驗的人才擔任任課教師；或嘗試從校外聘請長期從事商務實踐工作，精通商務操作技能，有寬泛行業背景，瞭解所從事行業的產品信息、市場動態、企業運作的人才到校做兼職教師。

4. 完善課程體系

「優化課程體系是培養複合型外語人才的關鍵，是使學生獲得合理的知識結構的重要保證。」課程設置要以「夯實基礎、拓寬知識面、強化應用」為原則：

第一，強化專業基礎課。複合型外語人才必須要有紮實的外語基本功，因此必須強化專業基礎課，培養聽、說、讀、寫、譯的基本能力，這是複合型外語人才的根本，因此專業基礎課不可削弱。

第二，在保障專業基礎課充分課時的前提下，加強應用型課程建設，有針對性地開設一些應用型、實用型課程，如金融外語、外貿函電等。

第三，拓寬選修課。可以結合本校特點和實情，開設諸如財經、旅遊、貿易、工商管理、新聞、法律等方面的選修課程，拓寬學生自然科學、人文社會科學等學科知識，提供多學科相互交叉、相互滲透的學習空間和機會。

課程設置在注重學生學習過程的系統性、連續性和知識結構的完整性的同時，要注重培養學生的創新性。

5. 優化課堂教學

「一筆、一書、一黑板」，老師寫黑板，學生記筆記，「滿堂灌」「填鴨式」的現象在傳統外語課堂中並不少見。要培養複合型外語人才，必須構建以學生為主體、教師為主導的課堂教學模式：

第一，轉變觀念。課堂必須突出學生的主體地位，教師起主導作用，切忌「滿堂灌」「填鴨式」教學。

第二，重視學生自主學習能力和獨立思考能力的培養。教學過程中教師要注重學生的參與和互動，培養學生自主學習能力和獨立思考能力，指導學生有效和恰當地參與課堂互動，指導學生確定學習目標，選擇適合自己的學習方法，自我監督學習狀況，自我評價學習結果。重視學生自主學習能力和獨立思考能力並不意味著弱化教師在課堂教學中的作用。在學生自主學習過程中，教師應成為一個積極的組織者、聰明的監督者和實時的參與者。在教學過程中引導學生進行探索式學習，以辯論、演講、短劇等活動形式進行交流和討論，支持和鼓勵學生通過自主思考，在實踐演練中發現問題、思考問題並解決問題，培養學生理性分析及解決問題的綜合能力。

第三，採用多樣而有效的教學方法。改變枯燥乏味的灌輸式教學模式，倡導採用任務教學法、案例教學法、模擬教學法、項目教學法、多媒體網路教學法等多樣化的教學方法，充分調動學生的學習積極性和興趣，最大限度地讓學生參與學習的全過程，增加討論和專題發言活動的比例，創造應用環境，強調語言應用能力的培養。

第四，應當充分利用現代教育技術手段，如多媒體和網路平臺，使學生多渠道接受新知識、

開闊新視野。使用教學光盤及自製課件，增加教學信息量，使得課堂內容豐富多彩、形式多樣，具有真實感，提高語言的輸入質量。

在此基礎上進一步豐富第二課堂以及其他形式的實踐育人活動，重視學生個性發展，培養學生自主學習能力、動手能力和創造能力。

6. 重視學生實踐

要切實加強學生實踐能力培養，應做到以下幾點：

第一，更新觀念，增加實踐課在總課時中的比例，盡可能為學生創造實踐機會，進一步強化實驗、實習、調查、社會活動、畢業設計等實踐性教學內容，科學安排實踐教學環節，合理分配學時比例，同時安排專職的實踐課指導教師，對教學實踐的內容、形式、評估等進行設計和指導。

第二，豐富第二課堂。開展形式多樣、豐富多彩的第二課堂活動，如：閱讀比賽、演講比賽、辯論賽、戲劇表演、校園廣播電臺主持、影視配音大賽、翻譯大賽、商務英語談判精英賽、外語晚會等。這些活動能夠促進學生的專業學習，鍛煉學生的參與能力和實踐能力，豐富學生文化生活，提高學生的綜合素質。第二課堂是課堂教學的拓展與延伸，可以幫助學生加強對課內知識的理解和掌握，開闊其視野和思路，發揮學生特長和潛能，促進學生個性發展。第二課堂已逐漸成為高校實踐育人體系中的重要組成部分。

第三，加大投入，做好校內外實習實訓基地建設，如：實訓室、模擬訓練基地、網路實驗室、創業園等。校外可與有條件的企事業合作共建校外實習實踐基地，利用企業在軟硬件方面的優勢為學生創造更為真實的社會環境，提供運用外語交際和專業實踐的機會。

第四，加強校企合作。校企合作是培養複合型外語人才的有效途徑。學校與企業合作，一方面，企業可以為學生提供實習實踐機會與平臺，促進學生專業理論知識與實踐之間的轉化，提高學生的實踐操作能力；另一方面，學校也能按企業的需要有針對性地培養人才，即採用「訂單式」培養，滿足企業用人需要。

或「走出去」，或「請進來」，加強實踐教學，動員和鼓勵學生參加各種實踐，直接參與生產、建設、管理或服務等活動，培養和發展語言運用能力、交際能力，以及社會活動所需要的各種能力，真正成為更具競爭實力的複合型外語人才。

四、結　語

「一帶一路」倡議為外語人才培養帶來了機遇和挑戰，高校應針對目前外語教育存在的問題，深化教育改革，通過樹立國際化的辦學理念、構建有效的人才培養模式、加強師資隊伍建設、完善課程體系、優化課堂教學、重視學生實踐等策略，培養具有紮實的外語專業基本功、良好的人文素養、寬闊的國際視野和強烈創新意識的符合「一帶一路」倡議需求的複合型外語人才。

參考文獻

［1］馮宗憲.「一帶一路」構想的戰略意義［N/OL］.光明日報，（2014-10-20）［2017-05-20］. http：//epaper. gmw. cn/gmrb/html/2014-10/20/nw. D110000gmrb_ 20141020_ 3-11. htm.

［2］中共中央宣傳部.習近平總書記系列重要講話讀本［M］.北京：學習出版社，2016：267.

［3］新華社.推動共建絲綢之路經濟帶和21世紀海上絲綢之路的願景與行動［EB/OL］.中國青年網，（2015-03-28）［2017-05-21］. http：//news. youth. cn/sz/201503/t20150328_ 6551236. htm.

［4］周彥君，張天乾.外語專業持續發展所面臨的挑戰與對策分析［J］.語文學刊·外語教育教學，2015（3）：112.

［5］董靜.英語專業複合型人才培養［OL］.（2015-05-26）［2017-05-06］. http：//www. sdkj-syu. net/waiyuxueyuan/ jiaoxue/2015-12-06/ Article770165. shtml.

［6］陳準民，王立非.解讀《高等學校商務英語專業本科教學要求》（試行）［J］.中國外語，2009（4）：5-7.

［7］高等學校外語專業教學指導委員會英語組.高等學校英語專業英語教學大綱［Z］.北京：外語教學與研究出版社，2000：4.

［8］王麗維，盧麗虹.培養複合型人才促進行業英語建設［J］.廣東水利電力職業技術學院學報，2010（02）：56.

［9］王焰新.「一帶一路」戰略引領高等教育國際化［N/OL］.光明日報，（2015-05-26）［2017-05-21］. http：//epaper. gmw. cn/gmrb/html/2015-05/26/nw. D110000gmrb_ 20150526_ 2-13. htm? div=-1.

［10］尹大家.內涵式發展中奮進的獨立學院［M］.北京：外語教學與研究出版社，2013：43-49.

［11］李玲玲.基於需求分析的商務英語課程設置［J］.繼續教育研究，2011（04）：142.

［12］王靈玲.高校複合型外語人才培養研究［J］.教育探索，2012（01）：49.

［13］李敏.應用型外語人才培養模式與教學實踐［J］.遼寧科技大學學報，2011（01）：111.

Countermeasures for Training Versatile Foreign Language Talents from the Perspective of 「Belt and Road Initiative」

Cao Zhaohong

(Department of Economics and Management, CISISU, Chengdu, Sichuan, 611844)

【Abstract】 The paper discusses the strategic significance of the 「Belt and Road Initiative」 and exams the problems in the training of foreign language talents. It also presents the definition and characteristics of versatile foreign language talents. And the paper illustrates the countermeasures for training versatile foreign language talents from the perspective of the 「Belt and Road Initiative」, covering educational philosophy, talent training model, teaching staff construction, curriculum system, classroom teaching and practice education.

【Key words】 The 「Belt and Road Initiative」; Versatile foreign language talents; Training countermeasures

獨立學院對實踐育人基地的要求與建設

四川外國語大學成都學院日語系　管　靜[①]

> 【摘　要】以培養應用型人才為目標的獨立學院在實踐育人基地建設過程中，應該從辦學理念、專業特色、課程改革、師資隊伍建設、學生思想教育、考核評估體系等各個方面對校企合作實踐育人基地提出具體的要求，從前期、中期、后期三個環節切實抓好基地建設工作。
>
> 【關鍵詞】獨立學院；實踐育人；校企合作

為進一步加強高校實踐育人工作，教育部在《關於進一步加強高校實踐育人工作的若干意見》中指出：「實踐育人基地是開展實踐育人工作的重要載體。要加強實驗室、實習實訓基地、實踐教學共享平臺建設，依託現有資源，重點建設一批國家級實驗教學示範中心、國家大學生校外實踐教育基地和高職實訓基地。各高校要努力建設教學與科研緊密結合、學校與社會密切合作的實踐教學基地，有條件的高校要強化現場教學環節。基地建設可採取校所合作、校企聯合、學校引進等方式。要依託高新技術產業開發區、大學科技園或其他園區、設立學生科技創業實習亟待。要積極聯繫愛國主義教育基地和國防教育基地，城市社區、農村鄉鎮、工礦企業、駐軍部隊、社會服務機構等，建立多種形式的社會實踐活動基地，力爭每個學校、每個院系、每個專業都有相對固定的基地。」

「以社會需求為導向、培養適應時代發展的具有競爭力的高素質應用型人才」是獨立學院的辦學思路，因此，以培養應用型人才為目標的獨立學院更應該敏感、積極地對市場做出反應，要突出專業特色，強調實用知識、強化實踐環節，並建立相應的使命、組織、課程和教育方法。更應該把教學與實踐結合起來，鼓勵更多的學生參與到實踐中去，讓學生在實踐的過程中學以致用，是他們的知識、能力和素質在實踐中得以增強和提高。

[①] 管靜，女，文學碩士，四川外國語大學成都學院日語系主任。研究方向為認知語言學、比較文學。

實踐育人基地是獨立學院實踐育人至關重要的一個階段。有研究表明，中國大學生畢業後一般需要1~1.5年的到崗適應期才能獨立完成工作，而實踐育人基地正是學生正式進入工作崗位前的一個緩衝帶和實踐學習區，為其盡快適應工作崗位做好了準備。目前，很多獨立學院已經開始關注實踐教育基地的建設問題。從實踐教育基地的現狀而言，每年基地的數量有所增加，與企業合作的項目也在加深，涉及的領域也在不斷擴展。但是受諸多因素的影響，實踐教育基地仍然處於建設的初級階段，仍然存在實踐教育基地質量不高、分類單一、基地師資隊伍薄弱等諸多問題。

一、實踐育人基地建設中的問題

1. 重視基地數量，忽視基地質量

　　一個實踐育人基地的建立，進而能夠充分發揮其應有的作用，不是通過一次簽署儀式或者掛牌儀式就能完成的。有的獨立學院為完成某一次活動，有的企業為達成某一次招聘目標，而雙方簽署了基地協議書，存在一些「打遊擊式」的現象。同時由於建立之初缺乏科學嚴密的考察，建立之后管理不規範、溝通不暢通，導致不少基地建設落入「建完廢，廢完再建」的怪圈。另外，有的實踐育人基地提供的崗位，與獨立學院專業培養目標之間有比較大的差異，在提高人才專業素質方面未能發揮其本應有的功能。

2. 就業轉化率低

　　由於實踐育人基地提供的崗位實踐通常是該行業最基層的工作，不少學生在實踐期結束之后，仍然未能建立起自身可持續發展的職業規劃。同時，對於企業來說，實習生需求量和正式員工需求量之間有比較大的差距。這兩種矛盾均導致了目前不少獨立學院建立的實踐育人基地就業轉化率低的問題。

3. 組織機構之間的矛盾

　　當下，通常獨立學院開展實踐教育活動的組織機構有三個：教務處負責教學實踐，團委負責社會實踐，實習實訓基地又由就業辦負責。這幾個組織機構的職能不同，開展工作的思路也不同，這就為實踐育人基地工作開展製造了障礙，各個機構各自獨立，各走各的路，互不關照。

4. 忽視實踐育人基地師資隊伍建設

　　現階段，不少獨立學院在建立實踐育人基地以後，便將學生的實踐教育工作都全權委託給了企業，並沒有真正地深入到實踐育人基地的管理中來，也未能提供一支與實踐育人崗位緊密相關、專業紮實、素質過硬的師資隊伍。最終使實踐育人基地在實際建設中存在「與校分離」的局面。

二、實踐育人基地的基本要求

實踐育人基地的建設並非一朝一夕的事情,要想真正顯示實踐育人基地的育人目標,發揮其長久的功效,在建立之初,就要深入調查、仔細研究,保證基地建設的規範性和長遠性,在建立之后,要建立和完善系統的管理體系,並由針對性的調整人才培養方案,提供強有力的師資隊伍,確保基地健康、持續地發展。

1. 以市場為導向,以就業為標尺

在高等教育的發展歷程中,經常存在兩種有爭議的觀點:即「價值導向觀點」和「市場導向觀點」。在中國高等教育史上則有著重理論輕實踐,重價值輕市場的傳統觀念,雖然近年來獨立學院的湧現和發展已經在某種程度上對這一觀點進行了修正,但是實踐育人工作在不少獨立學院仍然未能提到應有的高度。在制訂人才培養方案時,仍然是以傳統課堂教學為主導,未能真正貫徹實踐育人的精神。而在建立實踐育人基地時,上至學院,下至教師,都不同程度地存在一種錯誤認識,即認為「非專業性的實踐」都不是真正的實踐。這種認識一味地強調了專業知識的實踐,而忽略了實踐育人基地培養大學生「瞭解社會、瞭解國情、增長才幹、奉獻社會、鍛煉毅力、培養品格、增強社會責任感」的目的,同時也不可避免制約了實踐育人基地的發展和就業能力的提升。

獨立學院同樣是高等教育機構,作為學生從學校到社會,從學習者到勞動者轉變的中間環節,是學生社會化的重要的一環。對於獨立學院高等教育的任務與目的的評估,要充分考慮獨立學院的特色,以及其高等教育的發展與成果在多大程度上能滿足本國經濟運行的需要,而重視學生的就業能力建設將成為中國獨立學院發展與改革的必然選擇。在大學生就業難、招工難並存和高校理論教學與實踐教學關係失調的背景下,就業能力是檢驗實踐育人效果的重要標尺和綜合指標,並為完善實踐育人工作提供努力的方向。實踐育人是高校提高學生整體就業能力的最佳途徑,是學生個體改善就業能力結構、提升就業能力水平的必由之路。因此,實踐育人基地建設的首要要求就是,轉變認識,真正領會高校實踐育人工作的精神,緊密結合獨立學院辦學定位,必須堅持「以市場為導向,以就業為標尺」的思路。

2. 探索貫穿型的人才培養方法和手段

在基地建設和人才培養模式方面,校企雙方應充分互動,相互瞭解和研究創新性的人才培養辦法。要充分利用學院教育教學管理、師資、設施設備和企業管理體系與制度、實訓場所、技術指導能力等優勢資源,開展形式多樣的技能培訓,不斷優化培養方法,培養企業所需的專業複合型人才。通過校企聯合,調研產業和企業對人才知識結構與技能的實際需求,根據對人才素質和技術基礎需求的特點,確定若干個可選模塊,並建立每個模塊的專業課模塊,以滿足學生實踐模

塊工作時的基礎需求，使培養與實踐有機結合。要探索貫穿型的人才培養方法和手段，依託實踐教育基地，將本專科高年級階段的專業教育與畢業設計、現場實踐等環節進行系統化設計，逐步地將院內教師的實踐教學向外延伸，校外導師的實踐指導向內引入，互相融合，形成新型教學體系。與此對應，將學生就業培訓貫穿其中，加大企業挑選學生的接觸面和時間，從而有效的為企業培養合格人才。合理採用雙導師制度，校內導師由講師以上職稱專職教師擔任，校外導師由企業中具有中高級技術職稱的專家擔任。在合作分工上，校內導師側重培養學生的理論運用水平、日常管理等；企業導師側重學生實踐的指導，入職能力培養等。通過雙導師制度，學生可以在理論和實踐，學校和企業等多個不同方面得到充分指導，這有助於學生順利實現角色轉變，使學生快速提高理論運用能力，為其發展打下良好基礎。

3. 因地制宜，科學建設

實踐育人基地的建設與發展應該因區域經濟發展、因學校特色而制宜。必須按照「統籌規劃、合理佈局、技術先進、資源共享」的原則，實事求是，合理設置，科學建設。首先，應立足區域的支柱產業、現代服務業和高新技術產業的發展而科學建設。實踐育人基地在服務區域經濟發展中，要服務現有的產業、企業，更要為前瞻性產業技術開發服務。要注意區域經濟、行業、企業的發展趨勢和優勢，注意新能源、新材料以及地方經濟特色需求等方面的特點。要以企業和培訓機構無力開展的高新技能實訓項目訓練為主，重點突出高端職業和技能、新興職業和技能、長週期技能開發、前瞻性技能開發、新技術新產品實用性技能開發等。同時，獨立學院辦學既有區域特色，也有自己的行業特色、專業特色。應根據行業特色、類別特色以及專業特色，以主幹專業為龍頭，結合區域經濟發展特色，建設實用的可持續發展的基地，並且在基地的建設和鞏固上注意科學地拓寬專業領域。

4. 注重基地的素質教育功能

實踐育人基地不僅要關注學生一技之長的訓練，同時也需要更加關注學生的能動性學習、個體間合作能力的提升等，重視培養學生的學習積極意願與反思批判的終身學習能力等，以配合產業結構轉型，從而滿足知識經濟發展的要求。因此實踐育人基地除了專業技能培訓、就業性教育之外，還應注重認知性教育、情感性教育、思維性教育、心靈性教育等。實踐育人基地除了在經濟建設中發揮作用之外，還應在政治建設、文化建設上發揮作用。實踐育人基地是傳授技能的場所，更是培養德智體全面發展的人才基地，要把德育工作放在首位，讓學生先成人再成才。

5. 建立基地績效評估體系

近年來，獨立學院越來越重視實踐育人基地的建設，在建設中投入了大量的人力、物力、財力，但是如何對實踐育人基地進行績效評估，是實踐育人基地建設中的一項重要任務。要「建立運行效果評估制度，定期組織內、外部評估，重點評估基地的使用率、服務覆蓋面和其他社會效應。定期向社會公布評估結果，接受監督」。基地績效評估內容應該包括：①基地的基本建設情況，包括基礎設施條件、基礎設備配置、規模和工位數的設計、可持續建設和發展的餘地等。

②基地人員的選拔、聘任和考評，包括實訓教師、管理人員和后勤保障人員的選拔與聘任。③基地管理制度的建立和實施，包括實訓基地工作規範、安全規範、材料管理、設備保養與維護、實訓教師職責、實訓管理人員職責、教學過程管理、環境保護措施、危險情況下的應急預案等。④基地運行效能評價，主要包括社會效能和經濟效能，具體包括設備、設施的利用率，教師積極性調動情況，實訓教學中的消耗成本與收益之間的關係等。

三、實踐育人基地的具體建設

實踐育人基地的建設要落實科學發展觀，堅持以人為本的全面、協調、可持續發展的育人理念。因此獨立學院在實踐育人基地建設的實踐中，應該全面、有機、系統的構建實踐育人基地，我們在實踐中把其分為前期、中期、后期三個環節。

1. 前期環節

（1）引導學生正確的定位。按照認識社會、認識專業、認識職業和上崗訓練四個層次對學生進行思想教育。根據學生實際情況，邀請行業專家對學生進行職業規劃和就業指導的講座。同時，安排相關行業調查實踐活動，提供行業現狀、人才需求狀況、職業發展前景等調查報告，通過這些活動幫助學生樹立正確的世界觀、人生觀、價值觀、就業觀和擇業觀，瞭解行業和社會的發展，並結合自身制定科學合理的職業生涯規劃。目前不少大學生對創造物質財富過程中必然遇到的各種困難和勞動抱有一定淺薄、輕率的錯誤認識，滋長了一些輕視勞動、不願吃苦的錯誤思想。在實踐育人基地建設工作中，如果沒有及時對學生的這種錯誤思想進行矯正，學生很難積極地投入到這種看似「低薪酬」的實踐育人工作中去。

（2）將基地實訓內容課程化。發揮獨立學院機制靈活的特點，以企業用人需求為導向，重新調研專業設置、課程改革、教學設計、教材選定等育人環節，構建基本技能、專業技能、實踐能力綜合訓練的實踐育人課程體系。低年級主要側重於基本知識的掌握和基本技能的訓練；高年級則注意融入本專業的理論應用與實踐，並根據實訓需求增加其他學科和專業的知識，增設一些綜合性、設計性、應用性等實訓項目，激發學生的創新思維，培養解決實際問題的能力。同時，更新課堂教學理念，創新課堂教學模式，把傳統的知識灌輸模式轉變為多種互動模式，即師生互動、生生互動，把課堂當作一個小型的實踐教學基地，通過分組討論、案例分析、模擬訓練、對話教學等方式激發學生的興趣，提高學生的綜合素質能力。同時把已經長期合作、並取得充分成效、具備可持續發展的實踐育人基地項目內容納入教學計劃，對實踐活動的目標要求、形式內容、方法途徑、學時學分、成績考評等作明確規定。

（3）構建「雙師」「雙證」新培養模式。充分利用校內教師的理論指導能力和基地教師的實踐指導能力，通過在校內開展理論知識學習，在實踐基地進行實踐鍛煉的方式，要求學生最終同

時獲取代表其專業理論素養的學歷文憑證書和代表其行業實踐技能的職業資格證書，培養即具備系統理論知識，又瞭解理論應用和技術發展前沿狀態的複合型人才。

2. 中期環節

（1）建立實踐育人基地質量監控與管理體系。實踐育人工作的實施是一個複雜過程，需要學校宏觀統籌、教學單位落實、實踐基地配合，以及學生和校內外指導教師的共同參與下完成。要保證實踐教學安全有序地實施並不斷提高質量，應加強制度建設，明確工作職責。成立實踐育人基地工作領導小組，落實責任到人，有專人負責實踐教學環節的組織與管理，加強對學生的安全教育和安全管理，保證各環節的順利實施，做到目標明確、責任到位、組織有序。採取包括實地考察、網路反饋、電話督查、學生提交實訓報告和實訓心得等措施，對實訓運行情況進行跟蹤監控，及時反饋問題。

（2）充分發揮黨團建設在實踐育人方面的作用。充分發揮大學生黨團員在實踐育人基地工作中的先鋒模範作用，形成學生集體活動的核心力量，將實踐育人活動與學生黨團建設工作有機結合起來，充分發揮學生黨團建設工作政治核心的效能。為實踐育人基地推薦優秀黨員擔任帶班黨員、輔導員助理等工作，參與基地日常組織管理。

3. 后期環節

（1）積極開展實踐育人工作相關的交流和研究，形成實踐育人激勵機制。對實踐育人參與者進行典型激勵和全面引導，鼓勵教師進行實踐教學研究。在教研課題立項方面，對與實踐育人內容相關的課題給予適當傾斜。評選優秀指導教師、優秀實習生等活動激勵師生重視實踐教學，開展多種活動對實踐教學效果進行總結驗收，總結推廣成功經驗以鞏固實踐教學成果。

（2）加強考核管理，將實踐育人工作納入到年終教育教學質量綜合評價體系，設立考察項目並考核實踐育人工作各個環節的實施和管理，將指導學生實踐活動取得成績的教師納入系部量化管理，將實踐課納入教師教學質量測評體系。

綜上所述，獨立學院要結合自身實際，總結經驗教訓，大膽探索，進一步明確實踐育人工作的指導思想和工作重點，著手建立和完善實踐育人體系，大力加強實踐育人基地建設，並發揮自身體制靈活的優勢，強化專業特色，統合各界力量，形成一個以實踐育人為核心的常態化管理機制制度，著力培養和提高學生的學習能力、實踐能力和創新能力，促進學生的全面發展和個性發展，努力培養思想品德好、綜合能力強、學業功底厚、發展後勁足的高素質複合型應用人才。

參考文獻

［1］賈利軍，管靜娟. 論高校就業能力導向的新邏輯［J］. 南京師大學報（社會科學版），2011（11）：82-86.

［2］莊嚴. 大學生實踐教育模式構建研究［M］. 哈爾濱：黑龍江大學出版社，2012.

［3］吳剛，徐敏，朱志勇. 就業能力視域下高校實踐育人的困境與應對思路［J］. 教育探索，2014（2）：

144-146.

［4］朱其訓. 實訓基地科學建設論［M］. 徐州：中國礦業大學出版社，2011.

［5］勞動和社會保障部辦公廳. 關於開展高技能人才公共實訓基地建設試點工作的指導意見. 中國職業技術教育，2007（6）：5-6.

Requirements and Construction of Educational Practice Base by Independent Institute

Guan Jing

(Japanese Department, CISISU, Chengdu, Sichuan, 611844)

【Abstract】 The paper studies the construction of Applied Talents base in the university-enterprise cooperation (U E C). During the processes of construction, the Independent Institutes should give clear requirements to the UEC following parts such as theory on school management, professionalization, curriculum reform, faculty construction, students' ideological education and examination evaluation system, etc. Three sections of realistic construction should never forget in the work from the beginning to the end.

【Key words】 Independent Institute; Practice education; University-enterprise cooperation

獨立學院實踐育人教學設計、實踐及育人成效分析
——以四川外國語大學成都學院英語專業為例

四川外國語大學成都學院英語師範系　　王　會[①]　黃自偉[②]　劉　鷹[③]

> 【摘　要】培養綜合素質強、具有創新精神和實踐能力、德才兼備、一專多能，具有國際視野的高素質複合型涉外人才是一項系統工程，要實現此培養目標，尤其要抓好實踐育人工作。作為專業外語學院的獨立學院，設計與實施全面而系統的實踐育人教學方案、探索新的人才培養模式、孕育辦學特色，是逐步深化教育教學改革、努力提高人才培養質量並取得顯著成效的重點工作。
>
> 【關鍵詞】實踐育人；實踐能力；教學設計；育人成效

一、引　言

實踐育人是指以學生獲得的理論知識、間接經驗為基礎，開展與學生健康成長成才密切相關的各種應用性、導向性的實踐活動，著力於提高學生綜合素質和能力，尤其是培養學生的動手能力和創新能力的新型育人方式。

實踐育人觀念，完全符合馬克思主義實踐觀；實踐育人理論，完全符合教育的客觀規律。在高校開展實踐育人，有利於進一步提高高校人才培養質量，促進大學生成長成才。高校實踐育人

[①] 王會，女，研究生，四川外國語大學成都學院英語師範系教授。研究方向為英語專業教學、系部教學管理。
[②] 黃自偉，男，管理學碩士，四川外語學院成都學院英語師範系副教授。研究方向為英語專業教學、系部教學管理。
[③] 劉鷹，女，研究生，四川外語學院成都學院英語師範系副教授。研究方向為英語專業教學、系部教學管理。

的著力點應放在培養和提高學生的綜合素質和能力,特別是動手能力和創新能力,應遵循大學生成長規律和教育規律,設計科學完整的實踐育人體系、合理的人才培養方案和具體有效的教學計劃。

二、實踐育人理論依據

把實踐育人和專業教育緊密結合起來,使二者相互促進,才能有序推進高校實踐教育教學活動,才能提升實踐教育教學的實效性。教育部等部門《關於進一步加強高校實踐育人工作的若干意見》(教思政〔2012〕1號)明確指出:各高校要堅持把社會主義核心價值體系融入實踐育人工作全過程,把實踐育人工作擺在人才培養的重要位置,納入學校教學計劃,系統設計實踐育人教育教學體系,規定相應學時學分,合理增加實踐課時,確保實踐育人工作全面開展。實踐教學是學校教學工作的重要組成部分,是深化課堂教學的重要環節,是學生獲取、掌握知識的重要途徑。將與實踐育人相關的課程納入教學體系,做到理論教學與實踐教學相結合、課內實踐教學與課外實踐教學相結合、技能培養與能力提高相結合,使學生在實踐中成長成才,對於深化教育教學改革、提高人才培養質量,培養適應經濟社會發展需要的高素質複合型涉外人才,為經濟社會發展服務,具有重要而深遠的意義。

因此,在實踐育人教學中,我們注重培養學生的「學習能力、實踐能力、創新能力和立世能力」,著力培養專業過硬、知識面廣、綜合素質強、德才兼備、一專多能、具有創新精神、具有國際視野的高素質複合型涉外人才。在指導思想上全面貫徹黨的教育方針,堅持科學發展,努力培養適應經濟社會發展需要的高素質複合型涉外人才,為經濟社會發展服務。

三、實踐育人教學設計

(一)人才培養方案明確實踐教學環節

人才培養方案是組織教學過程、安排教學任務的基本依據,是高等學校保證教學質量、實現人才培養目標的指導性文件。科學實用的人才培養方案對促進高等教育的發展、對是否能培養社會需求的合格人才起著決定性作用。在人才培養方案中加入實踐教學環節(見表1),使實踐育人的具體實施得到了有效保證。

表 1　　　　　　　　　英語專業人才培養方案中的實踐教學環節

實踐類型	課程名稱	一	二	三	四	五	六	七	八	總周數	學分
集中實踐教學環節	新生入學教育	1								1	1
	軍訓與軍事理論	2								2	2
	專業實習與畢業實習							7		7	7
	畢業論文								8	8	8
	畢業生教育								1	1	1
課外實踐教學活動	自主聽力閱讀訓練		1		1					2	1
	自主翻譯寫作訓練			1		1				2	1
	口譯、配音、演講比賽					1		1		2	1
	單詞、閱讀、演唱比賽						1		1	2	1
社會實踐活動	社會實踐	1	1	1	1	1	1	1		7	2
	合計	4	2	2	3	3	2	2	16	34	25
說明	1. 學生實踐教學活動（自主聽力閱讀訓練、自主翻譯寫作訓練、口譯配音演講比賽、單詞閱讀演唱比賽等）不得占用上課時間，由學生自主安排，各系應有專人負責，提供訓練計劃、組織學生參賽，並做好記錄、計算好學分等 2. 學生利用假期到機關和企事業單位通過勤工儉學或其他方式進行實習或實踐，每學期上交調研報告或實習心得，獲得 2 學分，否則不予畢業										

（二）課內實踐教學設計

在專業課課堂教學中，我們將理論講解與實踐教學活動有機結合起來，使學生能有效掌握理論知識，同時又訓練了實際運用能力。英語專業課堂實踐教學設計見表 2。

表 2　　　　　　　　　英語專業主要專業課課堂實踐教學設計

專業課名稱	課堂實踐教學活動
英語精讀	課文復述（故事性較強的課文或片段）；課文片段表演（對話較為豐富具備表演條件的課文或片段）；課文主題相關的口頭報告（思想性較強文化背景信息豐富的課文）；教學試講等
英語泛讀	自主句型分析，即時專練。課後撰寫讀書報告，課堂進行口頭呈現
英語聽力	時事新聞、精聽練習，泛聽練習，筆記練習，聽力材料跟讀練習
英語口語	英語演講、情景表演、英語配音、復述故事
英語寫作	議論文、說明文話題寫作；結合講解即時撰寫論文提綱

表2(續)

專業課名稱	課堂實踐教學活動
高級英語	分組查閱重點背景知識並在課堂上詳細介紹、寫課文摘要、難句長句分析、理解能力和口頭釋義能力訓練
高級寫作	擬寫專八作文主題句、論點論據腦風暴法訓練
英語外報閱讀	查閱課文重點背景知識、製作PPT在課堂上詳細介紹、每周一次個人英語新聞匯報、與課文主題相關的文章閱讀（每課一篇）
英語外臺聽力	聽講座寫提綱及要點，把握說話者真實意圖，根據語境預測下文，利用筆記重述
筆譯	製作PPT討論譯文優缺點；給同桌譯文評分，並說出給分理由
口譯	模擬會議口譯（英漢互譯）；視譯（英漢互譯）；自主陳述（帶PPT）

（三）課外實踐教學設計

在課內實踐教學活動的基礎上，加強學生第二課堂的實踐教學活動，既能鞏固專業基本功、夯實專業基礎，又能有效提高綜合素質、實踐能力和語言運用能力。英語專業學生每年參加的主要課外活動見表3。

表3　　　　　英語專業學生每年參加的主要課外實踐教學活動一覽表

活動名稱	比賽級別	參加學生	備註
英語演講比賽	系級	大一、大二	優秀選手代表系部參加學院演講比賽
英語口譯大賽		大三、大四	優秀選手代表系部參加學院口譯大賽
新概念英語模仿背誦大賽		大一至大三	
英語劇本徵集大賽		各年級	
英美文化知識大賽		大三	
英語詞彙比賽		大三	優秀選手代表系部參加學院單詞王比賽
英語戲劇表演賽		各年級	優秀節目代表系部參加學院外語戲劇表演賽
英語書寫比賽		大一	
英語授課比賽		各年級	
英語聽力比賽		大一	
英語演講比賽	校級	大一、大二	
英語口譯大賽		大三、大四	
英語筆譯大賽（英譯漢、漢譯英）		大三、大四	
外語戲劇表演賽		各年級	
外語影視配音大賽		各年級	
外語歌王大賽		各年級	
英語單詞王比賽		大二	
英語快速閱讀王比賽		大三	

19

表3(續)

活動名稱	比賽級別	參加學生	備註
「外研社杯」全國英語大賽	全國級	各年級	
全國高師學生英語教師職業技能競賽		各年級	比賽分兩個級別：一級（大一、大二）和二級（大三、大四）
全國英語演講比賽		各年級	
中央電視臺「希望之星」英語風采大賽		各年級	
海峽兩岸口譯大賽		大三、大四	
全國口譯大賽		大三、大四	
「語言橋杯」翻譯大賽		大三、大四	
ACTS中國校園綜合素質能力競賽		各年級	
全國英語口語測評大賽		各年級	

（四）拓展課程設置，實施「1+N」培養模式

我校根據市場對人才的需求，建立了能「夯實專業基礎、培養綜合素質、增強就業競爭實力」的「1+N」（即一個專業+多種技能）人才培養模式，重點培養學生的學習能力、實踐能力和創新能力，不斷探索具有獨立學院特色的實踐教學體系和辦學模式。新生入學教育就包含了「1+N」人才培養模式介紹，有利於學生在安排好專業學習的同時規劃自己的未來和關注就業相關信息，合理安排大學四年中的職業技能培訓和相關證書的獲得。為此，英語專業開設了如下相關課程：英語口譯、英語筆譯、計算機應用基礎、普通話、教育學、教育心理學、中學英語教材教法、涉外禮儀、秘書學、旅遊文化、旅遊英語、酒店實務英語、經貿英語寫作、國際貿易實務、供應鏈管理、國際物流管理、倉儲與配送管理等，為學生在校期間獲取相關技能證書提供便利。這些課程所涉及的等級和職業技能證書主要有：外語等級證書、翻譯等級證書、計算機等級證書、普通話等級證書、教師資格證、涉外秘書資格證、導遊資格證、人力資源管理師資格證、營銷師資格證、物流師資格證等。考取這些證書使學生在掌握過硬專業本領的同時，可以優化知識結構，具備多方面職業技能，實現全面發展。

（五）搭建實踐平臺，增強實踐能力

高校轉變辦學理念為實踐育人搭建平臺，教師轉變職業觀念為實踐育人提供指導、學生轉變求學目的積極參與，才能保證實踐育人模式的深入性、長久性和實效性。為了讓學生把學到的理論知識運用到實踐中，同時，使實踐育人教學計劃的有效性能在實踐中得到檢驗，英語專業系部積極為學生搭建實踐平臺，將自身特色與企事業單位需求相結合，建立實習、實訓基地，如中小學、翻譯公司、新聞媒體等實習單位。以英語師範系為例，該系與學院周邊中小學及幼兒園建立了合作關係，如都江堰大觀學校（初中、小學）和大觀迅達幼兒園、崇州街子學校（初中、小

學、幼兒園）等。將這些學校作為師範方向學生實習基地，同時派具有英語教育專業背景的教師指導初中英語教學，這反過來也為我們的實踐育人方案提供了參考，有利於制訂更加符合中小學實際的實踐育人教學設計。

鼓勵學生積極參加志願者活動也是增強學生實踐能力的有效途徑之一。志願服務有助於學生綜合素質的提高，志願服務的培訓以及服務過程中的實踐教育，使學生的團隊意識、責任意識、實踐能力和解決問題能力等各方面素質都得到了長足的提升。這些活動有：國際名校賽艇挑戰賽翻譯工作、四川國際旅遊交易博覽會志願者、國際獼猴桃研討會志願者、歐洽會志願者、西博會志願者、「財富之春」全球論壇志願者、中國國際公路自行車賽志願者等。

（六）實踐育人教學設計的實施保障

（1）完善的管理制度是實踐育人教學計劃順利實施和實踐育人效果的基本保障。學院制定了一系列管理制度規範各實踐教學環節，力求做到目標明確、責任到位、組織有序。這些管理制度包含：《四川外國語大學成都學院本科畢業論文工作條例》等六個畢業論文撰寫相關文件、《四川外國語大學成都學院教學實習管理辦法》《四川外國語大學成都學院舉辦教學競賽活動的規定》《四川外國語大學成都學院綜合技能大賽規則》《四川外國語大學成都學院英語演講比賽規則》《四川外國語大學成都學院英語口譯大賽細則》《四川外國語大學成都學院外語晚會規則》等。

（2）實踐育人師資隊伍建設。我校構建了一支德才兼備、經驗豐富、學術功底紮實的專任教師隊伍，其中有相當一部分是雙師型教師，他們曾經在各種企業、公司、酒店擔任過經理等職務，在教學工作中，既能傳授理論知識，又可有效地指導學生實踐，為實踐育人教學計劃的實施提供了保證。此外，我們從教學特點、課程設置、教學組織、教學方法等方面對專業課教師進行有目的有系統的培訓，要求教師不斷提高實踐育人水平，將專業教學、學生實踐能力和職業技能的培養有機結合起來。

四、實踐育人成效

將實踐育人和專業教育緊密結合起來，實施「1+N」人才培養模式，學生綜合素質得到全面提高，實踐育人成果顯著，學生在實踐活動和就業中成績突出。

（一）實踐活動成績（部分）（以英語類專業為例）

英語專業學生部分實踐活動成績見表4。

表 4　　　　　　　　　　　　　英語專業學生部分實踐活動成績

時間	活動名稱	主辦單位（地點）	成績	參加（獲獎）學生
2016.10	2016「外研社杯」大學生英語挑戰賽四川省賽區決賽	外語教學與研究出版社和教育部高等學校大學外語教學指導委員會、教育部高等學校英語專業教學指導分委員會聯合舉辦	演講一等獎；寫作三等獎；閱讀三等獎	翻譯系2015級蔣理；英語師範系2014級陸寒月；英語旅遊系2014級閔博文
2015.10	2015「外研社杯」全國英語大賽四川省賽區決賽	外語教學與研究出版社和教育部高等學校大學外語教學指導委員會、教育部高等學校英語專業教學指導分委員會聯合舉辦	寫作一等獎、演講二等獎、閱讀二等獎	英語師範系2012級喻帆、2014級陸寒月；英語外事管理系2012級秦沛
2014.5	第五屆海峽兩岸口譯大賽西南區決賽	中國大陸和臺灣共同舉辦（貴陽）	一等獎、三等獎	翻譯系2011級劉凱榮、郭夢雲
2013.12	第十九屆全國英語演講比賽川渝賽區決賽	中國日報社主辦、二十一世紀英語教育傳媒承辦（成都）	季軍	翻譯系2010級劉珊
2013.9	ACTS中國校園綜合素質能力競賽		特別金獎、金獎、銀獎、銅獎	翻譯系2011級林健菲、2012胡婧雅；英語經貿系2010級鄭慧文；英語旅遊系2010級胡軍梅、2011謝卓均、2012顏晨倩
2013.6	第13屆中央電視臺「希望之星」英語風采大賽四川省總決賽	中央電視臺（成都）	季軍	翻譯系2010級劉茂璐
2012.6	中央電視臺「希望之星」英語風采大賽四川省總決賽	中央電視臺（成都）	亞軍	翻譯系2010級穆化星
2012.5	中譯杯第二屆全國口譯大賽西南賽區決賽	中國翻譯協會	一等獎、三等獎	翻譯系2009級馬麗莎、2008級辛晶晶、英語外事管理系2009級姚楠
2011.4	2010年度「中國大學生自強之星」評選活動	共青團中央、全國學聯主辦	「中國大學生自強之星」	英語經貿系2008級夏冬梅
2010.9	第七屆全球網商大會	杭州	全球十佳網商	英語外事管理系2006級趙海伶
2010.4	第二屆「海峽兩岸」口譯大賽（大陸地區）西南賽區決賽	外語教學與研究出版社和四川大學共同主辦	團體第三名	翻譯系2006級張夢、姚星瑞；英語師範系2007級沈一飛
2008.11	第十四屆「21世紀聯想杯」全國英語演講比賽中西部賽區決賽	武漢	二等獎	翻譯系2007級陳月帆
2008.11	第六屆「語言橋杯」翻譯大賽	四川外語學院研究生部主辦	一等獎、三等獎	翻譯系2005級孫小崙、英語外事管理系2007級陳瑤
2007.10	第十三屆「21世紀聯想杯」全國英語演講比賽西部地區決賽	西安	冠軍	英語經貿系2005級7班刁維皓
2007.11	第五屆「語言橋杯」翻譯大賽	四川外語學院研究生部主辦	一等獎、二等獎	英語外事管理系2005級馬柳、陳頤
2005.6	2005·重慶·模擬聯合國大會	重慶市教委主辦、四川外語學院承辦	最佳演說獎	翻譯系2004級王曉亮

（二）成功就業實例選（我校歷屆畢業生一次性成功就業率均在 90% 以上）

四川外國語大學成都學院重視實踐教學並積極組織學生參與實踐活動，培養了大批專業基本功好、實踐能力強的學生，這些學生在校期間考取了各種職業資格證書，積極參加各種專業實踐活動和各類專業比賽，畢業后大多成功就業或創業。英語專業的典型代表有：

（1）張涵冰。英語旅遊系 2005 屆畢業生。在校期間曾獲全國青少年英語口語大賽四川賽區特等獎、全國總決賽一等獎。現就職於中央電視臺科教頻道節目部策劃組，擔任《味道》欄目總導演，連續三年被評為中央電視臺「年度優秀個人」，連續五年獲得中央電視臺科教頻道「傑出貢獻獎」。由她策劃製作的《味道》被評為中央電視臺優秀節目，單集節目榮獲廣電優秀節目評選文化類一等獎和 Japan Prize 世界科教節目評選三等獎。2013 年，《味道》節目入選白玉蘭獎最佳紀錄片入圍名單。

（2）沈一飛。英語師範系 2011 屆畢業生。在校期間曾獲學院第二屆演講大賽獲即興演講第一名；學院第五屆口譯大賽獲二等獎；2010 年「外研社杯」全國英語演講大賽四川賽區比賽三等獎。曾任 VOC 校園之聲廣播站播音部部長。畢業考取四川外國語大學翻譯碩士研究生，曾在重慶新東方學校教授商務英語和美國口語課程，並在丹麥王國駐重慶領事館實習，擔任行政助理。目前，就職於中國電力建設集團四川電力設計諮詢公司，擔任南亞區項目經理助理。

（3）鐘茂華。英語經貿系 2015 屆畢業生。在校期間曾獲 CCTV 希望之星英語風采大賽四川賽區三等獎；還曾被評為世界斯諾克錦標賽與第 18 屆歐洽會英語口譯優秀志願者。現在就職於川物集團汽車進出口公司，擔任總經理助理一職。

（4）王曉亮。英語翻譯系 2008 屆畢業生，學院第一屆口譯大賽冠軍，現在雪佛龍從事翻譯工作。

（5）馬麗莎。英語翻譯系 2013 屆畢業生，第七屆口譯大賽冠軍，2012 年中譯杯第二屆全國口譯大賽西南賽區一等獎，雅思成績 8.5 分，現在紐卡斯爾大學攻讀博士。

（6）樊皇。英語翻譯系 2013 屆畢業生，第八屆口譯大賽冠軍，現在成都大學從事英語教學工作。

（7）楊歡。英語經貿系 2015 屆畢業生。在校期間考取了導遊資格證，獲得第二屆成都導遊大賽英文組銀獎。曾赴新加坡參加「春城洋溢華夏情」志願者，赴英國擔任「中國彩燈節」翻譯。現被成都桂森文化傳媒有限公司錄用，外派到英國巴斯侯爵城堡工作，擔任中英合作項目（熊貓節、雜技表演季等）翻譯。

（8）何承俊。英語師範系 2011 屆畢業生。在校期間獲得 BEC（劍橋商務英語）中級證書。畢業后赴荷蘭萊頓大學攻讀碩士研究生，2012 年作為萊頓大學代表參加了哈佛大學模擬聯合國大會。現任中歐成長基金會大使，就職於工銀歐洲。

（9）孟好。英語經貿系 2015 屆畢業生。在校期間，曾擔任 2013 年第四屆中國新津國際名校

賽艇挑戰賽巴黎第二大學隊專業翻譯，美國（UPS）聯合包裹航空公司深圳代表處航空操作部的機坪協調員，南充商業銀行成華支行實習大堂經理。現就職於興業銀行股份有限公司成都分行。

五、結　語

　　綜上所述，把實踐育人和專業教育緊密結合，使二者相互促進，能有序推進高校實踐教育教學活動，並提升實踐教育教學的實效性，更有利於培養出專業基礎紮實、實踐能力強、綜合素質好的人才。只要認真踐行實踐育人教學理念、精心設計實踐育人教學方案並有效實施，就能培養出綜合素質強的「1+N」複合型人才，使實踐育人教學設計的有效性和成功性得到充分體現。因此，在高校特別是培養應用型人才的獨立學院開展實踐育人，有利於培養和提高學生的綜合素質和能力，特別是應用能力和創新能力，促進他們成長成才；也有利於高校全面提高人才培養質量，為社會培養更多符合需求的合格人才，最終促進獨立學院的內涵式發展。

參考文獻

　　[1] 周導杰.「全體性、全程化、全方位」實踐育人體系研究［J］.湖北工業職業技術學院學報，2013，26（5）：12-15.

　　[2] 四川外國語大學成都學院.四川外國語大學成都學院2014級本科專業人才培養方案［R］.2014.

　　[3] 方正泉，張鶴，柏芳芳.大學生實踐育人現狀與途徑探索［J］.山東省團校學報（青少年研究），2014（1）：58-59.

　　[4] 紀文河，胡歡歡.大學生志願服務實踐育人與思考——以江西青年職業學院青藍志願者為例［J］.理論導報，2014（7）：51-53.

On the Teaching Designs and Practice in Education Through Practice and the Education Results in an Independent College: Taking English Department of CISISU as Example

Wang Hui   Huang Ziwei   Liu Ying

(English Department of Education, CISISU, Chengdu, Sichuan, 611844)

【Abstract】It is a systematic project to foster highly qualified and internationally versatile talents with comprehensive quality, innovative and practical ability, morality and specialty. To achieve this goal, it is of great importance to educate students through practice. As an independent foreign language institute, its key work should focus on designing and implementing teaching plans comprehensively and systematically, exploring new talent training mode and shaping characteristics of independent institute. Hence, remarkable results can be made in the work to reach the target by gradually deepening educational reforms and striving to improve the quality of students.

【Key words】Education through practice; Ability of practice; Teaching designs; Education results

獨立學院加強系部校園文化品牌活動的創新與實踐
——以四川外國語大學成都學院為例

四川外國語大學成都學院英語師範系　武閃閃[①]

四川外國語大學成都學院德語系　李江原[②]

【摘　要】獨立學院作為新建應用型本科學院，校園文化氛圍還不夠濃厚，只有正確認識校園文化的深刻內涵和育人效應，發揮系部校園文化的品牌效應，大膽實踐和創新，發展和繁榮校園文化，才能更好地實現文化育人、立德樹人。

【關鍵詞】獨立學院；校園文化；系部文化品牌；創新實踐

眾所周知，獨立學院作為新建應用型本科學院，建校時間不長，文化根基和底蘊比起老牌高校還很有一些差距，最近幾年來，作為四川省唯一的一所專業外國語學院，四川外國語大學成都學院各系以黨建帶團建為特色，以素質教育為主線，以品牌活動為載體，以貼近實際、貼近生活、貼近學生為原則，在學院層面已有的元旦晚會、春季運動會、校園文化藝術節、八大外語專業賽事等活動的基礎上，緊密結合系部實際和語種特色，加強了校園文化建設，對獨立學院、外語學院校園文化品牌活動的開展進行了一些有益的探索和摸索，打造了一批「健康、主流、多彩、面廣」的精品校園文化活動品牌。

文化塑造學生，學生創造文化，高品位的校園文化對青年學生的成長影響十分深遠。作為獨立學院和專業外語學院，必須堅持校園文化的時代性，努力培植與時代發展相適應、與學校培養目標相符合的人文精神，要不斷地豐富校園文化活動的形式與內容，打造具有時代特徵和系部特色的校園文化。

[①]　武閃閃，女，教育學碩士，四川外國語大學成都學院英語師範系講師。研究方向為思想政治教育與高等教育管理。

[②]　李江原，女，公共管理在職研究生，四川外國語大學成都學院德語系助教。研究方向為思想政治教育與高等教育管理。

一、校園文化品牌的定義

校園文化品牌，指一個校園在長期發展中形成的，特色鮮明、影響主流的校園文化特色項目。校園文化品牌具有較高的知名度和文化內涵，是校園文化精華的集中體現。校園文化也是育人的必備條件之一。

二、校園文化品牌的基本特徵

（一）具有深刻內涵

校園文化最基本的核心就是教師、學生所追求的價值，這種價值浸潤、投射在校園和校園活動的各個層面。校園文化品牌則是在校園文化基礎上的高度濃縮與昇華，對學生的高品性形成具有滲透性、持久性和選擇性，對於提高學生的人文道德素養，拓寬學生的視野，培養跨世紀人才具有深遠意義。對於新辦的獨立學院而言，校園文化品牌對於濃鬱人文氛圍、提升人的精神境界、形成優良的教風學風、激發學生創造力、增強校園凝聚力、弘揚主旋律、促進學生健康成長，有著不可替代的積極作用。

（二）具有育人效應

校園文化通過品牌活動的內容、形式等，提高、突破、拓展了師生的心靈空間和精神空間，其多樣的活動形式、豐富的精神文化，把德育與智育、體育、美育有機地結合起來，寓教育於活動之中，使校園文化呈現出無比生動的魅力。通過參與校園文化品牌活動，教師能從活動中瞭解學生，並在教學手段與內容上推陳出新，從而更好地因材施教。學生通過參與校園文化品牌活動，能更好地培養智力、情感、意志素質和操作創造能力等，促進自身的全面協調發展。比如，商務英語系、外事管理系、英語師範系、葡萄牙西班牙語系等多個系都舉辦過的職場模擬面試大賽、商務英語系的班級啦啦操大賽、東方語系的東方文化節、英語旅遊系的導遊風采大賽、法語義大利語系的法語日、英語師範系的教師技能競賽、體育部的高爾夫挑戰杯大賽等。在這些活動中，師生參與積極性高、參與面廣，使其校園品牌活動成了課堂教學的有意義的補充，為全面培養人才提供了重要途徑。參與各系部校園品牌活動人次詳見表1。

表 1　　　　　　　　　　參與各系部校園文化品牌活動人次統計

系部	系內品牌活動數量	參與人次
英語翻譯系	18	931
商務英語系	66	880
英語外管系	18	2,049
英語旅遊系	18	480
英語師範系	30	4,968
日語系	10	300
德語系	8	1,499
法意系	5	1,087
俄西系	34	743
東方語系	34	1,462
文化傳媒系	4	80
體育部	8	205

備註：1. 數據統計年限：2013 年 1 月至 2015 年 6 月；
　　　2. 賽事、活動統計均以「人次」進行統計；
　　　3. 數據來源：四川外國語大學成都學院教務處。

（三）具有品牌效應

校園文化品牌具有較強的校園文化傳播力，品牌活動能夠成為校園展示的「文化名片」，一旦校園文化品牌被充分得到認可、推廣，必將發揮巨大的品牌影響力，為校園文化的建設產生不可低估的作用。例如，法語義大利語系的法語日活動，活動組織者多次邀請法國駐成都領事館大使擔任嘉賓；英語旅遊系的導遊風采大賽，多次邀請旅遊業內行家擔任比賽嘉賓、評委。一張張生動的「文化名片」，一次次對外的活動展示，不僅擴大了系部的影響力，而且對提高學校在校內外的知名度、美譽度起到了積極的作用。

（四）具有歷史積澱

校園文化是精神文化、物質文化、制度文化和環境文化的總和。校園文化品牌則是在校園長期辦學歷史中形成的獨特氣質，是它相對於其他校園文化而言所具有的比較優勢和核心競爭力。校園文化有其自身的獨創性、創新性、唯一性、專業性。校園文化是基礎，品牌是靈魂。例如，商務英語系在舉辦學院英語演講比賽、英語口譯大賽活動的基礎之上，還積極創新創辦了商務英語系英語辯論賽。又如，東方語系的東方文化節由開幕式、風俗文化展、美食品鑒、遊園活動和外語晚會組成。學生們在開幕式上用朝鮮語、阿拉伯語、越南語、泰語演繹了中文流行歌曲，並精心展示了韓國傳統的「成人禮」。在風俗文化展這個環節，學生們結合對專業對象國文化的理解，用語言搭橋，選定展示主題，精心製作節目道具，搭建起若干組展臺，而每個展臺配雙語解說，從服飾、婚俗、城市、飲食等多方面介紹對象國的文化。在朝鮮語展臺前，假面文化、跆拳

道表演、花甲宴、周歲宴登場亮相；阿拉伯語專業的學生展示了面紗的穿戴，並向來者介紹摩洛哥的新娘節；越南語專業的同學展示了祭祀禮儀；泰語展臺則再現了泰國宋干節和花傘節的情景。這些活動都是在校園文化活動的歷史性基礎和支撐上形成的系部品牌文化活動。因此，沒有校園文化，就難以形成品牌，也談不上校園文化品牌。各系部校園文化活動基本情況見表2。

表2　　　　　　　　　　各系部校園文化活動基本情況

系部	系內品牌活動	舉辦時間
英語翻譯系	筆譯大賽	每年6月
商務英語系	達人秀	每年12月
	職場模擬面試大賽	每年5月
	班級啦啦操大賽	每年5月
英語外管系	中文辯論賽	每年11月
	服裝設計大賽	每年5月
英語旅遊系	導遊風采大賽	每年6月
	酒店服務技能大賽	每年12月
英語師範系	教師技能競賽	每年6月
	新概念英語背誦比賽	每年12月
日語系	日本文化知識競賽	每年5月
德語系	德語文化周	每年下半年
	戲劇比賽	每年上半年
法意系	法語日	每年12月
	義大利文化節	每年12月
葡萄牙西班牙語系	葡西音樂節	每年6月
俄語系	寢室文化節	每年12月
東方語系	東方文化節	每年4月
文化傳媒系	文傳講堂	不定期
體育部	高爾夫挑戰賽	每年10月

（五）具有發展后勁

校園文化建設是一個學校文化建設的長期累積過程。校園文化品牌活動的生命力在於不斷更新，在活動的實施過程中能夠不斷與時俱進，與育人、專業特色建設相結合，在品牌建設和活動形式上不斷創新，從而促進校園文化的繼續發展，並賦予其新的內涵，更好地實現大學教育教學目的、目標。

四川外國語大學成都學院建校17年以來，校園文化品牌活動基礎功能還可以繼續加強，在現有的單詞大王、快速閱讀王、外語影視配音大賽等八大外語傳統賽事活動基礎之上，應繼續開創具有系部特色的校園文化品牌活動。

三、開展校園文化品牌活動的幾點思考

（一）喜聞樂見是校園文化品牌建設的基礎

校園文化建設的目的在於凝聚和團結師生。校園文化品牌活動也是非常重要的第二課堂活動，能夠豐富校園生活，因此，調動更多的學生參加校園的各項文化建設很有必要。校園文化建設必須充分尊重學生的主體地位，發揮學生的主觀能動性，開展廣大學生感興趣的活動，舉辦學生樂於參與的活動，這樣才能得到廣大學生的積極響應和支持，激發學生積極參與校園文化建設的熱情和興趣，打造出具有一定的群眾基礎且有特色的文化品牌。2016—2017 年學生參與部分活動見表 3。

學生參與部分活動情況（以 2016—2017 學年開展活動為例）

系部	活動名稱	活動側重點	參與學生所在系
商務英語系	校園達人秀	學生才藝、特長、綜合能力展示	全院各系
英語外事管理系	服裝設計大賽	學生自主動手實踐能力	外事管理系、經濟管理系、文化傳媒系、英語師範系、法語義大利語系
英語旅遊系	導遊風采大賽	學生社會實踐能力	英語旅遊系、法語義大利語系、葡萄牙語西班牙語系、俄語系、英語翻譯系、東方語系

（二）全員參與是校園文化品牌建設的源泉

參與度越高，校園文化建設的群眾基礎就越廣泛越堅實，文化品牌建設就越紮實越有成效，文化品牌的魅力就越能凸現與彰顯。學生與時俱進的思想火花、文化元素、特色元素才能在校園文化中得到進一步凝聚、昇華，從而更好地促進文化品牌的建設。

東方語系的東方文化節、商務英語 ACCA 觀摩 JHC 大賽和企業開放日等都作為實踐教學活動要求學生全員參與。英語師範系的新概念英語背誦比賽、商務英語系的班級啦啦操大賽等活動都是全員覆蓋，全年級參與。每一次活動都有廣泛的宣傳與動員，使得活動現場氣氛熱烈，因此受到了學生的歡迎，效果喜人。

（三）寓教於樂是校園文化品牌建設的目的

育人功能，是校園文化建設的重要功能之一。在校園文化品牌建設中，要建立一個有生命力的品牌，就應該將把教育寓於樂趣裡，即將校園文化活動通過藝術和美的形式來進行。

最近幾年來，各系部都舉辦了「對話校友，助我成長」之校友面對面系列活動，學院先後邀請了數十位校友回母校，宣傳校友成長成才的經歷和成果，分享他們的工作體會和社會感悟。這類活動是對在校學生進行的最直接、最生動、最有效的敬業教育、愛校教育、榜樣教育。同時，各系部還舉行了社會實踐經驗交流會、考研經驗交流會、求職就業經驗交流會，以深入淺出、生動活潑的形式，讓學生之間進行了有效的交流和溝通。這些活動體現了榜樣的力量，對學生的塑造和影響是更為直接有效的。一方面引導學生正確對待自己、對待他人、對待學校、對待社會，正確對待困難挫折；另一方面培養了學生自尊自信、理性平和、積極向上的心態，最終以良好的綜合素質參與社會競爭。各系部校友面對面活動見表4。

表 4　　　　　　　　　各系部舉辦的校友面對面活動

系部	活動名稱	邀請校友人數
商務英語系	對話校友，助我成長	16
英語翻譯系	譯人譯事	8
德語系	校友面對面	3
英語外事管理系	校友面對面	4
日語系	校友面對面	3

備註： 1. 統計數據年限，從 2012 年起至今；

　　　 2. 數據來源：四川外國語大學成都學院各系部。

（四）精心打造是校園文化品牌建設的手段

現有的校園文化活動，以膾炙人口的語句、生動活潑的形式、潛移默化的內涵呈現出與眾不同的特色，使校園文化品牌更加精致、更有渲染力、更具感召力，從而更好地體現高校文化發展的趨勢和滿足師生精神文明建設的需求，讓師生在校園文化活動中豐富知識、愉悅身心、陶冶情操。

最近幾年來，各系部承辦的學院大型活動，無一不是精心策劃、精心準備、精心運作。精致的現場布置、火爆的現場人氣、精彩的現場表現、無縫的現場轉換，證明了各系部學工隊伍和團學隊伍高起點的策劃和高水平的組織，得到了廣大師生的高度贊揚。

（五）彰顯特色是校園文化品牌建設的生命

特色是實力、競爭力，更是可持續發展的潛力。依靠創新彰顯特色，把握特色彰顯實力，發揮校園文化建設的品牌效應。只有這樣，校園的傳統文化才能得到弘揚，時尚文化才能得到激發，校園文化品牌建設才能夠保持的強大的生命力。英語外事管理系的名著進課堂、商務英語系的黨員答辯會等系部活動都體現出系部打造精英團隊的創新與追求。

四、結　語

　　根深方能葉茂。作為獨立學院思想政治教育工作者，我們必須清楚知曉學院、系部發展的歷史軌跡，以及它所處的時代背景，它在辦學歷史進程中形成的文化和特色是不可複製的。要想使系部文化品牌有其內在的基礎和底蘊，我們平時在思考和操作時就應對教育的規律和現象有足夠的認知和情懷，對應用型辦學理念的確立和認同有足夠的信心和底氣，對知行的協同統一有足夠的耐心和堅持。

　　文化育人、環境育人、教書育人、服務育人、實踐育人、管理育人已經成為全方位育人的重要載體，也是培養應用型、創新型人才的主要途徑，系部在校園文化品牌活動的創新與實踐必將進一步推動和提升學院的人才培養規格、質量。

參考文獻

　［１］鄭莉莉. 中等職業學校校園文化建設初探［Ｊ］. 廣西教育 B（中學版），2016.
　［２］肖敏. 做好企業思想政治工作應抓好的關鍵環節［Ｊ］. 中外企業家，2013（13）：135-137.

On the Strengthening of Exploration and Practice of Brand-Building of Departments' Campus Culture of Independent College: A Case Study of Chengdu Institute Sichuan International Studies University

Wu Shanshan

（*English Department of Education*, *CISISU*, *Chengdu*, *Sichuan*, 611844）

Li Jiangyuan

（*German Department*, *CISISU*, *Chengdu*, *Sichuan*, 611844）

【Abstract】 To be a newly-established applied four-year college, the campus culture of the independent college is not rich enough. Therefore, the independent college should understand the profound content and educative effect of campus culture correctly, and realize the brand effect of departments' campus culture. The independent college should explore and innovate the campus culture, develop and prosper it, so it win bring about campus cultural teaching and strengthen morality education

【Key words】 Independent college; Campus culture; Department's culture brand; Innovation and practice

淺析大學生創業項目的運行步驟[①]

四川外國語大學成都學院英語師範系　趙翊羽[②]　黃　娟[③]　王　會[④]

【摘　要】隨著「以創業帶動就業」的大力推進，不少大學生也開始大膽嘗試各種項目開始創業，實現自身價值。但是由於他們缺少一定的社會閱歷和工作經驗，對創業項目的運行步驟理解不到位或準備不夠充分，從而導致創業過程困難重重。因此，大學生全方位的瞭解創業項目的運行步驟至關重要。本文詳細探討和闡述了大學生創業項目的運行步驟，希望對大學有關指導大學生創業的單位、大學生自身創業有所幫助。

【關鍵詞】大學生；創業項目；運行步驟；研究

隨著科技經濟飛速發展，市場競爭日趨激烈，就業壓力日益嚴峻，越來越多的大學畢業生選擇自主創業。據統計，2014屆大學畢業生自主創業比例為2.9%，比2013屆（2.3%）高0.6個百分點，比2012屆（2.0%）高0.9個百分點。從近三屆的趨勢可以看出，大學畢業生自主創業的比例呈現持續和較大的上升趨勢（張兵仿，2016）。但據不完全統計，在大學生創業率高漲的同時，失敗率也高達95%。因此提高大學生創業成功率成為目前亟待解決的問題。

鄒穎超指出，創業成功的前提是創業項目的選擇，而創業成功的關鍵則在於周全詳細的項目計劃。因此，創業者需要全面瞭解自己，結合自己的才能、已有經驗、自身素質以及市場因素選擇合適的項目創業，並進行周密的項目計劃。在策劃項目計劃時，要切合實際，準確把握自身優勢與劣勢，充分瞭解社會環境因素，全方面剖析備選項目的優勢與劣勢、市場需求、競爭對手等，結合個人和項目實際情況，開展市場調研，撰寫可行性分析報告，制訂項目實施計劃，並在實施

[①] 本文是四川省教育廳2017年人文社科重點項目「語言類大學生創業的特點及其路徑選擇」研究成果之一，項目編號：17SA01139。
[②] 趙翊羽，女，教育學碩士，四川外國語大學成都學院英語師範系講師。研究方向為英語語言學、英語教學。
[③] 黃娟，女，語言學及應用語言學碩士，四川外國語大學成都學院英語師範系副教授。研究方向為語言測試、教學法。
[④] 王會，女，研究生，四川外國語大學成都學院英語師範系教授。研究方向為英語專業教學、系部教學管理。

過程中，根據當下情形加以適當的調整控製，趨利避害，提升創業成功率。

一、創業項目的市場調研

　　大學生在確定了項目之後，首先要做的就是根據項目特點開展市場調研。項目市場調研是指為了提高項目的可執行度，或提高創業項目決策質量、解決在項目實施後可能存在的問題，運用科學有效的方法，有目的地、系統地收集、記錄、整理、分析與項目市場有關的信息和資料，瞭解項目市場現狀與趨勢，報告調研結果的工作過程。市場調研能夠提高創業團隊對市場環境的知曉能力、市場機會的選擇能力、市場趨勢的預見能力以及對市場風險和營銷因素的調控能力。

　　創業項目市場調研的目的具有較強的針對性。其目的並非創業者對市場營銷的所有問題進行籠統、盲目的調研；而是在全面調查、分析、預測創業項目未來發展趨勢的基礎之上，制訂合理的、可執行的項目營銷方案，從而規避項目實施過程中可能出現的相關問題，實現創業項目目標。一般來講，創業項目的市場調研工作包括以下幾個方面。

（一）瞭解創業項目市場調研需求和內容

　　創業者開展市場調研之前，需瞭解創業項目市場調研需求，明確市場調研方式（方式有兩種：一是委託專業市場調研公司來做，二是項目團隊自己來做）；瞭解項目對市場的需求，明確市場調研須解決的問題，確定市場調研的目標。創業項目不同，市場調研需求和調研目標也會有所不同。在實施項目市場調研時，創業者必須明確市場調研的目標和內容，調查宏觀市場環境的發展變化趨勢，尤其要調查項目所處行業未來的發展狀況、市場規模、競爭狀態；在制定項目市場營銷策略時，要調查市場需求狀況，營銷要素和消費者消費心理、消費需求、消費能力等情況；在項目營銷策略貫徹和營銷計劃執行過程中，需要對營銷執行過程中存在的問題進行市場調研和營銷診斷，分析問題產生的原因；在營銷策略貫徹和營銷計劃執行之後可以針對取得的小成就，通過必要的市場調研獲得客觀公正的市場數據和市場評價，從而完善項目的營銷策劃。

（二）設計市場調研方案

　　市場調研方案的設計實際上是調研方法的合理選擇。由於項目之間的差異性，其市場調研目的差異性也十分顯著，不同項目面臨的市場問題也是截然不同的。因此，在進行市場調研工作時，創業者需要立足項目市場調研的需求和內容，選擇適合創業項目的調研方法完成創業項目的調研內容。

　　一般來講，常見的適合大學生創業項目的市場調研方法主要有以下幾種：①調查法。調查法是創業項目市場調研最常見、最基本的方法之一。它是指調查人員通過會談（電話訪談、在線訪

談或面對面訪談）、問卷形式（以書面提出問題的方式讓被調查者填寫調查表）全面或比較全面地收集與創業項目有關的各種材料，並對所得資料進行分析、討論，從而全面瞭解、分析、預測創業項目未來發展趨勢。它的目的可以是全面把握創業項目當前的狀況，也可以是為了揭示創業項目中存在的問題，弄清前因後果，為項目的成功運行提供觀點和論據。②調研競爭對手。競爭對手調研是根據項目本身的要求，通過合法的、合理的、有效的手段，針對項目所在行業的競爭對手企業或潛在競爭情況進行的調查研究，從而獲取有效資料，進行統計分析，以便順利運行項目。俗話說得好，「知己知彼，百戰不殆」。商場如戰場，要想在日趨白熱化的市場競爭中，處於不敗之地，必須瞭解競爭對手，獲取競爭情報。因此，競爭對手調研的根本目標是幫助創業者識別現有競爭對手，瞭解競爭對手當前狀況，包括其營銷渠道、營銷策略、銷售渠道、競爭機制、競爭策略、研發狀況、財務狀況及人力資源等，深入瞭解競爭對手的競爭實力，掌握競爭對手的發展動向，發現競爭對手的短板、弱項，從而為制定出有效的競爭策略提供重要的信息支持和參考依據。③網路調查。網路調查成為統計調查的一種新方法。它是指通過互聯網及其調查系統把傳統的調查、分析方法在線化、智能化。創業者可以通過此種方法，擴大項目調研的人群數及地域度，讓更多的人能夠參與到該市場調查的活動中來，既節省人力物力，還能夠使該調查數據更符合現今的市場狀況。

（三）整理與分析調研數據

首先，不管項目調研採用何種調研方法，都必須有效地收集相關數據，排除不合理、不合格數據。其次，創業者在整理調研報告中所收集來的數據時，可以根據項目調研目的，運用科學的方法，對所獲得的數據進行分類、分組、匯總分析，使之系統化和條理化。可以採用的方法有歸納法（可應用直方圖、分組法、層別法及統計解析法）和演繹法（可應用要因分析圖、散布圖及相關迴歸分析）。一般來講，數據分析需要調研人員將相關數據錄入計算機，通過相關的數據分析軟件對數據進行統計分析，得出準確的數據指標。整理時需注意調研過程中現場收集的數據（如現場採訪錄音）以及回收的問卷資料的真實性、可靠性及其代表性，確保數據完善前、後所具備的條件要一致，如此所做的數據整理才有意義。

（四）撰寫市場調研報告

市場調研的最后一個步驟是在數據整理與分析的基礎之上，撰寫調研報告。調研報告應該包括計劃、實施、收集、整理等一系列過程，需要完整、準確、具體地說明調查的基本情況，對調查過程中所獲得的資料、數據進行科學合理的研究和推斷、預測和總結，並提出有針對性的對策和建議，制訂可行的項目運行方案。調研報告必須基於事實報告，切忌脫離事實隨意發揮。事實證明，通過科學的方法得出科學的報告結果，將是一個項目成功運行的關鍵。

二、創業項目的可行性分析報告

創業項目的可行性分析報告是在市場調研報告的基礎上，進一步對項目建設的必要性、市場前景、投資估算、資金籌措、投資風險等進行全方面地分析、論證，並給出客觀、專業、權威的可行性研究結論與建議，為擬建項目的成功運行提供有力保障。一份好的創業項目可行性分析報告，充分體現了創業者的準備精神，對創業項目的運行具有非常重要的意義。一般來講，創業項目的可行性分析報告主要包括以下幾方面內容。

（一）項目建設的必要性

如果一個項目根本沒有建設的必要，一切都是空談。因此，可行性分析報告中首先需闡明項目建設的必要性。只有確定了項目建設的必要程度，才能確定正確的項目建設方案和內容，通過合適的營銷策略，完成項目建設。評估項目建設必要性時，可以介紹一下項目背景、項目建設的總體思路、項目資源、項目能力、項目建設目標、建設規模以及項目的指導思想、經營理念和核心價值；分析創業項目前景，包括項目可能帶來的經濟效益、社會效益、環境效益以及創業項目所處的外部環境，如當前政策環境、經濟環境、人文環境、科技環境、人口環境等是否有利於項目建設，包括國家產業政策和信貸政策是否給予建設項目一定的優惠扶持。

（二）市場營銷策略

可行性分析報告中的市場營銷策略主要是在項目市場調研報告的基礎之上，以項目需求和項目客戶需求為出發點，根據市場調研報告獲取市場需求量以及目標客戶購買力相關信息，制訂出一系列適合項目成功運行的營銷策略（營銷策略主要有產品策略、價格策略、促銷策略和分銷策略），為項目的成功運行和可持續發展提供一定的保障。產品策略是市場營銷組合策略的核心，是價格策略、促銷策略和分銷策略的基礎。產品策略主要是指創業者要明確所建項目能夠提供什麼樣的產品和服務去滿足顧客要求，從產品的包裝、設計、顏色、型號、款式、商標到產品組合、產品定位以及產品生命週期等方面，賦予產品特色，讓其在消費者心目中留下深刻的印象。事實上，項目成功與發展的關鍵在於其產品策略是否能迎合市場和消費者的需求。價格策略主要是指產品的定價，根據消費者自身的消費能力和產品效用情況，結合成本、市場、競爭等方面給產品進行定價，從而實現企業或項目的最大利潤。促銷策略主要是指創業者通過推銷、廣告、公共關係、營業推廣等各種促銷方式，採取一定的促銷手段，如折扣、返現、抽獎、免費體驗等，向目標客戶傳遞產品信息，引起他們的注意、激起他們的興趣、激發他們的購買欲望和購買行為，從而達到銷售產品、增加銷售額的目的。此外，分銷策略是使產品和服務以適當的數量和地域分佈

來適時地滿足目標市場的顧客需要，主要涉及分銷渠道及其結構、分銷渠道策略的選擇與管理、批發商與零售商以及實體分配等內容。

隨著中國社會經濟不斷發展，市場競爭日趨激烈。各企業、各公司都在不斷更新自身的營銷策略，以便在激烈的市場競爭中贏得市場、佔有一席之地。因此，創業者要根據自身項目實際情況，分析各種營銷方案利弊，選出最適合項目發展的營銷策略，最大限度地提升項目經營收益，實現項目價值，創造社會效益。在項目實施過程中，切忌盲目跟隨其他經濟體做出不合理的戰略方針。同時，建立高效的營銷管理系統也是項目成功運行的一個重要部分。

（三）投資估算和財務分析

投資估算是指創業者依據現有的資料和一定的方法，在確定項目建設方案的基礎上估算項目所需的投資金額，它是項目經濟評價的基礎，更是研究、分析、計算項目投資經濟效益的重要條件。投資估算內容應該視項目的性質和範圍而定，一般包括項目啟動資金、項目預備資金、項目設備購置費、流動資金、項目運行及其他建設費用等。同時，創業者需進行財務分析，按規定科目詳細估算營業收入和成本費用，預測現金流量；編制現金流量表等財務報表，計算相關指標；進行財務盈利能力、償債能力以及財務生存能力分析，評價項目的財務可行性。

（四）不確定性和風險分析

不確定性分析是指研究和預測在項目決策方案實施過程中有可能受到的各種事前無法控制（主要指主觀上無法控制）的外部變化及其影響。通過可靠、接近客觀實際的估計或預測，可以盡可能地減少因外部客觀事物的多變性所產生的不確定性因素對項目建設的影響。與此同時，預測建設項目對某些不可預見的政治與經濟風險的抗衝擊能力，從而證明項目投資的可靠性和穩定性，避免建設項目運行後不能獲得預期的利潤和收益。進行不確定性分析，通常需要創業者採用科學的分析方法，依靠大量的信息資料，結合知識、經驗以及對未來發展的判斷能力，計算出方案損益值（即把各因素引起的不同收益計算出來，收益最大的方案為最優方案）、方案后悔值（即計算出由於對不確定因素判斷失誤而採納的方案的收益值與最大收益值之差，后悔值最小的方案為最佳方案）以及方案期望值（即方案比較的標準值，期望值最好的方案為最佳方案）。

風險分析主要是指創業者分析建設項目由於一定的不確定性因素的影響，導致項目運行後的實際結果與當初預測的相背離而帶來的各方面損失。風險分析需採用定性和定量分析方法估計風險程度，研究並提出防範和降低風險的對策措施。此分析有助於確定有關因素的變化對決策的影響程度，有助於確定投資方案或生產經營方案對某一特定因素變動的敏感性，盡量減少有關因素對建設項目帶來的負面影響。進行風險分析時需要考慮的因素包含項目類型及其穩定性、項目回報率週期、項目環境、人員配置、客戶因素等。

（五）結論與建議

以上各項分析研究之後，創業者需要總結項目的必要性和優勢，指出潛在問題和主要風險，做出項目是否可行的明確結論，並對項目下一步工作和項目實施中需要解決的問題提出建議。

三、創業項目計劃制訂及實施

項目計劃是創業者為了招商引資，實現項目發展目標所製作的方案途徑。項目計劃作為項目管理的重要階段，在項目中起承上啓下的作用，正式通過後將成為項目運作的參考和總綱。因此在制訂過程中要按照項目總目標、總計劃進行詳細計劃。

（一）創業項目計劃制訂原則

創業者在完成項目的可行性分析之後，需要制訂項目計劃書招商引資，為項目的成功運行提供保障。制訂項目計劃書，創業者首先必須明確建設項目目標和任務。目標和任務可以有一個或者多個，以實現建設項目的特定功能、作用和任務。項目計劃的目標不僅要求項目有較高的效率，而且要有較高的效益，所以在計劃中必須提出多種方案進行優化分析。項目計劃可以包括多個子計劃，各子計劃相互關聯，從而形成一個有目的的、系統的、有層次的、適應性強的有機整體，任何計劃的變化都會影響到其他子計劃的制訂和執行，進而最終影響到項目計劃的正常實施。此外，制訂項目計劃書時，還應該考慮到項目的動態性，這是由項目的壽命週期決定的。一個項目的壽命週期短則數月，長則數年，在這期間，項目環境常處於變化之中，使計劃的實施會偏離項目基準計劃，因此項目計劃要隨著環境和條件的變化而不斷調整和修改，以保證完成項目目標，這就要求項目計劃要有動態性，以適應不斷變化的環境。

項目計劃的制訂和實施不是以某個組織或部門內的機構設置為依據，也不是以自身的利益及要求為出發點，而是以項目和項目管理的總體及職能為出發點，涉及項目管理的各個部門和機構。它是建設項目得以運作和展開的基礎，是規定項目發展軌跡的重要指示性文件。任何成功的項目都離不開項目計劃帶給他們的重要作用。

（二）創業項目計劃制訂的內容

項目計劃是全面介紹公司和項目運作情況，闡述產品市場及競爭、風險等未來發展前景和融資要求的書面材料。一份完整的計劃書通常涵蓋了以下內容：①項目概況。編寫項目計劃書首先需詳細說明項目的基本情況，包括項目所處的地理位置。項目所在公司的組織結構、管理團隊概況、歷史管理與營銷基礎、歷史財務經營狀況以及發展戰略、文化核心理念等。②項目產品概況

及 SWOT 綜合分析。項目產品概況包括對產品的詳細描述、產品名稱、分類、規格、型號、產量、價格、產品特性、產品週期、產品標準以及產品所涉及的生產原料、生產設備、加工工藝、研究與開發。項目產品的 SWOT 綜合分析涵蓋了產品競爭優勢、競爭劣勢、機會以及面臨的威脅。③項目行業及產品市場分析。行業分析包括行業發展歷史及趨勢、行業發展現狀（哪些行業的變化對產品利潤、利潤率影響較大）、項目行業准入條件、政策限制、行業市場前景與預測等；產品市場分析則包括產品原料市場分析、產品供需現狀、產品銷售渠道、產品競爭對手情況、產品所在行業政策環境以及產品市場預測等。④項目市場營銷策略。創業者根據可行性分析報告中的策略分析制定相應的項目營銷計劃，包括項目執行戰略、項目營銷策略、產品市場營銷策略、產品售後服務方面的策略與實施。⑤項目風險規避對策。創業者根據可行性分析報告中的不確定分析及風險分析（存在的管理風險、人才風險、融資風險等）提出解決對策從最大程度上將其規避。⑥融資方案。在投資估算確定投資額的基礎上，研究分析項目的融資主體，資金來源渠道和方式，資金結構及融資成本和融資風險等。結合財務分析，選擇和確定最優的融資方案。⑦項目財務預算及財務計劃。在計劃財務預算時，每一項財務數據必須有跡可尋、有據可查，且需進行財務數據說明。此部分內容包括財務分析說明、財務資料預測（可以是未來 3~5 年的銷售收入明細、成本費用明細、薪金水平明細、固定資產明細、資金負債、利潤及其分配明細、現金流量以及財務收益能力分析等）。

（三）創業項目計劃實施

在創業項目建設的整個過程中，計劃是前提，貫徹執行卻是關鍵。創業項目計劃的實施是指項目計劃書編制完成後，項目組開始管理和運行項目計劃中所規定的各事項。在整個項目管理過程中，項目計劃書和項目計劃實施是緊密相連、不可分割的。項目計劃書是項目的指導方針，指導著整個項目按照既定目標、正確的方向運行。項目在實施過程中，如遇現實情況與計劃不符或現實超出了計劃，項目創業者需分析當下狀況，適當的調整計劃內容和方針，使項目的運行符合當下行情。

綜上所述，在準確選擇項目的基礎上，大學生自主創業更要明確創業項目的運行步驟，把握好其中的各個環節，在實施每一個環節時做到心中有數、心中有底，創業成功的概率將大大提升。

參考文獻

[1] 張兵仿. 大學生創業基礎教程［M］. 北京：時事出版社，2016.

[2] 於佳樂. 三進三結合模式助推雙創教育發展——訪江西應用科技學院創新創業學院副院長干甜［J］. 經濟，2016（31）：78-79.

[3] 鄒穎超. 創業成功的關鍵是創業項目的選擇［J］. 職業，2012（19）：94-94.

［4］吳金秋.「基礎理論　項目調研　創業計劃」大學生創業管理「三個一」教程［M］.哈爾濱：黑龍江大學出版社，2012.

［5］馮麗雲.市場調研在企業營銷管理中的應用［J］.數量經濟技術經濟研究，2001，18（11）：121-124.

［6］葉至誠.調研方法與調研報告［M］.北京：中國紡織出版社，2002.

［7］戴菲，章俊華.規劃設計學中的調查方法（1）——問卷調查法（理論篇）［J］.中國園林，2008，24（10）：82-87.

［8］吳輝.知己知彼 百戰不殆——對競爭對手調查的內容和方法［J］.現代工商，1998（89）：10-11.

［9］張靜.談統計調查的新方法——網路調查及其應用［J］.遼寧師專學報（社會科學版），2009（6）：132-133.

［10］鐘義山.數據的整理與分析［J］.陝西林業科技，1988（1）：75-79.

［11］宋立國.怎樣寫可行性研究報告［J］.秘書，2000（12）：29-30.

［12］李建清.市場營銷策略比較研究［J］.蘭州教育學院學報，2013，29（11）：19-20.

［13］王勇.投資估算的方法研究［D］.重慶：重慶大學，2004.

［14］趙韻.風資源評估的不確定性分析［J］.科技創新與應用，2016（4）：16-16.

［15］吳穆源.期望損益分析法在商業企業的運用［J］.財會通訊，1987（7）：29-30.

［16］佚名.項目建設必要性的七大決定因素［J］.南陽市人民政府公報，2014（7）.

［17］郭仲偉.風險分析與決策［M］.北京：機械工業出版社，1987.

［18］趙之宏.淺談項目計劃制定的關鍵問題［J］.西北農林科技大學學報社會科學版，2009，9（4）：79-84.

［19］縈子.創業項目的篩選及如何製作創業計劃書［J］.市場周刊，2004（6）：67-68.

［20］韓冰.你需要怎樣的商業計劃書？［J］.中國海關，2016（3）.

［21］陳瀟瀟，劉夏亮.繪制你的創業藍圖——如何撰寫商業計劃書［J］.成才與就業，2007（23）：16-18.

［22］田娟，鄭麗娟，劉明.大學生創新創業計劃實施的現實問題分析與探索［J］.河南科技，2014（23）：248-249.

A Research of the Operating Procedures of Start-up Projects

Zhao Yiyu, Huang Juan

(English Department of Education, CISISU, Chengdu, Sichuan, 611844)

【Abstract】 With a big push by the strategy of「promoting employment by entrepreneurship」, many college students begin to start up all kinds of projects, thus realizing their own value. But because some of them lack certain social experience and work experience, or know little about the operating procedures of the start-up project, they unavoidably encounter enormous difficulties in the process of implementing the project. Therefore, it is critical for college students to get better know of the operating procedures of the project. This paper elaborates the operating steps of the start-up project, which is supposed to be conducive for relative units of some colleges and college students to start up their projects.

【Key words】 College students; Start-up projects; Operating procedures; Research

外語教學研究

自動性任務框架
——商務口譯教學模式構建探索

四川外國語大學成都學院商務英語系　龐士程[①]

>　　【摘　要】本文積極探討了商務英語專業自設立以來在課程建設上對商務口譯教學模式進行的改革和創新。商務口譯要改變傳統的「語言+技能」的教學模式，突出商務交際對口譯技能提高的「驅動」作用。本文基於二語習得理論之輸入假說，以CBI教學理念為指導，探討商務口譯教學模式的構建與創新，即將「基於內容」的任務教學模式應用到商務口譯教學的教學目標設定和實現途徑。文章認為商務口譯的教學目標是要促進學生從二語學習者的陳述性知識向程序性知識轉化，從而形成商務口譯表達的自動性。文章最後提出了構建自動性任務框架的商務口譯教學模式的具體操作方式。
>
>　　【關鍵詞】商務口譯；CBI教學模式；自動性；任務框架

一、引　言

　　隨著2012年商務英語成為目錄內基本專業，截至2014年，全國已有216所高校開設了本專業，這勢必帶來商務英語專業在學科理論和教學模式上的大探討和大發展。在商務英語課程內涵發展上，王立非指出，商務英語的教學觀念應該「從以輸入為主導的語言技能教學向輸出與內容相結合的高級語言技能教學轉變」。商務口譯作為重要的語言技能教學課程，在提高學生的商務表達和溝通能力上有著重要的作用。如何構建和完善商務口譯的教學模式對商務英語專業的發展有

---

① 龐士程，男，文學碩士，四川外國語大學成都學院商務英語系副教授。研究方向為認知語言學、二語習得、教學法。

重要的影響。

二、口譯訓練模式的特徵

1. 一般口譯模式

（1）吉爾模式。

國際著名口譯專家吉爾（Daniel Gile）通過對口譯認知過程的分析，提出了交替傳譯（交傳）和同聲傳譯（同傳）認知負荷模式，簡稱「吉爾口譯模式」。

交傳：Phase I：CI = L + N + M + C

Phase II：CI = Rem + Read + P

同傳：SI = L + M + P + C

吉爾的口譯模式重點研究了口譯理解的過程以及過程中的精力分配。根據吉爾模式的要求，口譯的教學模式要盡量減少口譯過程中所需要的精力，譯員應通過拓展、改善知識結構，增加可支配精力，再科學合理地進行精力分配。

（2）釋意理論模式。

法國釋意理論（Interpretive Theory of Translation）的代表人物 D. 塞萊斯科維奇使用口譯三角模式闡明了口譯工作的過程，如下圖：

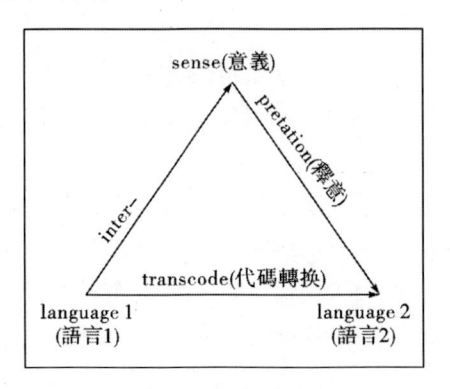

圖 1　口譯三角模式

也就是說，口譯的過程不僅是簡單的雙語互換（三角形底邊），三角頂端的「意義」起了相當大的作用，而這一作用在多數情況下是決定性的。同時塞萊斯科維奇在談口譯的性質時說：「口譯就是交流。」口譯的評價標準應該包括達成有效交際。鮑剛總結道：「口譯的主要程序不僅僅是兩個，而是三個，即原語理解、脫離詞語外殼和譯語表達。」在此基礎上，現行使用較多的教材《口譯教程》編寫小組廈門大學口譯教研小組借鑑這一模式，提出「廈大口譯訓練模式」，他們指

出，口譯的交際過程包括原文理解和目的語表達兩個步驟，同時作用於這兩個步驟的是分析，要實現有效交際，掌握技能是關鍵。

此模式中提出了「技能」教學的中心地位，口譯技能教學旨在幫助譯員正確理解發言人講話的信息，並快速、準確地用目的語表達出來。

2. CBI 模式

商務口譯是專門用途英語（ESP）和中文的語言轉換，一般教學模式所關注的「理解」和「技能」模式不能有效地提高實際工作的效度。正如王立非在發言中曾引用的一則鳳凰網的報導：中國高鐵 2012 年北歐項目，由於錯把高鐵機車的雨刮器（Diaper）譯成「抹布」，令南車集團痛失項目，造成巨額損失。

商務口譯的主題性內容應該是教學模式的重點關注對象。根據 CBI 理論，語言技能的教學應該基於某個學科教學或基於某種主題教學來進行。CBI 所倡導的內容教學法就是要進行主題語言教學，把語言技能教學放在具體的主題內容下開展。在商務口譯的教學中，突出「商務」的主題內容，進行場景式教學能夠給予學生真實的語境和具體的任務，從而提高口譯教學效果。

三、自動性任務框架——商務口譯教學模式

1. 自動性

自動性相關研究在認知心理學、心理語言學等領域具有長久的研究歷史。自動性研究與行為主義觀是有區別的。語言行為主義認為，通過反覆的操練，語言學習可以逐步形成習慣，從而達到掌握語言知識的目的。正如通常所說的「白紙論」一般，語言學習者就是在紙上不斷反覆堆積知識而習得語言。這種學習觀將學習者看作「機器」，認為學習者機械地對外界刺激做出反應，為外界所控製，缺乏主動性，因而忽略了學習者在語言學習中的積極性與主體作用。

然而自動性的理論基礎為現代認知心理學中的信息加工理論，強調學習者在語言學習中的主體地位。文秋芳提到：文獻涉及諸多自動性特徵。據不完全統計，從 1971 年到 2008 年，研究者共提到 23 個自動性特徵，其中涉及較多的是無意識處理（unconscious processing）、高速處理（fast processing）、不占記憶容量（capacity-free）、注意（attention）、強制性（obligatoriness）、不費力（effortless）等。這些研究指出，通過詞彙知識的逐步豐富，加上練習的作用，提取語法信息或進行句法分析的處理速度就會逐漸加快，很多表達法的熟練程度會逐步提高，注意資源的消耗漸漸減少，自動化程度隨之提高。

基於範例的教學/學習模式認為，解決問題的方法以單元形式存儲於大腦中。算術運算處理不受經驗的影響，而自動處理會直接從記憶中讀取問題的解決方法，因為答案已以單元形式存儲於記憶中。波利和西德爾發現大部分言語產出不是嚴格遵循句法規則的，而是作為一個單元——套

語——直接從記憶中讀取的。這說明言語產出,尤其在有時間壓力的口語口譯輸出中,主要還是基於記憶產出的過程。

2. 自動性任務框架

任務框架是指口譯任務的具體架構,即何時何地何人以何種方式進行以何內容為主的何種程序。商務口譯作為特殊主題的交際活動,在教學中採用任務框架進行自動性教學,對於消除譯員的壓力,提高譯員現場交際語境的注意力有直接作用,從而提高教學效果。可以毫不誇張地說,商務口譯的「完形填空」式教學模式,有利於學生加速陳述性知識向程序知識的轉化,同時也給學生形成性評價提供語料素材。

自動性任務框架教學模式的建立需要做好以下幾點:

(1) 目標。

自動化過程是一種螺旋式發展過程,實踐證明,基於任務的教學方式比傳統的交際教學方式更容易實現更高程度的自動性。將自動性作為口譯教學的一個目標,繼續發揮傳統課堂教學中重複、持續的主題式訓練作用。一般來說,母語學習者一般都能完成陳述性知識程序化的任務,二語學習者通過練習可以學到大量的程序性知識,但未必能完全實現自動化處理。因此將自動性作為一個教學目標,就可以激勵二語學習者努力實現較高程度的自動化處理機制,從而在學習過程中快速、準確、有效地處理信息,免遭或少遭其他信息干擾,最終提高學習質量。

(2) 內容。

內容就是任務的具體體現,表現為「什麼」(what),以任務為導向來設計內容可以實現教學效果的最大化。主題式商務口譯訓練要以 CBI 理論為指導,突出具體話題的場景演練。在商務口譯的訓練中,分類別進行練習有利於自動化處理目標的達成。基本的商務口譯話題分為:商務聯絡陪同口譯(escort-liaison interpreting)、禮儀口譯(ceremony interpreting)、產品推介口譯(information interpreting)、談判口譯(negotiation interpreting)。

(3) 程序。

程序指學習者在履行某一任務過程中所涉及的操作方法和步驟,在一定程度上表現為「怎樣做」(How)。它包括任務序列中某一任務所處的位置、先後次序、時間分配等。

任務框架包括口譯任務的大體框架和發言人話語的主要框架,即話語類型、主要內容和邏輯思路。任何類型或內容的交傳任務,都有其特定的任務框架。

以聯絡陪同話題為例,其任務框架包括:接機、食宿安排、告知活動安排和注意事項、提供工作和生活便利、提供關於此地的人文等信息、溝通協調各種事務、解決被聯絡人的各種問題等。涉及的話語可能是敘述類或介紹類話語,或者二者混合的話語。自動性教學要設定場景,在課堂教學交際行為活動中反覆使用的表達方式和套語,通過交際操練活動中高頻次的輸入促使語言產出程序化的實現。

(4) 輸入材料。

所謂輸入材料是指履行任務過程中所使用或依據的輔助資料。輸入材料可以是語言的,如音

頻、視頻、學生場景模擬等；也可以是非語言的。在課堂任務的設計上要仔細思考和準備這些材料。

（5）自我評估。

自我評估是在口譯的訓練過程中學生自我監控、自我評估和自我調整的訓練模式。在口譯的評估中，相關的評估變量應該包括意義傳遞（內容全面性和交際意圖）、技能運用（數字口譯、專有名詞及頭銜）、譯語表達和交際效果，用定性和定量的方式進行評估。

口譯訓練評測表借鑑了鮑剛的「口譯競賽評估表」。評分表相關變量主要以定性為主，只需在相應的空格內打「√」即可，從而在聽譯文時節省時間，提高可操作性，但最後要根據各級別換算成一定分值，以便給出最后的分數。「技能運用」採用定量評估，目的是紀錄譯員在這一領域的失誤，錯譯減 5 分，漏譯減 3 分，細節差錯或似是而非、不很準確等減 2 分。記錄以寫「正」字來計數，最后統計，注意漏譯減分權重較少，應該在「內容全面性」上進行評判。

表 1　　　　　　　　　　　　　口譯訓練評測表

姓名	意義傳遞 70%		技能運用					譯語表達（5級）20%	交際效果（3級）10%	總分 100%
^	內容全面性（5級）50%	交際意圖（5級）20%	數字		專有名詞及頭銜			^	^	^
^	^	^	錯譯	漏譯	錯譯	漏譯	不很準確	^	^	^
張三	45~50；40~44；35~39；30~34；29 以下	18~20；16~17；14~15；12~13；11 以下						18~20；16~17；14~15；12~13；11 以下	8~10；6~7；5 以下	
李四	45~50；40~44；35~39；30~34；29 以下	18~20；16~17；14~15；12~13；11 以下						18~20；16~17；14~15；12~13；11 以下	8~10；6~7；5 以下	
……	45~50；40~44；35~39；30~34；29 以下	18~20；16~17；14~15；12~13；11 以下						18~20；16~17；14~15；12~13；11 以下	8~10；6~7；5 以下	

四、結　語

商務口譯教學是時候走出「閉門造車」的階段了，雖然商務英語專業的國家標準還未正式頒布，但其前身《高等學校商務英語專業本科教學要求（試行）》明確地提出：「（受訓學生）能夠對含有一定專業內容的商務談判、演講、訪談、解說進行即席口譯。」基於任務框架的商務口譯自

動性訓練就是要培養能進行專業內容口譯的譯員，使其能迅速地對接商務活動。在具體的教學實踐中還需要對框架中的各主題程序進行細化，從而讓商務口譯的教學質量能夠真正提高。

參考文獻

［1］王立非，李琳. 商務外語的學科內涵與發展路徑分析［J］. 外語界，2011（6）：6-14.
［2］鮑剛. 口譯理論概述［M］. 北京：中國對外翻譯出版公司，2005.
［3］雷天放，等. 口譯教程［M］. 上海：上海外語教育出版社，2006.
［4］文秋芳. 二語習得重點問題研究［M］. 北京：外語教學與研究出版社，2010.
［5］陳準民，王立非. 解讀《高等學校商務英語專業本科教學要求》（試行）［J］. 中國外語，2009，6（4）：6-13，23.

Task-Based Framing of Automaticity: The Exploration on the Teaching Model of Business English Interpretation

Pang Shicheng

(*Business English Department*, *CISISU*, *Chengdu*, *Sichuan*, 611844)

【Abstract】 This essay aims to explore the innovation of teaching model of business English interpretation. The traditional teaching model of「language + skill」should be improved. Instructed by the theory of CBI, this essay argues that the teaching model of business English interpretation should be changed to task-and-content-based ways of training. With the purpose of ultimately forming the automaticity of interpretation delivery, this essay discussed the establishment of task-based framing of automaticity in business English interpretation.

【Key words】 Business English Interpretation; CBI Teaching model; Automaticity; Task-based framing

從法語專業四級考試寫作部分
淺析獨立學院外語專業寫作教學

四川外國語大學成都學院法語義大利語系　金　星[①]

> **【摘　要】**本文從全國法語專業四級考試入手，通過對比本校專四寫作單項平均分與全國平均分，反思目前法語專業寫作教學的現狀和存在的主要問題，尤其是獨立學院的寫作教學。基於辦學定位、培養方案等方面的不同，獨立學院的寫作教學不能照搬傳統高校的寫作教學模式，必須立足本專業學生的實際情況，摸索出合適的教學模式，改變傳統的、單純以範文為中心的授課模式。
>
> **【關鍵詞】**獨立學院；法語寫作；教學模式

一、引　言

　　全國法語專業四級考試（簡稱專四）從 2004 年開始舉辦，其中寫作是必考的內容之一，同時也是調整和變化最大的部分。除了寫作，其餘題型基本沒有太大的變化。寫作從命題作文，變成選詞寫作，然后從 2014 年開始，又變成了看圖寫作。看圖寫作就是根據所給出的 4~6 幅圖片，以及簡單的提示，描述所看到的圖片內容或表達個人的觀點。

　　這些調整對學生的寫作成績是否存在一定的影響呢？我們在下面的表格中統計了近五年以來，本校法語專四寫作單項平均分和全國法語專四寫作單項平均分。

[①] 金星，女，文學碩士，四川外國語大學成都學院法語義大利語系講師。研究方向為法語寫作、法語基礎教學。

表 1　　　　　　　　本校專四寫作與全國專四寫作單項平均分對比

年度	本校專四寫作單項平均分	全國專四寫作單項平均分	本校與全國的分差
2012	6.91	7.51	-0.6
2013	9.55	7.84	+1.71
2014	7.09	6.25	+0.84
2015	9.66	8.72	+0.94
2016	9.87	7.67	+2.2

（1）從上表中可以看出，2014年的寫作題型的調整對於全國和我校學生的影響很大，全國寫作單項的平均分（6.25分）是五年中的最低分；我校的寫作平均分（7.09分），雖然高於全國平均分，但也是五年中的低分。

（2）從總體上看，我校從2013年開始，寫作單項的平均得分始終高於全國平均數據。儘管寫作的題型有變動，但對我校影響不大。這說明，作為獨立學院的法語專業，教師在寫作教學中，已經摸索出一套適合獨立學院學生的教學方法與教學模式，形成了自己的風格，並收到成效，從根本上開始改進寫作教學，切實提高了我校學生的寫作實力。所以，無論題型怎樣變化，都能保持較好的成績。筆者在此談一談我校法語專業在寫作教學上的一些課程改革措施與看法。

無論何種類型的高校，也無論是什麼專業語種，一旦面對寫作課程，大多數教師都覺得寫作難教，甚至面對寫作課程，感到束手無策、無從下手；而學生一旦進行法語表達，無論是口頭還是筆頭，都有種詞不達意、言不由衷的感覺，搜腸刮肚甚至絞盡腦汁才勉強拼湊出一篇作文。詞窮到有捉襟見肘之窘。

學習外語，口頭表達固然重要，但還應該同時具備較強的閱讀能力和用該語言從事寫作的書面表達能力。

在多年的教學工作中，筆者深感寫作絕非易事。國人寫出的中文文章中，文理不通、病句連篇者尚不在少數。對於進入大學從字母開始學習一門新語言的學生來說，剛學習了一年多，便開始學習寫作，他們所面臨的困難自然可想而知。然而，只要師生共同努力，方法得當，讓初學法語的學生寫出文理通順、內容比較豐富的文章並非不可能。

二、獨立學院法語專業寫作教學面臨的困境

（一）學生對於寫作題型變化的反饋

2014年法語專四寫作由選詞寫作（出題組給出10個任意單詞，學生在寫作中至少選用其中8個）開始改為看圖寫作。面對新題型，學生普遍覺得難度增加了。在看圖寫作中，基本的思路已

經明確，應該更好寫，為什麼會覺得難度增加呢？問題有幾個：一是沒有看懂幾幅圖的含義，不知道其中的關聯關係；二是雖然讀懂了圖片的內容，但是苦於法語語言表達能力有限，無法謀篇佈局，構思出一篇思路清晰，表達清楚的文章；三是言語表達上，用詞造句過於簡單，表達方式單一，有點像寫圖解，無法滿足150個單詞的數量要求。

（二）學生語言基礎太薄弱

語言知識很多，包括相關語種的文化知識等都是常識且需要掌握。與傳統高校教師所面臨的問題迥然不同的是，獨立學院的教師在寫作教學中，語言基礎知識是第一道教學關卡。這是獨立學院的學生的特點所決定的。因此，教師經常在學生的寫作練習裡發現許多令人目瞪口呆的、啼笑皆非的語言錯誤也就不足為奇了。

語言基礎問題主要反映在幾個方面：

第一，學生幾乎無法寫出一個完整的句子，甚至句子裡幾乎所有名詞都不能正確拼寫。

第二，詞彙量貧乏，見過的多，會用的很少，《高等學校法語專業基礎階段教學大綱》規定該階段的總詞彙量為3,800個，而必須熟練掌握的詞為2,600個。然而，我們發現學生在寫作中能夠用上的詞彙量十分有限。曾經有個學生在一篇描寫房間的150個單詞的作文裡，用了16個「il y a」句型。表達方式的單調是因為平時沒有有意識地去累積單詞，未養成運用它們的習慣。能夠熟練運用的「主動詞」數量十分有限，而剩餘的部分仍然屬於在閱讀和談話時能夠理解而自己不會運用的「被動詞」。

例如，在一次寫作練習中出現了「兔子」這個動物，70%以上的學生不會寫，於是「聰明地」用「animal」（動物）這個單詞來替代。假設寫「龜兔賽跑」，「兔子」和「烏龜」這兩種動物同時出現，又都不會，該怎麼辦呢？

第三，無法正確運用語言，不會區別詞彙所屬的不同語言層次，小詞大用，大詞小用。不會辨析詞義是最常見的現象。

第四，語法學習停留在理論脫離實際的階段。在寫作中缺乏正確運用冠詞、動詞時態、語式及句法等語法知識的意識。

（三）文化背景知識缺乏和思維模式差異導致理解困難

寫好文章，主要不靠技巧，而靠廣泛的生活閱歷與大量的廣博閱讀。需要一定的文化背景知識。在一次看圖寫作練習中，學生普遍不知道圖片上一個黑色的，印有一個大十字架的長方形箱子是西方的棺材。由於平時不注重瞭解法語國家的社會文化知識，當然就無法瞭解這些國家國民的思維方式，帶來的是無法看懂西方漫畫或連環畫中所包含的社會文化元素。學生在常識性背景知識方面極度缺乏，這也是教學中面臨的一個非常棘手的問題。

（四）缺乏適合獨立學院的法語專業寫作教材

古今中外，關於寫作方法的教科書，幾乎都是按照文章類型和文章體裁來談論寫作程序與技巧，忽視了寫作者水平的參差不齊。加之，目前國內可供法語專業選用的寫作教材非常少。目前這些教材本身也不夠完善，尤其沒有專門針對法語專業本科大二年級的寫作教材。教材的缺乏，使得教師沒有辦法收集系統的寫作講義，也不利於學生系統地掌握寫作的基本理論。

（五）傳統的寫作教學模式單一，不適合獨立學院

目前普遍的寫作授課模式，還是以「教師」講授「範文」為中心的教學模式。教師通過所選定的範文的篇章結構特點來分析文章的語言特點和寫作技巧。教師旨在通過分析範文，讓學生學習和理解範文中的寫作手法和修辭手法，最后布置仿寫的練習。

獨立學院的學生普遍缺乏學習的興趣和學習積極性。如果照搬傳統的寫作教學模式，沒有針對學生水平的講義，又缺乏比較科學的、設計合理的寫作練習，會使教師和學生都有挫敗感：教師容易喪失授課的信心，學生容易失去學習的興趣。

三、關於法語專業寫作課程的一些改革措施和建議

法語專四的寫作成績和學生的種種反饋，使筆者在思考，中國學生在學習外語寫作時，究竟難點在哪裡？對於教師，究竟什麼是寫作教學的最佳切入點？哪些地方有待提高和改進？正是在反思以上問題的過程中，我校法語專業的寫作教學在不少方面都進行了一些教學改變，摒棄了一些傳統院校的常規做法，立足於本專業的實際情況。

在寫作教學實踐中，教師不能只滿足於運用一些自己熟悉的和容易掌握的教學方法，而應該去嘗試新的教學方法。所謂「新」教學法，就是適合自己學生的水平和特點的教學方法。具體地講，對獨立學院外語專業的寫作教學而言，必須追本溯源，在寫作教學中，不忽視外語基礎知識的重要性。以語言基礎知識為臺階，步步為營地從「片段」寫作過渡到「全文」寫作。從被動地或主動地輸入語言知識，過渡到輸出語言知識，這是外語學習的必然過程。

基礎上述思考，在教學實踐中，需要擬定和完成的幾項任務如下：

（一）明確寫作課程的「大」目標和「小」目標

寫作課就是對所學法語知識的實際應用。實際運用也是語言學習的終極目標。如果寫作課程的教學內容選擇的隨意性較大，長期來看，寫作教學的科學性和嚴謹性都會大打折扣，教學質量也將難以得到保證，必須有的放矢。所以，課程任務與目標的制定是必需的。

法語專業學生寫作課的「大」目標就是培養和提高學生的法語書面表達能力。在這個略顯空洞的「大」目標下，我們的「小」目標就是：在法語專業基礎教學階段結束時，學生能基本正確地用 12~15 個句子，寫一篇內容清楚的文章。具體評價標準：寫作中能使用直陳式現在時和直陳式複合過去時；動詞變位的錯誤在 3 個以內，單詞拼寫錯誤在 5 個以內；不同的句型結構能使用 3 個以上，句子數量為 12~15 句，單詞數為 130~170。

由於教學目標具體，評價標準確定，輔之以科學合理的練習，及時的評講，學生經過大一和大二將近四個學期的法語基礎語言知識學習，正常情況下，可以進行簡單正確的表達。

（二）調整課程內容

教師圍繞明確的寫作目標，準備豐富的教學資料，幫助學生運用已學的語言知識來進行正確的書面表達。

在基礎教學階段，對於寫作的「文採」不作具體的要求，以「正確」為基本標準，要求學生每次寫作力求做到「拼寫正確，變位正確，性數配合正確」。

獨立學院學生的普遍特點包括：學習自覺性和學習興趣缺乏，基礎知識薄弱，學習能力偏低，學習效率低下。因此，我校法語專業教師在寫作教學中，遵循從易到難、循序漸進的原則和「兩手抓」的策略。我們的寫作課不再效仿傳統高校的「以範文為例，講授各種寫作技巧」的教學模式，因為在我們實際的課堂教學中，教師會發現學生連文章都無法讀懂，還談何技巧。所以，在具體的教學中，我們採取「兩手抓」的策略，即同時採取兩個步驟：「補」與「學」。這兩個教學步驟相輔相成。

1.「補」欠缺的基礎知識

目前獨立學院的學生在進入大二時的現狀是：能正確且完整地寫出一個句子的學生只有 30%。這是一個有點令人無法直面的真實數據。此時，在課堂上直接大談寫作技巧和寫作方法，如同讓一個還不會走路的孩子去學跑。所以，從「走」到「跑」這個過渡階段必須要由教師來彌補。

「補」的目的就是豐富詞彙量和一些文化背景，以詞彙為主。老師會主動提供一些相關詞彙，也可以讓學生自己去找，然後把這些詞彙讓大家共享，要求學生在相關的寫作中必須用到。文章的靈魂就是思想，寫作的目的就是表達思想。靠什麼表達呢？語言。所以，要寫好作文，除重視累積材料外，還必須重視語言基礎學習，豐富詞彙量。具體地說，語言是以語法規則為串線，將詞彙連成能表達意義的句子。

2.「學」寫文章

寫作練習，一定要有一個科學的練習過程。所謂科學，就是要注意難度的梯度設置。有一個循序漸進的過程，不能死搬硬套一些外國關於寫作方面的教學理論和教學模式，而是要做到取長補短和綜合運用。要具體情況，具體分析。

獨立學院的學生需要教師根據學生的實際水平，選擇與學生水平相當的方式和方法，發揮教

師的主動性和創造性，為學生設計課程內容與流程。

3. 合理恰當地安排訓練計劃

我校教師將寫作教學分為三個進程。每個進程的教學目標和教學方法都有所不同。

第一進程：先讓學生從一個小場景開始寫，例如「摔跤」「打架」「洗衣服」「挑選食物」。在這些小場景的寫作開始前，要預先準備詞彙。然后教師布置學生就一個小場景寫 5 句話。這樣的練習一般保證每周有 2 次，限時 10~15 分鐘。限時的長短要根據學生的實際情況隨時調整，剛開始一般給 15 分鐘，后來甚可以縮短到 8 分鐘。經過大約 5 次，學生會從無話可說，到能寫出 2~3 句有錯誤的句子，最后到 5 句左右基本正確的句子。訓練效果可見一斑。

第二進程：老師會一次給 2 個小場景，要求學生不僅用法語寫出 2 個場景的故事，而且要求用一個線索把這兩個場景連接起來。這就有一定難度，需要學生思考並找到一個合理的線條邏輯。獨立學院的學生在此方面的能力是非常欠缺的。這個過程至少需要 5 周左右。

第三進程：學寫整篇文章，也就是學會在前面寫片段的基礎上，加上開頭和結尾。此時，老師開始同步講授開頭結尾，以及中間部分的寫作技巧。

前兩個進程中，只對寫作的正確性提要求。有了正確性，才有談論技巧的資本，否則就是空中樓閣。

4. 及時地批閱與反饋學生的寫作練習

寫作理論和寫作技巧，只有通過適量的寫作練習，才能實實在在地有助於提高寫作水平。但是，單純的練習，沒有及時地從教師那裡獲得關於自己寫作的反饋信息，勢必會影響學生的寫作積極性和寫作動力。所以，及時的評講是非常必要的。在評講練習時，教師要明確自己的教學任務是幫助學生發現和找到自己的弱點以及錯誤的原因。如果是隨堂練習，教師要密切關注學生在寫作過程中的習慣與做法，還可以通過公布詳細的寫作評價標準，讓學生之間互評或自評，使學生對於寫作的基本要素與基本標準有更深刻的認識。及時的評閱與反饋，會給學生的寫作予以有效的指導，讓學生瞭解正確的表達方式、篇章結構的文體特點，從而學習和掌握寫作的方法與技巧，提高語言表達能力。

四、結 語

教師在寫作教學中，要求學生運用學到的詞法、句法和語法知識，正確通順地完成寫作任務，努力幫助學生進一步豐富與深化所學的語言知識。通過寫作練習，提高學生語言運用的水平，提高書面表達能力。

法語專四寫作成績暴露出來的問題，在一定程度上反映了學生寫作方面普遍存在的問題。我們應該深刻反思。考試只是手段，是一個單純的檢驗教學效果的手段。教師在教學中，要重視法

語寫作教學的重要性，努力尋求有效的法語寫作教學法，運用合理的策略，不斷改進教學模式和教學方法。通過教學，學生能不斷豐富自己的知識和經驗，開發鍛鍊思維能力，如此才能厚積薄發，做到下筆如有神。功夫總是不負有心人，經過師生長久持續的努力，寫作的教學成果就能夠從各方面顯現出來。

參考文獻

［1］王妮華. 從法語寫作課出發談法語的教與學［J］. 北京第二外國語學院學報，2003（6）：46-53.
［2］沈蕎仲，等. 教與寫［M］. 上海：上海教育出版社，1982.
［3］曹德明. 現代法語詞彙學［M］. 上海：上海外語教學出版社，1994.
［4］王文融. 法語文體學教程［M］. 北京：北京大學出版社，1997.
［5］趙斌斌. 論詞塊教學法在法語寫作教學的應用研究：首屆海峽兩岸外語與教學研討會暨福建省外國語文學會2011年會論文集第二輯［C］. 2011.

Analysis of French Writing Teaching Model from the Perspective of Test for French TFS 4

Jin Xing

(*Department of French and Italian*, *CISISU*, *Chengdu*, *Sichuan*, 611844)

【Abstract】 Based on an investigation and research of TFS 4 (Test for French Majors-Band 4), the author focuses on writing process and obstacles in French Writing, aiming to help the students overcome writing difficulties. This goal of the thesis is to discuss what to be adjusted in college French writing class, to find the way to improve students' writing level, to shift the emphasis away from the traditional「model writing teaching」. We need to set up a new focus: the「process decomposing training」model. Additionally, the major goal is to train the writing capability and establish the new viewpoint and adopt a new approach in French Writing teaching.

【Key words】 Independent college; French writing; Teaching model

論「教師主導，學生主體」在基礎德語課堂中的困境及應對策略

四川外國語大學成都學院德語系　李　碩[①]

>【摘　要】「教師主導，學生主體」是現代大學教育的一項重要教學原則，然而該原則在大學基礎德語課堂上的完全實現，依舊存在困難。筆者首先對該原則進行了闡釋，並在分析大學基礎德語課堂教學現狀的基礎上，結合自身經驗提出了實現「教師主導，學生主體」的基本策略。
>
>【關鍵詞】教師主導；學生主體；大學德語；基礎德語

一、引　言

當今社會，對於教師和學生在教學活動中的地位主要存在兩種不同的看法。由於長期受到如「一日為師，終身為父」等傳統思想觀念的影響，一部分人認為，教師是教育活動的中心，教師的教導直接決定學生的發展；另外一種看法則認為，學生在教學活動中應占據主要地位，教師不應該過多地干涉學生，而其責任僅僅是滿足學生的需要。隨著現代社會的發展，這兩種極端的師生關係的局限性體現了出來，一種過分強調了教師的權威，另一種則誇大了學生的主觀能動性，因此學術界提出了「教師主導，學生主體」的新型課堂關係。

[①] 李碩，男，文學學士，四川外國語大學成都學院德語系助教。研究方向為德語與教育學。

二、如何正確地理解「教師主導，學生主體」

所謂「教師主導，學生主體」，是指教師在教學活動中應該發揮主導作用，組織課堂，並引導、督促學生學習，增強其服務性。同時還應堅持以人為本，強調學生發揮主體作用，最大限度地發揮其創造力。在傳統的教學模式中，教師往往都是教學活動的中心，只重視將知識「填鴨式」地傳授給學生，而忽視學生本身的主觀能動性，致使學生成為「背書或做題的機器」，無法將所學到的知識靈活運用。隨著教育改革的推進，這一現象得到了極大的改善，學生在課堂中的地位慢慢得到重視；但又有一部分教師走向了另一個極端，將課堂完全交給學生，導致課堂效率低下，教學計劃無法完成，課堂教學也沒有達到實質效果。

事實上，教育活動是教師與學生共同參與的過程，既要發揮教師的主導作用，也要發揮學生的主體作用。

三、「教師主導，學生主體」在大學基礎德語課堂中的現狀及困境

堅持「教師主導，學生主體」這一原則對語言類課堂尤為重要。然而長期以來，大學基礎德語的教學依舊沿用的是「教師主體」的原則。無論是在語法講解、課文分析還是詞彙辨析等知識的傳授方面，都是以教師口授為主。在課文分析時，很多教師依舊採用的是外語教學中最傳統的翻譯教學法，缺乏與學生的互動；而在語法講解時，一般先講解基本語法點，然後聯繫課文中的語法現象，並幫助學生歸納總結，以至於忽略了學生的主觀能動性。還有一些老師在講解新的內容時，照本宣科，全然不顧教材內容是否新穎，是否能夠跟得上時代的步伐，更不會根據學生情況，調整教材順序。

這樣的現狀會帶來兩個方面的消極結果：一方面，教師只重知識傳授，輕能力培養，致使理論與實踐相脫節。同時，由於教師只著眼於學習者的「讀」和「寫」的能力培養，忽略了對學生語言交際能力的培養，學生只是一味地「輸入」，而沒有機會做更多的「輸出」練習，還會導致學生出現「不敢說、不會說、聽不懂」等「啞巴德語」的現象。另一方面，由於教師在課堂上總是以自己為中心，找不到或者不善於找互動點，缺少與學生的互動性，一味地「自問自答」，學生本身沒有參與感，其對德語學習的興趣也難以培養和保持，甚至對基礎德語產生厭學的情緒。這些現象都非常不利於基礎德語課堂的優化。

四、在大學基礎德語課堂中
實現「教師主導，學生主體」的策略

　　基於「教師主導，學生主體」的重要性，以及其在大學基礎德語課堂中實施的現狀，筆者在日常的教學活動中以之為指導，對課堂組織以及教學策略進行了變化，並總結如下：

（一）引導學生自己發現問題並總結規律

　　教育心理學家皮亞傑曾經說過：「一切真理都要學生自己獲得，或者由他重新發現，至少由他重建，而不是簡單地傳遞給他。」他強調學生應該參與知識構建的過程，根據已掌握的知識，推倒、歸納出新的知識，而非掌握個別的經驗和結論。以德語語法「規則動詞的現在完成時結構」為例，在傳統的講授方法中，教師會在課堂一開始就給出動詞的變化規律，讓學生死記硬背，這樣不僅讓課堂成為老師一個人的「脫口秀」，使得課堂氣氛沉悶，還會使學生無法參與語法規律的總結過程，使其對該語法規律的掌握不夠牢固。筆者在講授該語法時，充分利用了學生的主觀能動性，鼓勵學生自己發現問題並總結規律。過程如下：先給出兩個句子讓學生翻譯：①今天，他慶祝他的生日。②筆者在西門子工作。翻譯如下：①Er feiert heute seinen Geburtstag. ②Ich arbeite bei Siemens. 首先通過這兩個句子讓學生對現在時的結構進行回顧。然后筆者會給出第一個句子變位現在完成時的形式，即：Er hat heute seinen Geburtstag gefeiert. 並讓學生對這兩個時態的句子進行比較。他們會發現完成時多了一個助動詞 haben，並且原句中的動詞變為二分詞的形式置於句末，繼而總結出了 haben+PII 的結構，然后讓學生根據自己推導出的規律將第二個句子變為完成時。在整個教學過程中，學生參與度極高，不僅課堂氣氛活躍，而且對該語法的掌握度較高。教學成果在單元測試成績（測試內容為完成時）中得以明顯的體現：13級學生在該教學策略的改變下單元測試優秀率達到94%（12級學生為87%）且錯誤集中在單詞拼寫上，而針對完成時的語法結構無一人扣分。

（二）學會使用「任務型」教學法

　　任務教學法，也叫任務型教學法，最初是由美國教育家杜威提出的，他以實用主義作為教育理論基礎而提出了「學生中心，從做中學」的教學模式，他主張教育的中心應從教師和教科書轉到學生，教學應引導學生在各種活動中學習。課堂教學應圍繞既定的教學任務展開，具有明確目標的任務有助於語言學習者更加主動的學習和使用語言。這樣的課堂教育目標明確、重難點突出、效果最佳。簡而言之，就是讓學生「多做事」，並在完成任務的過程中通過老師的指導解決問題並最終掌握交際能力。而在現在的大學德語基礎德語的課堂中，依舊有很多老師在講解課文時採用

翻譯法，一個人在講臺上單純地分析句子成分和語音、詞彙變化，完全不與學生互動，這樣的授課效果不佳。

以《當代大學德語2》第六單元第二篇課文 Was will ich werden? – Was kann ich werden? 為例，筆者在講授這篇課文之前會先根據課文內容提出幾個問題：① Was sind die Traumberufe von Dai Sulin und Gao Feng? ② Was ist der wirkliche Traumberuf von Viktoria Wang? ③ Warum möchte Zhu Zheyzing jetzt nicht mehr in einer Firma arbeiten? ④ Will Zhong Wenxi nur eine feste Stelle haben? 然後給學生8~10分鐘的時間，讓其帶著這四個問題來閱讀文章，並適當討論。

筆者在該節課後通過調查問卷的方式向本班學生詢問意見。意見普遍集中在：在閱讀的過程中目標明確，既不會感到枯燥、乏味，也能夠在討論、回答問題的過程中提高交際能力，受益甚多。

（三）善於採用小組合作的方法

所謂小組合作學習，是指將學生整體分為等量小組，通過各小組間成員的人際合作和互動來共同完成任務。在遇到較難問題或開放性問題時，教師就可使用小組合作學習的方法。例如，在學習《當代大學德語2》第六單元第二篇課文 Was will ich werden? – Was kann ich werden? 之前，筆者會提出一個問題：was ist Ihr Traumberuf?（您的理想職業是什麼？）並將學生進行分組，每組4人，限時5分鐘，對該問題進行討論（討論的過程中必須使用德語）。最終每組推舉出一個人代表各組進行觀點總結闡述。這樣的方法不僅能夠調動學生積極性，活躍課堂氣氛，還會使每個學生都參與到課堂中來，群策群力，展示其才華，真正體會到一個人的力量是有限的，而集體的智慧是無限的。採用該方法的課堂氣氛明顯比往年課堂活躍。

應注意的是，教師既是教學活動的組織者，也是共同合作者。學生在分組完成任務時，教師應深入到學生中，對各小組進行指導，適當助力各小組完成任務，並鼓勵其他成員參與討論。

（四）敢於讓「學有餘力」的學生成為「小老師」

大學生多數處於青年中期（18~24歲）這一年齡階段。在這個階段，個體的生理和心理發展已接近完成，且具有較強的表現欲望。根據大學生的這一特徵，教師可以在適當的教學單元讓學生成為「小老師」。

如在向學生介紹德國的「雙軌制」的教育體系時，筆者會在之前就選定人選，讓學生能夠有充分的時間進行準備，並在課下給予相應指導。在真正上課時放手將課堂「讓」給學生，讓其盡情發揮。只在最後對該生的表現進行以鼓勵為主的評價並對教學內容查漏補缺，進行完善。在本堂課中，作為「小老師」的同學表現極佳，通過表格、圖片、視頻等學生感興趣的方式將「雙軌制」解釋得非常透澈，其他學生也在上課的過程中積極參與，與「小老師」互動。

這樣的上課方式，不僅在真正意義上實現了「以學生為主，教師主導」的基本原則，而且會

使主講學生能夠學到除課文知識之外的其他知識（如 PPT 的使用，網路信息技術等）。同時，由於是自己的同學做「老師」，其他的同學在上課時就不會有過多的顧慮，能夠做到主動與「教師」互動。

（五）教材內容選取上也要堅持「以學生為中心」

在選取教材內容、安排教學順序時，應當從學生的角度出發，將過難或過易的教材內容進行篩選替換。信息量不大且內容陳舊、沒有代表性的內容也應當予以刪除。選材內容應盡量緊扣時代脈搏，才能夠吸引學生的興趣。

如在《當代大學德語 2》第 13 單元時，主題為信息的獲取和傳遞，其中是以發送手機短信為例的，然而在現代社會中，很多學生已經極少使用短信，而是通過很多微信或其他軟件來發送消息。於是筆者便選取了另外一篇關於 Wechat 在德國的應用的文章，學生們在學習的過程中不僅獲得了知識，還爆發出極大的學習熱情。

這樣對於教學內容的更改變化，也是建立在對「人」的關注之上，體現了「以學生為中心」，而非單純的以教師為中心或者是以教材為中心。

五、結　語

總之，在大學基礎德語的課堂中，教師要大膽放手，尊重學生的主體地位，發揮學生的主觀能動性，激發學生的學習興趣。當然，教學活動是教師與學生的雙邊活動，二者是緊密相連、密不可分的。任何一個教學活動，如果沒有教師的引導，都不可能實現高效率地教學。可以說教師的主導越到位，學生的主體性體現得越充分。

「教師主導，學生主體」的基本原則是適用於大學基礎德語課堂的，為了更好地貫徹這一原則，在今后的教學活動中，筆者還需要聯繫實際，不斷完善。

參考文獻

　　［1］王玉樑. 論主體性的基本內涵和特點［J］. 天府新論，1995（6）：34-38.

　　［2］張秋玲.「主導主體說」內涵的理解及其辨析［J］. 中國教育學刊，2006（3）：6-9.

　　［3］方文禮. 外語任務型教學法縱談［J］. 外語與外語教學，2003（9）：17-20.

　　［4］劉燕妮. 翻譯法在德語基礎語法教學中的運用——協同學理論的運用實例［J］. 語文學刊，2011（7）：149-150.

　　［5］王坦. 合作教學的基本理念［N］. 中國教育報，1995-12-29.

Teaching Dilemma of「Teacher-Led and Student-Centered Class」in Primary German Language Class and Its Coping Strategies

Li Shuo

(German Department, CISISU, Chengdu, Sichuan, 611844)

【Abstract】 Teachers' leading role and students' main body is a kind of important teaching principle of university education. However, the full realization of the principle is still difficult in the basic German language teaching. First of all, the author explains the principle, and puts forward the basic strategy to realize the principle on the basis of analyzing the present situation of college basic German teaching.

【Key words】 Teachers' leading role and students' main body; German in College; The basic German language teaching

翻轉課堂教學模式在英語語音教學中的應用

四川外國語大學成都學院英語師範系　宋　瑩[①]

> **【摘　要】**本文在分析翻轉課堂的教學模式的基礎上，結合英語語音課程的教學特點，從語音教學實際出發，以一堂英語語音翻轉課堂教學案例為依託，對翻轉課堂教學模式在英語語音教學中的應用進行了分析和論述，證明翻轉課堂在英語語音教學中的可行性和有效性。
>
> **【關鍵詞】**翻轉課堂教學模式；英語語音；應用

一、引　言

随著互聯網技術在全社會的渗透，教育理念、教學内容、教學方法和學習方式都在經歷著變革。與此同時，一系列新型教育教學模式應運而生，翻轉課堂即為其中之一。其優勢已受到國內外學界的廣泛關注，如拓寬課堂時空、強調意義建構、重視探究式學習等。作為與社會發展緊密接軌、與國際交流密切聯繫的高等外語院校，如何合理運用翻轉課堂的理念與模式來優化傳統課堂教學，成為新時期社會背景下亟待思考解決的問題。外語學科分類繁多，本文從英語基礎課程之一——語音入手，探討翻轉課堂在該課程中應用的可行性。

二、翻轉課堂教學模式

縱觀近年來西方針對翻轉課堂的教學的研究，對其描述接受度較高的是美國富蘭克林學院的

[①] 宋瑩，女，文學碩士，四川外國語大學成都學院英語師範系講師。研究方向為翻譯理論與實踐。

Robert Talbert 的翻轉課堂實施結構模型（見圖 1）：

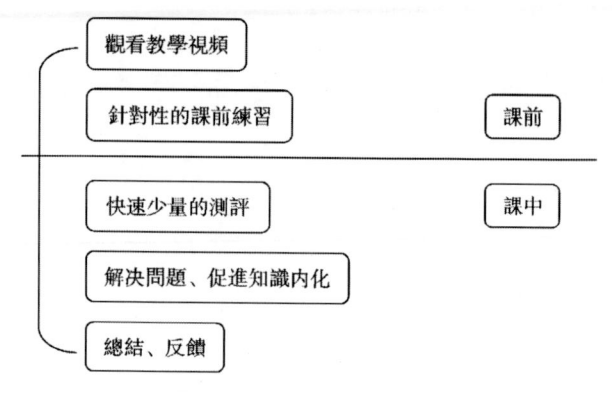

```
┌── 觀看教學視頻
├── 針對性的課前練習        課前
│
├── 快速少量的測評          課中
├── 解決問題、促進知識內化
└── 總結、反饋
```

圖 1　Talbert 的翻轉課堂模式

　　Robert Talbert 的翻轉課堂實施結構模型是典型的二階段五環節結構，即課前知識傳授和課中知識內化兩個階段，其中課前階段包括觀看視頻環節和課前練習環節，課中階段包括測評環節、拓展延伸環節和總結反饋環節。

　　1. 課前階段

　　在翻轉課堂中，基本知識的傳授通過學生觀看教師提供的教學視頻來完成。教師錄制的教學視頻應根據學生的實際情況對「小而精」「應用性強」的教學內容進行針對性講解。同時，教學視頻的視覺效果、時間長度和趣味性等都對學生的學習效果有著重要的影響，因此，教學視頻的製作需要做到聲畫結合，生動形象和表現力強。此外，考慮到學生的視覺駐留規律，教學視頻時長最好控制在 10 分鐘內，因此，這種具有短小精幹特徵的教學視頻也被稱作「微課」。

　　同時，教師應設置學生在看完教學視頻之後需要完成的課前練習，以加強對學習內容的鞏固並發現學生的疑難之處，從而為翻轉課堂課中階段教學活動的設計做好鋪墊。對於課前練習的難易程度，教師可參考「最近發展區理論」①，幫助學生利用舊知識完成向新知識的過渡。

　　2. 課中階段

　　在翻轉課堂的課前學習階段，學生獲得的是初步的表層的知識，學生還需要對知識進行整合和內化。這個整合和內化的過程，需要在教師的引導下，在課堂中經過互動和協作來完成。翻轉課堂翻轉是否成功，很大程度上取決於課堂教學活動的設計。教學內容在課前傳遞給學生之後，課中更需要高質量的學習活動，這包括學生獨立解決問題、開展探究式活動等。翻轉課堂的實施必須從「以教師為中心」翻轉到「教師與學生雙中心」，即學生成為學習過程的中心，教師不再是知識的壟斷者，而是學生學習活動的推動者。

---

①　最近發展區理論：由蘇聯心理學家維果斯基（Lev Vygotsky, 1896—1934）提出。該理論認為，孩子能獨立達到的水平與在父母或老師的指導下能達到的水平之間的差距就是「最近發展區」。這時，如果能給予細緻耐心的指導，新的認知發展就有可能發生。

（1）課堂測評。

在該環節中，教師主要通過一些基礎題目的設置來檢測瞭解學生課前自主學習的成效和存在的問題，並給予及時的反饋和糾正。

（2）拓展延伸。

該環節是整個翻轉課堂的中心所在，即教學活動設計的實踐。在翻轉課堂的活動設計中，要預設學生課前學習可能會出現的問題，可將難度較大或值得進行拓展的問題設計為該環節的主要探討話題。在該環節中，教師應注重和培養學生的探究式學習能力，讓學生通過個人或團隊的協作探究來構建自己的知識體系。

具體來說，教師應根據教學目標和學生的水平設計不同層次的教學活動。如，對於學生未知的主題和全新的知識點可以放在課前，在課中進一步解釋並通過運用來鞏固知識點；對於學生已經有所瞭解的主題，只講重點、難點和疑點，鼓勵思維拓展以及學習后的反思；對於學生已經很熟悉的主題，重點放在拓展和思辨能力的訓練上。課中可採用的教學活動形式豐富，如課堂展示、頭腦風暴、角色扮演、小組討論等。

在教學過程中，教師應給予學生充足的思考時間、鼓勵發言並及時給予反饋。在學生小組活動階段，教師應隨時關注進展，協助澄清問題並協調討論中出現的爭執，真正做到「教師學生雙中心」，避免出現從「教師為中心」到「學生為中心」的極端化情況。

（3）總結反饋。

學生經過獨立探索、協助學習之後，應在課中進行匯報交流。在該過程中，評價同時發生。但翻轉課堂中的評價體制與傳統課堂中的評價完全不同，應由教師、同伴以及學習者自己共同完成，評價對象不僅是學習成果，更重要的是學習過程。這就需要教師合理地將形成性評價和總結性評價、對個人的評價和對小組的評價、自我評價和他人評價結合起來。

三、翻轉課堂在語音課教學中的可行性

英語語音課是英語專業的必修課和基礎課，該課程的目的是向學生系統介紹英語語音和語調的知識，使學生通過學習和練習，掌握英語的發音和語流的規律、語調的功能，基本上能正確使用英語語音、語調朗讀、表達思想並進行交際。

以張冠林《實用英語語音語調》為例，該課程的教學從介紹英語語音的音素入手，使學生對語音基礎有初步瞭解后加強對英語語音的音節、重音、節奏和語調等語流現象有清楚的認識，為課程的聽、說能力打下良好的基礎。該課程的教學分為兩個部分。第一部分：語音基礎訓練階段，主要介紹英語音素的正確發音方法。第二部分：主要介紹英語的單詞重音及語句重音基本規律，英語語流的節奏基本特徵、強讀、弱讀、語音語調的結構、功能及其在交際中的運用，強調辨音

能力和模仿能力的綜合訓練。

　　同時，語音作為一門為其他高階科目做鋪墊的基礎課程，與其他科目必然存在不可分割的聯繫，因此在語音教學中，不可避免地會涉及這些科目相關的知識點。鑒於此，英語語音課程不僅具有碎片性、整合性，同時具有延展性。

1. 碎片性

　　就48個英語音素的教學而言，一般分為兩大類——元音和輔音，並可再劃分為單元音（前、中、后元音）、雙元音（集中、合口雙元音）、爆破、摩擦、破擦輔音、鼻輔音、舌側輔音和半元音。一般而言，各類元音和輔音相互之間沒有特別緊密的聯繫（雙元音和破擦輔音除外），語流中的各種語音現象也是如此。例如，學生若對連讀沒有任何認識，不會影響其對不完全爆破現象的理解。因此，各類音素和語音現象其實具有極強的碎片性，即可拆解性。教師可以隨意選取某一類音素或語音現象進行分析講解，而不會出現學生因為沒有學過其他某一類音素或語音現象而造成理解或發音困難。因此，如果將翻轉課堂教學模式應用於英語語音教學，教師對於教學內容的選擇非常容易進行聚焦，而不易出現選題過大過泛的情況。從該角度來看，語音課程非常適合採用翻轉課堂進行教學。

2. 整合性

　　所謂整合性，是指碎片式的語音學習應該作為一個整體放入具體的語境進行操練。因為語音的學習最終是為有效交際服務的，離開語流，單個音素的發音毫無意義。而這樣的結合非常適合運用於翻轉課堂的課中環節，即對知識的整合和內化。在課前階段，學生通過對教學視頻的觀摩已經對基本的發音方式和規律有了一定瞭解，而更重要的運用應該在課中階段發生，通過在各種教學活動中對各類語音知識的整合和運用，學生才能更深入地理解語音知識、發現語音問題，並通過自我和協作探索來解決問題，從而達到培養學生的應用、分析、評價和創造等高階思維能力，而這也正是高等教育的價值所在。

3. 延展性

　　任何學科都不可能是一種獨立的存在，學科間必然有一定的聯繫。對一種語音現象的分析，少不了對詞彙和語法的探討。眾所周知，語法、詞彙和語音是語言的三大要素，它們在語言內部各有相對的獨立性，但它們之間是密切聯繫著的，相互間有一定的制約關係。語音規律（包括強弱讀、節奏、語調等）是一種重要的語法形式或手段，語句中的語音節律的種種變化，也決定於語法中的各種語法意義。詞彙中的詞語是語音和意義的結合體，語音是「能指」，意義是「所指」，二者合二為一。沒有語音，意義只是頭腦中的概念，詞語也就無法顯示；反之，沒有語言的詞彙系統，也不可能概括或描寫出一種語言的語音系統。因此，語音教學的這一特性使其挖掘的深度和廣度都大大地加深了，非常適於在翻轉課堂的課中階段引導學生進行分析探索。

四、翻轉課堂在英語語音教學中的應用

　　基於上述翻轉課堂的模式和英語語音課程的特點，不難看出，理論上二者之間有很多契合點，筆者通過一次教學實踐，按照 Robert Talbert 的翻轉課堂實施結構模型框架，來進一步論證翻轉課堂在英語語音教學中應用的可行性和有效性。

　　此次教學實踐，選題是英語鼻輔音/N/。一般來說，英語學科翻轉課堂的選題以微技能為宜。英語技能可分為語言知識、微語言知識和非言語知識，其中語言知識下分語音、語法、詞法和篇章知識。因此，該選題是符合選題「小而精」的標準的。對於整個翻轉課堂的教學設計，筆者將通過翻轉課堂教學設計表（見表1）呈現。

表 1　　　　　　　　　　　　翻轉課堂教學設計表

科目	英語語音	教學內容	英語鼻輔音/N/的發音方式、技巧和特徵
學習內容	\multicolumn{3}{l}{課前階段，學生通過5分鐘的教學視頻瞭解英語鼻輔音/N/的發音方式、技巧和特徵；課中階段，通過1個學時（45分鐘）的探究式學習強化學生對該音素的掌握和運用　　鼻輔音非學習重點，卻是一個難點，學生將/n/和/N/混淆的情況非常普遍，尤其是/N/的發音，由於其所涉的發音器官和發音位置難以觸摸和感知，學生常常難以自斷發音是否到位　　本翻轉課堂向學生提供簡單的小技巧幫助對其自身的發音進行自評，課中設置相關的測評環節，同時針對課前學習中設置的思考問題帶領學生進行協作探究，這既是一個解決問題的環節，也是一個拓展延伸的環節，因為該環節所涉及的知識點不僅限於語音學，與語義學也有一定聯繫，因而一定程度上培養了學生將各科知識融會貫通的能力，同時也印證了語音課程的延展性。語音單項的學習最終是為有效交際服務的，因此課中教學中也包含了綜合運用的環節，這也體現了語音的整合性，同時也向學生展現了語音學習的實用性，進一步激發學生的學習熱情}
學習目標	\multicolumn{3}{l}{學生應掌握英語鼻輔音/N/的發音方式、技巧和特徵，並能在日常交際中對其做出正確的發音}
學習者特徵	\multicolumn{3}{l}{學習者為大一新生，對學習抱有極高的熱情，同時，對於語音這門全新的科目更是懷有強烈的好奇，因此對課前階段學習（包括觀看教學視頻和完成思考練習）基本都會認真對待和完成　　就此次課而言，學生課前學習可能會出現的問題相對易把控，因為問題的設置涉及詞彙學中的詞素概念，稍微超出學生已有知識範圍，因此幾乎可以判定這將會是大多數學生的疑難所在。在課中教學活動的設置時，重心也放在了對該問題的探索解決上}
\multicolumn{4}{c}{課前活動設計}
活動環節	\multicolumn{2}{c}{學生活動}	教師活動
自主學習	\multicolumn{2}{l}{瞭解鼻輔音/N/的發音方式、技巧和特徵}	錄製教學視頻，通過上傳班級QQ群供學生下載自行觀看
思考問題	\multicolumn{2}{l}{字母組合「ng」的發音規律}	對學生疑問提供幫助解答
\multicolumn{4}{c}{課中活動設計}
活動環節	\multicolumn{2}{c}{學生活動}	教師活動

65

表1(續)

課堂測評	結合時下流行詞彙中出現的鼻輔音，學生進行詞彙朗讀練習 為方便學生自測，所選取的詞彙均包含/N/+/E/構成的連讀，此連讀發音頗具特色，與中文陝西方言中「我」一字的發音極為相似，以此學生可將其作為參照來判斷發音準確性；同時也能檢測學生對照音標拼讀新單詞的能力（5分鐘）	教師對學生朗讀中出現的問題及時進行糾正指導。在這個過程中，隨時感知學生的發音問題，據此隨時調整課堂節奏，以免由於銜接不到位而產生知識缺口，進而影響后續教學活動的順利展開
拓展延伸	對字母組合「ng」的發音規律進行探討： 1. 單個學生結合課前思考進行匯報（5分鐘） 2. 小組討論並進行成果匯報（10分鐘） 3. 學生在教師的引領下進行再思考，並總結規律（5分鐘） 4. 結合規律完成練習，在練習中發現不符合規律的例外情況，並對例外情況進行總結（10分鐘） 5. 唱英文歌比賽：學生分為若干個小組，結合所學規律，用正確的發音方式唱出一首包含數處鼻輔音的英文歌曲片段，鼻輔音唱錯人數最少的一組勝出（10分鐘）	1. 教師將更多的話語權交給學生，營造生動活潑、寬鬆和諧的教學氛圍，讓學生減少心理壓力，暢所欲言，有較多的參與機會 2. 學生在展開討論時，教師將觀察、組織、參與和引導的角色結合起來，隨時對學生的討論進行觀察，及時對他們的問題進行反饋，對學習過程進行評估，即學生參與交流討論的主動性和頻率 3. 對於學生做的成果匯報，不論結果準確與否，教師首先對其投入與思考給予充分的肯定，再予以重新思考的角度和方向，而不是全盤否決再直接拋出答案
教學設計反思	1. 該堂課的教學活動設計其實不夠豐富，除了最後一項小組唱歌比賽趣味性更多一點外，其他環節對於學習積極性不夠高的學生而言吸引力不是很大，在小組討論中可能根本就沒有進行思考而蒙混過關 2. 翻轉還不夠徹底。思考問題難度較大。雖然學生進行了思考討論探究，但幾乎沒有學生能自己總結出解決問題的規律，更多地還是在教師的引導帶領下得出結論，因此沒有完全達到翻轉課堂追求的「教師學生雙中心」目標，「雙中心」的天平還是更多地傾向了教師	

　　此堂課結束后，不少學生前來跟筆者進行交流，言語中流露出其對語音學習高漲的熱情。雖然該堂課的教學活動設計還存在一定問題，但通過學生種種反饋不難看出，這堂翻轉課還是有一定成效的，先不談對知識的真實內化程度，至少學生積極參與的探究式學習與傳統課堂中教師單向講授的接受式學習產生的效果是截然不同的，因為通過參與探索，多數學生能體會到思考的樂趣，當問題通過自己的參與獲得解決時，學生更能感受到探索的價值，從而進一步促進學生的批判性思維和創新能力的提高。

　　於此，可以看出，將翻轉課堂應用在英語語音教學中並非難事。事實上，語音課程的碎片性、整合性和延展性特徵都決定了將翻轉課堂運用於其中的可行性。同時，語音翻轉課堂將傳統課堂中由教師介紹發音方法的基礎環節轉移到課外，用更生動形象的短視頻替代，不僅能有效解決語音課課時少、練習枯燥等問題，也能將更多的課中時間用於對發音難點的解決和對語音知識的運用，既能培養學生的探索式學習能力，也能解決學生發音機械、不自然等問題。

　　上述是筆者就語音中一個微技能進行的嘗試性教學實踐，但這是否意味著48個音標和所有語流現象的教學都應該進行翻轉呢？答案是否定的。雖然語音是一門技能課程，音標和語流知識也

是一種微技能，但在考慮將該微技能運用到翻轉課堂中之前，應首先確認其是否滿足以下三方面要求：

（1）重點：該微技能是這門課程中學生必須掌握的。

（2）難點：如果該微技能不用微課視頻，學生也可理解掌握。

（3）可操作性：該微技能容易可視化、圖像化。

如果該微技能滿足上述三點要求，那麼對其進行翻轉是可以實現的、有意義的。當然，並非所有的語音內容都是重難點和具備翻轉的可操作性，因此，我們可以說，將翻轉課堂運用於英語語音課是可行的，但絕不能認為英語語音課的所有內容都一定是適合翻轉的。

其次，由於廣大外語教師接受的文科教育背景，教學視頻製作的技術和手段也是一個相對薄弱的環節。優質的教學視頻是翻轉課堂的根源和保證，沒有優質的教學視頻的支撐，翻轉課堂也很難走遠。

五、結　語

語音課程的特徵表明了翻轉課堂的可行性，通過教學實例的分析，也不難看出將翻轉課堂教學模式應用於語音教學的諸多優勢，如：利於學生高效地吸收英語語音知識點，給學生提供了更多實際操練機會，提升了學生的學習興趣，發揮了學生合作式和探索式學習的能力等。與此同時，要避免進入翻轉課堂的誤區，如過分強調課前教學視頻的作用、過度弱化教師作用、盲目將翻轉課堂應用到一切知識點的學習等。因此，只有對翻轉課堂和英語語音課程的特徵有了透澈的把握，才能更加高效地利用翻轉課堂促進英語語音教學。

參考文獻

[1] Talber, R. Inverting the linear algebra classroom [DB/OL]. 2011. Retrieved from https://prezi.com/dz0rbkpy6tam/inverting-the-linear-algebra-classroom/.

[2] 李穎. 翻轉的課堂，智慧的教師 [M]. 北京：外語教學與研究出版社，2016.

[3] 徐江，鄭莉. 最近發展區理論對英語教學的啟示 [J]. 安徽工業大學學報（社會科學版），2007，24（2）：95-97.

[4] 張冠林. 實用英語語音語調 [M]. 北京：外語教學與研究出版社，2012.

[5] 王紅，趙蔚，孫立會，劉紅霞. 翻轉課堂教學模型的設計——基於國內外典型案例分析 [J]. 現代教育技術，2013（8）：5-10.

[6] 王奕標. 透視翻轉課堂——互聯網時代的智慧教育 [M]. 廣州：廣東教育出版社，2016.

[7] 高等學校外語專業教學指導委員會英語組. 高等學校英語專業英語教學大綱 [M]. 北京：外語教學與研究出版社，2000.

[8] 柯清超. 超越與變革: 翻轉課堂與項目學習 [M]. 北京: 高等教育出版社, 2016.

[9] 盧強. 翻轉課堂的冷思考: 實證與反思 [J]. 電化教育研究. 2013 (8): 91-97.

The Application of Flipped Classroom Teaching Model in English Pronunciation Teaching

Song Ying

(*English Department of Education, CISISU, Chengdu, Sichuan, 611844*)

【Abstract】Based on the Flipped Classroom Teaching Model and the features of English pronunciation course, this paper attempts to analyze the application of this model in the English pronunciation teaching for English majors, with one flipped classroom pronunciation teaching as a case in point, all of which leads to the conclusion that the Flipped Classroom Teaching Model is both feasible and effective in English pronunciation teaching.

【Key words】Flipped Classroom Teaching Model; English pronunciation; application

韓文漢譯常見偏誤及對策分析

四川外國語大學成都學院東方語系　馬麗玲[①]

【摘　要】 中韓關係迅速發展，兩國間合作不斷深化。隨著交流的日益深入，社會對中韓翻譯人才的需求不斷增加，也對高校韓漢翻譯教學提出了更高要求。培養出專業素質過硬、能為地方經濟發展服務的中韓翻譯人才，無疑成為韓漢翻譯教學的重要目標。但在韓文漢譯過程中，誤譯現象屢見不鮮，學生翻譯水平與市場需求存在一定差距。本文通過收集學生翻譯作業，總結其中的常見偏誤，瞭解學生在翻譯過程中的薄弱環節，分析原因並思考相應對策，力求在教學實踐中摸索出學生漢譯水平的提高之路。

【關鍵詞】 韓文漢譯；常見偏誤；原因；對策

所謂翻譯，是指從一種語言或文字到另一種語言或文字的轉換，也即從開始視聽原文（原語）到最終產生出譯文或譯語的全過程。在這一過程中，譯者需要通過對原文的理解，信息的轉述，譯文的表達以及對譯文的檢查和加工潤色等步驟來實現目的。這就要求，譯者需對原語和目的語有極好的掌握。然而，譯者常常受自身語言能力局限性的影響，在韓文漢譯過程中出現很多偏誤。本文以四川外國語大學成都學院朝鮮語專業2013級本科班學生為對象，收集其朝漢筆譯課翻譯作業，總結韓文漢譯過程中常見偏誤類型，分析原因並思考相應對策。

一、韓文漢譯常見偏誤

筆者選取2013級朝鮮語專業學生的五次翻譯作業，體裁分別為自我介紹、祝詞、演講、新聞，共計365份。學生在翻譯作業中出現了用詞不當、語法錯譯、單詞錯譯、譯文脫離語境、過度死譯、缺少主語、不符合漢語表達習慣、句式雜糅、漏譯等偏誤。但出現次數最多、最具代表

[①] 馬麗玲，女，翻譯碩士，四川外國語大學成都學院東方語系助教。研究方向為韓漢翻譯及朝鮮語語法。

性的五個偏誤為過度死譯（出現 352 次）、用詞不當（出現 331 次）、搭配不當（出現 301 次）、詞彙和語法錯譯（出現 257 次）、成分殘缺（出現 234 次）。

1. 過度死譯

過度死譯，即譯文採用逐詞翻譯、完全遵循韓語句序排列的方式。雖然按照韓語句式表達出了每一個單詞的意思，卻往往造成語序不當、句式雜糅、不符合漢語表達習慣等多種問題。

原文 1：소개장에 자신의 성명, 나이, 성격, 취미, 간략한 이력, 환경 등과 소개하는 목적을 써 넣어야 한다. 또한 두 가지의 자기 자랑을 암시해 주는 것도 예의에 어긋나지 않는 범위 내에서 통용될 수 있다.

學生譯文：在介紹信裡要寫有自己的姓名、年齡、性格、愛好、簡略的經歷、生活環境和介紹的目的等。並且在這兩點中暗示出自己的優點，在沒有違背禮儀的範圍內可以通用。

評析：譯文第二句完全按照韓語原文的句式進行翻譯，過度忠實於原文。雖然傳達出原文每一個單詞的意思，但這樣的譯文卻讓讀者讀不懂。譯者應在尊重原句原意的前提下進行轉換，可譯為「介紹信中可寫幾點自己的特長，但要注意謙虛而不失禮節」。

原文 2：좋은 발표와 활발한 토의 속에서 모두가 기여하고 모두가 배우는 교류의 장으로 기억되기를 기원합니다.

學生譯文：請記住這裡是在好的發表和活躍的討論中貢獻一切、學習一切的交流地。

評析：譯文照搬韓語句式，表達出了每一個單詞的意思。但這樣的譯文表達不夠清晰、語言不夠流暢。可譯為「同時也希望在積極踴躍的發言中（此次研討會）能成為人人都有所貢獻、人人都有所收穫的交流之地」。

原文 3：고구마 속에 풍부히 함유되어 있는 비타민 B6 는 동맥경화를 유발해 심장건강에 악영향을 주는 물질인 호모시스테인 분해에 탁월한 효과를 발휘한다.

學生譯文：紅薯中含有豐富的維生素 B6，在分解誘發動脈硬化、對心臟健康造成惡影響的物質高半胱氨酸方面具有顯著的效果。

評析：譯文完全按照韓語句式結構進行翻譯，雖然在內容準確度上沒有問題，但修飾部分過長，不夠簡潔，影響讀者閱讀。可適當調整語序，譯為「同型半胱氨酸會誘發動脈硬化，影響心臟健康。紅薯中富含的維生素 B6 在分解同型半胱氨酸方面有著卓越的功效」。

2. 用詞不當

韓語中存在大量漢字詞，學生往往受中文思維影響，在翻譯過程中出現用詞不當的問題。譯者在使用漢語詞彙的過程中，要有選擇地使用，要注意詞義的大小、詞語的感情色彩以及詞性等多種因素。

原文 1：대학이라는 관문을 앞두고는 오랜 망설임 끝에 아시아대학 관광과에 차석으로 진학했습니다. 무엇보다 세계 여러 나라의 문화에 대한 관심이 관광과를 택하게 된 동기였습니다.

學生譯文：我在所謂的大學的關口猶豫了很久，最終以第二名的成績進入亞洲大學旅遊系。

我對世界各個國家文化充滿興趣，這是我選擇旅遊系的動機。

評析：「관문」對應漢字為「關門」，有「關口」之意，但直譯過來並不符合漢語表達習慣，可譯為「在踏入大學門檻之前」；「동기」為「動機」之意，但在漢語中也有貶義之意，用在此處並不恰當，可譯為「原因」。

原文2：그 동안 저는 재미있는 별명도 얻었고. 또 최근에는 저를 소재로 한 유머도 유행하더군요. 그동안 제 답을 기다려 오신 여러분들의 애정이라고 생각하고 그 또한 무겁게 받아들이겠습니다.

學生譯文：最近我得到了有趣的綽號，以我為素材的幽默笑話也流行起來。我覺得這是一直等待我答覆的各位對我的愛戴，我沉重地收下了。

評析：「애정」對應漢字為「愛情」，學生選用的「愛戴」一詞，在漢語中多用於下級對上級、晚輩對長輩。作者雖然想表達國民對自己的支持之意，但「愛戴」一詞用在自我表述上，未免有些自大，且不符合當時演講語境，可譯為「一直等待我答覆的各位對我的厚愛」；「무겁다」為「重、沉甸甸」之意，學生譯為「沉重」一詞，多與「負擔」連用，用在此處有不情願之意，並不恰當，可譯為「鄭重」。

原文3：자신에 대한 신념이 분명하고, 사회에서 자기 꿈을 실현하고자 하는 사람이라면 누구나 보다 안정적이고, 누구나 인정해 주는 곳에서 일하고 싶어합니다.

學生譯文：只要是有明確信念，想在社會中實現自己夢想的人，都想在更加安定、得到認證的地方工作。

評析：「인정」對應漢字為「認證、認定」，漢語中的「認證」是指由認證機構證明產品、服務、管理體系符合相關技術規範的強制性要求或者標準的合格評定活動。作者想表達得到肯定之意，將「認證」用在此處不恰當，可譯為「認可」。

3. 搭配不當

學生一般根據韓語原文中的詞彙搭配，選擇相應漢語進行翻譯。但這一過程，學生容易忽略漢語詞組搭配是否得當的問題。常見偏誤有主謂搭配不當、動賓關係搭配不當、修飾語和中心詞搭配不當等。

原文1：특히 지역 단위의 경제협력체 형성은 이미 EU를 비롯한 NAFTA APEC ASEAN 등이 결속과 활동을 강화하는 경향을 보이고 있습니다.

學生譯文：特別是像歐盟、北美自由貿易協定、亞太經合組織、東南亞國家聯盟等區域合作組織的形成顯示出了融洽與活躍的強化趨勢。

評析：譯文中「顯示」與「趨勢」「融洽與活躍」和「強化」分別形成了動賓搭配不當、修飾語和中心詞搭配不當問題，不符合漢語表達習慣，可譯為「特別是像歐盟、北美自由貿易協定、亞太經合組織、東南亞國家聯盟等區域合作組織的形成展現出相互間加強聯繫和溝通的動向。」

71

原文 2：오늘 이 심포지엄에는 동북아시아 3 국인 한국, 중국, 일본을 대표하는 연구자 여러분이 모였으며, 여기서 이 지역의 새로운 협력의 방향을 찾고 사회경제적 발전 전략을 수립하게 될 것으로 기대합니다.

學生譯文：今天，韓國、中國、日本的代表歡聚一堂，期待在這裡尋求全新的合作方向，樹立社會經濟合作發展戰略。

評析：原文中的「발전 전략을 수립하다」直譯為「樹立發展戰略」，但「樹立」和「戰略」在漢語中屬於動賓搭配不當，可譯為「制定經濟發展戰略」。

原文 3：우리는 이 심포지엄을 통하여 동북아시아 국가간에 있었던 지난날의 역사적인 갈등을 해소하고 경제적인 격차를 완화하며, 나아가 교류와 협력의 증진으로 새로운 차원의 경제적 번영의 기틀을 찾게 되기를 바라마지 않습니다.

學生譯文：我們希望通過此次研討會，消除東北亞各國間的歷史矛盾，縮短各國經濟上的差距；進而增進交流與合作，尋求新層次的經濟繁榮機遇。

評析：原文中的「격차를 완화하다」直譯后，為「完善差異」，學生譯為「縮短差距」。但「縮短」和「差距」在漢語中屬於動賓搭配不當，可譯為「縮小差距」。

4. 詞彙和語法錯譯

詞彙和語法是連接句子的基本單位，正確理解原句中的詞彙和語法意義是完成翻譯的基本前提。翻譯過程中，學生往往望文生義，出現詞彙和語法錯譯現象。

原文 1：수영과 볼링을 즐기고 장미와 여름을 좋아하는 저는, 적극적이고 활달한 성격에 주위 사람들로부터 부지런하다는 칭찬을 자주 듣습니다. 그리고 한번 시작한 일은 끝까지 책임지고 해낼 수 있도록 노력하는 형으로, 정직과 성실을 인간이 가진 성품 중 가장 아름답고 가치 있다고 믿고 있습니다.

學生譯文：我喜歡遊泳和保齡球，也喜歡玫瑰和夏天。我有著積極、豁達的性格，這使得我經常聽到周圍人的稱贊。我還有一個做事善始善終、堅持到底的哥哥，我也相信正直和誠實是人類擁有的美好品質中最具價值的。

評析：「형」在韓語中除了表示「哥哥」，還可對應漢字「型」，此處應理解為「類型」。原文中兩句都在圍繞「我」展開描述，但學生在譯文中將「형」錯譯為「哥哥」，后一句敘述主體卻又回到「我」身上，這樣就出現了邏輯不清、敘述主體前後不一致的問題。

原文 2：이런 경험들을 통해 중국을 위시한 동양의 시대가 오리라는 확신이 섰습니다. 대학에서는 동양 역사를 전공했으며 부전공으로 중국어를 공부했습니다.

學生譯文：通過這些經驗，我確信以中國為首的東方時代已經到來了。在大學裡，我把東方歷史作為自己專業的同時，也將漢語作為輔修專業來學習。

評析：原句中的語法「리」是表示推測、將來之意。學生受原句過去式語尾影響，將還沒發生的推測性表述錯譯成了既定事實，使翻譯內容脫離準確性標準。

原文 3：국가정보원의 『서울시 공무원 간첩 사건 증거 조작』 에 대해 15 일 박근혜 대통령이 결국 직접 사과하고 나서면서 이번사태가 수습국면으로 접어들지 주목된다.

學生譯文：15 號，樸槿惠就國家情報院的首爾公務員間諜證據造假事件親自出面道歉，為此次事件收拾殘局，引起了廣泛關注。

評析：原文中的語法「-（으）ㄹ지」表示疑問，即「樸槿惠親自出面道歉，此舉能否平息爭議，備受關注」。學生錯將「疑問」翻譯成目的之意，使得譯文內容不夠準確和嚴謹。

5. 成分殘缺

韓語和漢語在句子結構、表達習慣等方面都有所不同，如韓語中存在省略主語的情況，在譯文中則需要補充主語，使得句子更完整。反之，就會使得譯文缺少成分。

原文 1：성장 과정은 바람직한 인격 형성의 시기입니다. 유년기는 자연과 벗하며, 청소년기는 친구와 벗하고, 청·장년기는 치열한 사회와 접해야 한다고 합니다.

學生譯文：成長過程是理想人格的形成時期。幼年時期和自然交朋友，少年時期結交朋友，青壯年時期接觸激烈的社會。

評析：「청·장년기는 치열한 사회와 접해야 한다고 합니다」譯為「青壯年時期接觸激烈的社會」，意思表達上雖然沒有錯誤，但「激烈的社會」在漢語表達中修飾成分不完整，應補充為「競爭激烈的社會」。

原文 2：어려서는 시골에서 보냈으나 커가면서 공부에 대한 열정이 생겨 서울로 전학을 오게 되었습니다. 여기서 많은 친구를 사귀었으며, 친구뿐만 아니라 선배들과도 폭 넓은 교류를 가졌습니다.

學生譯文：小時候在農村長大，因為對學習產生很大的熱情，所以就轉學到首爾。在這裡交到了很多朋友，也認識了很多前輩，和他們進行了廣泛交流。

評析：韓語原文中省略了主語「저」，漢語譯文中也沒有表明主語，造成敘述主體不明、內容不完整問題，應補充主語「我」。

原文 3：어떤 결과가 나오더라도 저를 지지하는 분들이 그 결과를 존중하고 같이 축하할 수 있도록 노력하겠습니다.

學生譯文：不管結果怎樣，支持我的各位都將努力尊重這個結果。

評析：譯文中缺少了大主語的翻譯，影響了譯文的準確度。原文中省略了大主語「저」，此句可翻譯為「無論結果如何，我都將努力使我的支持者尊重結果，並一起為之祝賀」。

二、原因分析

針對學生翻譯作業中反映出來的常見偏誤類型，筆者認真分析原因，並歸納如下：

1. 韓語基礎不牢，欠缺靈活運用能力

著名翻譯家嚴復將翻譯標準概括為「信、達、雅」。「信」指意義不悖原文，即譯文要準確、不偏離、不遺漏，也不要隨意增減意思。譯文做到「信」的前提就是要正確理解原文中的詞彙和句子，從而正確把握整體意思。但在學生的翻譯作業中，出現了很多由詞彙和語法錯譯而引起的偏誤。這就暴露了學生在詞彙和語法學習方面的欠缺。一是詞彙和語法儲備量不夠，原文中如果出現陌生單詞或語法，學生往往會在翻譯過程中止步不前，不能根據原文語境和前後邏輯關係，推敲單詞及語法的譯法，欠缺靈活運用能力，從而出現偏誤。二是對所學單詞和語法掌握不紮實。學生一般可以掌握單詞和語法的最基礎意義，但如果原文中運用的是其相關引申意義，譯文中往往會出現偏誤。

2. 受韓語句式影響，語言轉換能力不強

翻譯是將一種文字或語言對等轉換為另一種文字或語言。所謂對等，並不意味著完全相等，不是將韓語原文的詞彙、語法、語序、句型等原封不動地進行照搬。也就是說，譯文要做到嚴復提出的第二個標準──「達」，即不拘泥於原文形式，譯文通順明白。但在學生的翻譯作業中，存在成分殘缺、過度死譯、句式雜糅等偏誤。究其原因，多為深受韓語原句影響，照搬原句句式結構。特別是在長句、長修飾語的翻譯處理上，表現尤其。這就反映出，學生在拿到原文時，往往是按照韓語句子的語序進行翻譯，沒有先將原句成分進行分析，分不清大小主語、謂語、定語等在句子中的邏輯關係，沒有吃透原文，無法實現對等的語言轉換。

3. 母語水平存在局限

在保證翻譯內容準確、翻譯句子通順的前提下，譯者還應追求翻譯得優美，即譯文要做到嚴復提出的第三個標準──「雅」，即譯文選用的詞語要得體、簡明優雅。翻譯可以看作是加工再創作的過程，譯者雖然不能根據個人喜好隨意添加成分，卻需要對譯文反覆琢磨、不斷推敲，從而完成一篇出色的翻譯。但學生的翻譯作業中，出現了很多搭配不當、譯文表達不符合漢語習慣的偏誤。尋根問源，是由自身漢語能力的局限性所致。漢語是母語，但這往往成為我們忽略漢語學習的原因。但母語水平的局限性，時常讓我們在表達時感覺力不從心，無法用最地道、最凝練的漢語傳達原文作者的心聲和情感。

三、對策思考

通過分析、歸納韓文漢譯常見偏誤的原因，筆者採取相應策略，「對症下藥」，力求切實提高學生韓文漢譯水平。

1. 夯實韓語基礎，擴大知識儲備

（1）規定學生韓語閱讀量。教師要求學生每周閱讀 5 篇韓語材料，每篇材料字數不低於 800

字，不限體裁。教師在課堂上指定學生對所讀材料進行概括，並分享閱讀體會。在拓寬學生視野、增強學生韓語語感，擴大學生的韓語詞彙和語法儲備量的同時，鍛煉學生口語能力。

（2）要求學生整理高頻詞彙及語法的常用譯法。詞彙和語法在不同翻譯材料中的處理方法不是一成不變的。要想培養學生的靈活翻譯能力，離不開學生一點一滴的累積。教師要求學生對高頻詞彙及語法的翻譯方法進行整理。如在第一課自我介紹中，語法「-（으） 면서」共出現六次，其基本意義為「一邊……一邊……」，但具體情況具體譯法不同。舉例如下：

①어릴 때부터 저녁이면 아버님과 교대하여 서점 일을 해 오면서 공부를 하여 유신고등학교에 진학하였습니다.（此處譯為「一邊……一邊……」）

②어려서는 시골에서 보냈으나 커가면서 공부에 대한 열정이 생겨 서울로 전학을 오게 되었습니다.（此處譯為「隨著」）

③저는 지금 자기소개서를 쓰면서 가슴 뿌듯함을 느껴봅니다.（此處採用意譯，可不處理）

2. 強化翻譯教學，注重學生參與

（1）進行專題化教學。韓文漢譯翻譯技巧，一般可從詞彙漢譯和句子漢譯兩個角度入手。教師在要求學生保證大量翻譯實踐練習的基礎上，引導學生進行詞彙和句子專題化整理，並予以指導，從而使學生掌握相關翻譯方法與技巧。比如，在詞彙漢譯方面，啓發學生總結漢字詞、外來語、數量詞、擬聲擬態詞、成語等的翻譯；句子漢譯方面，引導學生掌握典型句型（如被動句、使動句）及長句的翻譯處理，瞭解韓語句子在漢譯過程中的成分轉換、句序變動、句量增減等。

（2）實行小組互評制。好的翻譯不僅需要譯者自身反覆雕琢，也需要譯者不斷吸取眾家之長。翻譯作業採用小組互評制，實行學生本人—小組指定人—班級整體三級評價。每個學生在評價過程中都有充分發言權，通過點評自己及同學的譯文，有助於其清晰認識韓文漢譯中的常見偏誤，從而找到改進方向，達到完善自我翻譯的效果。

3. 重視漢語學習，提高母語水平

（1）規範漢語用法。針對翻譯實踐中出現的漢字混淆、標點誤用、詞組搭配不當等問題，教師可指定學生進行相關主題發表。由學生自行查找相關漢語規範，並為其他同學講解，使學生掌握漢語正確用法，避免在漢譯過程中再次出現類似偏誤。

（2）增加漢語閱讀量。學生在注重韓語學習的同時，不能忽略漢語素養的培養。教師指定學生閱讀中文作品，並要求學生提交讀后感，從而使學生在讀中文、寫中文的過程中，切實提高自身中文素養。

四、結　語

筆者著眼於教學實踐，通過分析四川外國語大學成都學院朝鮮語專業2013級本科班學生的翻

譯作業，總結學生譯文中的常見偏誤，瞭解學生在基礎理解和表達轉換方面能力存在欠缺。在教學過程中，針對學生反映出來的問題，積極採取策略，力爭有效提高學生韓文漢譯水平，努力把學生培養成應用性強的翻譯人才。

參考文獻

［1］沈儀琳. 韓文漢譯實用技巧［M］. 北京：社會科學文獻出版社，2006.

［2］李民，宋立. 韓漢翻譯研究：理論與技巧［M］. 北京：社會科學文獻出版社，2014.

Analysis of Common Errors in the Chinese Translation of Korean Articles and Corresponding Countermeasures

Ma Liling

(*Department of Oriental Languages*, *CISISU*, *Chengdu*, *Sichuan*, 611844)

【Abstract】 The relationship between China and South Korea witnesses a rapid development and cooperation between the two countries has also deepened. With the increasingly expanded exchanges, we are seeing an increase in demand for Chinese-Korean translation talents and higher requirements for Korean-Chinese translation teaching in colleges and universities. Undoubtedly, the important goal of Chinese-Korean translation teaching is to cultivate Chinese-Korean translation talents of high professional competence who can provide service for local economic development. However, mistranslation is a common phenomenon in the Chinese translation of Korean articles. There is still a gap between the students' translation competence and market demand. In this paper, the students' translation assignments are collected to summarize common errors that they made and find the students' weaknesses in the course of translation. In the meanwhile, the paper analyzes the reasons for this and presents corresponding countermeasures to find a way to improve the students' Chinese translation competence in teaching practice.

【Key words】 The Chinese translation of Korean articles; Common errors; The reasons; The counter measures

英語語言理解難度如何化解研究
——以考研真題為例

四川外國語大學成都學院翻譯系　許姝馨[①]

> 【摘　要】英語學習者對語言的理解在語言學習中起著重要的作用。語言理解在學生學習過程中尤其體現在對篇章的理解中。本文以考研英語一中閱讀理解A部分的真題為例，對其進行分析，並對英語語言理解難度如何化解提出建議。
>
> 【關鍵詞】語言理解；難度化解；考研英語

理解是人們通過閱讀語言作品（包括聽別人說話）以把握作品的意義，理解的對象就是作品，在研究過程中，人們往往用「文本」指稱它。文本主要指文字文本（狹義的文本），即文本就是「任何由書寫所固定下來的任何語言」。在學生理解語言文本過程中，存在著理解的主體，即語言學習者；理解的客體，即語言或者文本。理解過程中涉及語言轉換、思維轉換等問題，這就增加了語言理解的難度。

一、考研英語閱讀理解

非英語專業考研英語一的試題滿分為100分，其中閱讀理解部分為60分，分為A、B、C三個部分。閱讀理解部分中，A部分為單項選擇，共四篇文章，總分為40分；B、C部分各占10分。由此可見，閱讀理解作為語言理解的一種方式，在英語學習及英語考試中的重要性。A部分雖為傳統題型，但在閱讀理解部分所占分值最大，該部分的文章話題覆蓋面廣，句式多變，既容易得分又容易失分，因此，本文選取A部分的真題進行研究。

[①] 許姝馨，女，文學碩士，四川外國語大學成都學院翻譯系助教。研究方向為外國語言學、應用語言學。

二、考研英語歷年分數線

根據中國研究生招生信息網數據顯示，近十年來學碩各科目的考研英語分數線，除開相關照顧類專業，平均分最低的專業是農學，十年的平均分為 34.6 分；平均分最高的專業是文學，十年平均分達到了 52.4 分。可見，不同專業對於英語的要求，還是有著很大的差距。學生在備考過程中找出自己的差距，並及時查漏補缺，能夠在考試中占據優勢。

三、考研英語閱讀材料分析

就最近十年的情況來看，考研英語閱讀材料文體多樣，內容比較貼近實際生活，涉及社會生活、倫理類，科普類，商業經濟類，文化歷史教育類等方面。本文將選取 2015 年考研英語一中閱讀理解 A 部分的第二篇文章進行分析。

（一）文章難度分析

該文章節選自《華盛頓郵報》2014 年 4 月 28 日的一篇題為 *Supreme Court Should Begin Laying out Privacy Protections for Smartphones*（《最高法院應該開始為智能手機制定隱私保護條例》）的文章。節選部分共 7 段，21 句，420 詞。文章的結構也很清晰：為總—分—總結構（歸納—演繹—歸納結構），即提出問題、分析問題、解決問題。考題共有 5 個，除第一個問題是就細節進行提問外，其餘都是涉及作者態度、寫作觀點、寫作目的、隱含意義等問題。在學生理解文章過程中，有以下難點：

1. 生詞的理解

文章是關於隱私保護的討論，在表達中涉及很多生詞以及專業性詞彙。比如第一段中出現的 Constitution（憲法）、warrant（許可證；正當理由；搜查令），如果學生不熟悉這些詞彙，對回答第一個問題「最高法院將要裁決在逮捕過程中，（　）是否是合法的」會造成理解阻礙。如果熟悉這些生詞的意義，可以讀懂問題的題幹，從而為解決問題提供便利。隨即找到解決問題的關鍵在文章中第一段的第二句，便可以定位答案。

2. 同一詞或短語的理解

在分析理解文章過程中，學生會遇到熟悉的詞彙，但對於該類詞彙的理解可能會出現偏差。如文章第七段第一句中出現的 swallow 一詞，大多數學生記單詞時，常用的翻譯是「吞下、咽下」，而忽略了「輕信、輕易接受」這個意思，從而造成理解句子的困擾。加之，學生缺乏英語詞義的

比喻、暗喻、隱喻等知識，理解就會出現偏差。又如，問題中的第一題，如果學生能很好地掌握 work out 這一詞組的不同意思（制定出、想出；鍛煉），解決第一題的難度就降低了，理解的正確度提高。

3. 背景知識的理解

對所考試文章中的特定歷史事件、事物、人物、概念意義或者背景知識的瞭解大大有助於對文章的理解。如第一段中便出現的「警察是否可以無搜查令搜查手機信息」這一大背景，如果能發現該背景為全文背景，那第一個問題便不難回答。又如第四段中出現的 cloud computing（雲計算），掌握該背景知識后，就會知道作者這裡論證的目的是什麼，從而回答關於作者態度的相關問題。

（二）句子結構分析

該閱讀文章節選部分的句子結構整體來說長短結合，簡單句和複雜句並存，在一定程度上增加了學生理解文章的難度。在理解句子過程中，有以下難點：

1. 長句的理解

文章中，長句的出現會增加句子難度。如第七段最後一句：「Orin Kerr, a law professor, compares the explosion and accessibility of digital information in the 21st century with the establishment of automobile use as a virtual necessity of life in the 20th; The justices had to specify novel rules for the new personal domain of the passenger car then; they must sort out how the Fourth Amendment applies to digital information now.」在閱讀過程中，由於句子過長，句子的修飾成分較多，多信息句較多，句子傳遞的信息量過大，句子結構繁復，學生理解句子的正確性降低，容易出現理解錯誤。而且，一旦一個句子出現理解偏差以後，會引起連鎖反應，導致后面句子的理解錯誤。

2. 複雜句的理解

英語文章的篇章中會出現祈使句、倒裝句、被動句、插入語、虛擬語氣以及合理句子片段等，這些複雜句型的出現也會增加所閱讀的文章難度。如第四段的第一句：「They should start by discarding California's lame argument that exploring the contents of a smartphone- a vast storehouse of digital information- is similar to, say, going through a suspect's purse.」其中，「is similar to」后出現了插入語「say」，如果基礎稍差，便會對句子結構產生困擾，從而曲解篇章的意思。

（三）文外壓力分析

首先，考研英語是一項全國大規模的選拔性考試，它對考生及學校等有著很大的影響，由於研究生入學考試對於很多考研的學生來說是人生中很重要的一次轉折，考試過程中學生的壓力很大。其次，考研英語考試時間緊迫、題量大，使得學生答題時容易焦慮、注意力不集中，因而不能發揮真正的實際水平和能力。最後，考研有一定的功利性，很多學生都抱著「成敗在此一舉」

79

的想法，給自己增添了不少的思想負擔，也會導致學生對文章的理解不夠深入和仔細。

四、解決方法

根據上述的相關問題，筆者提出解決的方法如下：

（1）針對詞彙和短語存在的問題，建議學生平時擴大詞彙量，其中也包括詞彙的多義詞學習，包括一詞多義、多詞一義現象，如同義詞、反義詞、近義詞的掌握；同一詞彙的不同詞性的掌握，不僅僅局限於日常詞彙或流行用語，也應對專業詞彙進行掌握。在平時閱讀過程中，學生應當涉獵不同體裁和題材的文章，如科技類、商務類等，熟悉科技英語、廣告用語等，培養語感。

（2）背景知識方面，應有計劃地幫助、指導學生瞭解時事，瞭解本國及外國文化；對社會現象、主流信息以及文化文學常識進行學習和掌握，在文化類話題理解中掌握主動權，而不是為背景知識感到困擾。

（3）關於句子的理解，學生應加強句型的學習與分析，能夠在分析句子的過程中舉一反三，瞭解各種句型，熟練地拆分與整合長句及複雜句，能夠找出句子主幹成分以及修飾限定成分、附加成分等。學生應多學習語法知識，如《張道真實用英語語法》，明確語言規範，加深對語言規律的認識，在研究句子結構、學習語言規則的過程中提高自身語言修養。

（4）至於文外壓力，學生應在平時模擬考試情景，沉著冷靜地答題；多累積、多掌握語言知識，多給自己一些積極的暗示，在考試過程中才能以平常之心應對考試，不給自己平添思想負擔。在閱讀學習中，正確地對待焦慮，要不斷擴充詞彙量和閱讀知識面，提高跨文化知識學習的意識，提高閱讀速度與閱讀理解的效率。

（5）除上述方法之外，還應加強修辭學常識學習。在考研英語的文章中，不乏修辭手段的使用，瞭解修辭學常識，能為理解文章意義錦上添花。同時，學習和理解語言，不僅要分析詞彙、句型，也應從整體上把握文章主旨、主題。

五、結　語

針對上面所述英語語言理解難度的分析以及應對辦法的總結，我們可以看出，學生在理解語言的過程中存在一些困擾與偏差，這就要求學生在平時的學習過程中，理解的主體，即語言學習者既要從微觀上應對問題，即掌握詞彙、句型、修辭等；也要從宏觀上分析理解的客體，即語言或文本，分析整個篇章中的細節、主旨等，克服客觀和主觀的不良影響因素，從而達到化解英語語言難度的目的，更好地發揮理解主體的主觀能動性。

參考文獻

[1] 保維·利科爾. 解釋學與人文社會科學 [M]. 陶運華, 等, 譯. 石家莊：河北人民出版社, 1987.

[2] 曾鳴, 張劍, 劉京霄. 歷年考研英語真題解析及復習思路 [M]. 北京：世界圖書出版公司北京公司, 2015.

[3] 張道真. 張道真實用英語語法 [M]. 北京：外語教學與研究出版社, 2002.

Research on Difficulty Resolving in Language Comprehension: Take NETEM as Example

Xu Shuxin

(*Separtment of Translation and Interpretation*, *CISISU*, *Chengdu*, *Sichuan*, 611844)

【Abstract】 The comprehension of English by language learners plays an important role in English learning and language comprehension is reflected in the comprehension of texts during the learning of the students. The thesis analyzes part A of the reading comprehension in the National Entrance Test of English for MA/MS Candidates (NETEM) and makes suggestion on how to resolve the difficulty in language comprehension.

【Key words】 Language comprehension; Difficulty resolving; NETEM

中德高校合作下的德語教學探討

四川外國語大學成都學院德語系　粟海瀾[①]

>　　【摘　要】隨著中德經濟技術各方面的合作交流加深，兩國高校間的合作項目也如雨后春筍般湧現出來。在越來越多的學生選擇參加合作項目的情況下，如何幫助學生克服語言強化及運用上的困難，為其在德國的學習打下堅實的語言基礎，成了教師在教學上的難點和挑戰。本文通過分析學生在四川外國語大學成都學院與北黑森科技應用大學合作項目的語言教學活動中表現出來的問題，結合教師在教學和引導中的角色，從不同方面進行教學探討和建議。
>
>　　【關鍵詞】中德高校合作；德語教學模式；教學難點

一、中德合作高校發展

　　自1907年德國在上海創辦同濟醫科學校（現為同濟大學）起，中德合作辦學迄今已近110年。近百年來，隨著兩國之間交流的擴大，不僅越來越多的中德高校開始進行合作，且學科專業性也愈發突出，為國內相關專業領域提供了不可或缺的複合型人才。就目前合作專業來看，主要涉及機械製造、汽車製造、法律及經濟等。這種合作教學主要分為兩個階段：第一階段在國內強化德語以及為在德國的學習進行專業知識的鋪墊；第二階段在德國學習專業知識，並借此擴大眼界和知識面，為之後的職業道路打下堅實的基礎。

　　四川外國語大學成都學院自2010年起，分別與北黑森應用技術大學（Fachhochschule Nordhessen）和波恩儲蓄銀行財團大學（Hochschule der Sparkassen-Finanzgruppe）等五所德國高校達成合

[①] 粟海瀾，女，文學碩士，四川外國語大學成都學院德語系助教。研究方向為語言學、二語習得、教學法。

作協議，啓動聯合培養人才計劃。其中在與北黑森合作項目中針對本校本科生和專科生分別採用「2+2」和「3+2」培養模式，通過兩年或者三年在國內強化語言和德方指定的經濟學及管理基礎課程，使學生能順利掌握相應知識，並通過德方來華測試。在這種對語言和專業要求較高的標準下，學生如何能克服語言難關、掌握跨度較大的專業且同時兼顧國內本校專業，不僅對學生，而且對老師都是一種挑戰。本文僅以參加北黑森應用科學大學項目的學生為例，對語言教學任務和難點進行探討。

二、德語教學難點

（一）學生面臨的語言挑戰

毋庸贅言，德語稱得上是世界上學生最難學習並掌握的語言之一。從語音、詞法、句法、篇章各個方面來看，不管是初學者還是進階者，德語都是令人神經緊繃的語言。在用德語說一句話的時候，說話者必須考慮正確的發音，冠詞名詞在不同格中的變位，當下應選擇的動詞時態和動詞在不同時態下不同人稱代詞引導下的變化，以及在說話背景下合適的德語思維邏輯等。有時，為了聽懂一句話，通常要等到說話者結束話語，因為在德語特殊的框架結構句型下，實意動詞經常都被擺放在句末。

為了檢驗學生的德語能力，以確保他們在德國大學入學后的正常學習，德國大學通常要求申請者具備德福考試（TestDaF）為4x4的成績或者高校德語入學考試（DSH）至少B2的語言水平。根據德國歌德學院的數據顯示，從A1至達到B2水平至少需要800~1,000的學習課時（每課時為45分鐘），在不同學習強度和環境下，課時量會有所增減。

與其他理工科學校中參加中德高校合作項目的學生不同，本校德語系學生在語言學習方面有著巨大的優勢：充足的學習時間、豐富的德語師資。但同時，他們也面臨著國內語言專業四級考試（PGG）和八級（PGH）的壓力。由於PGG和PGH考試比較側重筆試，而德國高校更加要求交際能力，因此，對於參加合作項目的學生來說，如何同時兼顧筆頭和口頭是一個巨大的挑戰。

就筆者完整參與培訓北黑森出國項目的過程觀之，語言習得不同程度的學生都有著不同的學習難關，根據語言能力中的說、讀、聽、寫可以把問題分為四類：

第一，眾所周知，交際的基礎是正確的語音發音。作為拼音文字，學生可以在初學階段通過大量練習學習德語的拼讀規則，較為快速地掌握德語單詞的發音。然而很多學生僅僅將重心放在單詞的拼讀規則上，忽視了重音和語調。其次，在偏重學習進度和筆試的過程中，為了盡快理解並使用語法規則，老師會用母語講解語法，學生會依靠中文語法書，從而造成口語輸出過程中語音輸入（Input）的缺失，即學生在整個學習過程中對母語產生了依賴，缺乏德語聽說。缺乏目標語言環境，學生面臨的交際問題會愈發嚴重。

第二，閱讀問題主要是由兩方面的缺乏導致：專業詞彙、背景知識。參加合作項目的學生不僅要同其他面臨應試的德語專業學生一樣閱讀各種題材篇幅的德語文章，掌握解答技巧，同時需要以德語為語言工具，讀懂經濟專業涉及的不同科目的專業文章（Wissenschaftliche Arbeit）。由於閱讀目標的不同，學生在閱讀經濟科學文章時會因為缺乏專業的詞彙和背景常識不斷受挫。

第三，學生在德語聽力方面的問題主要在於語言掌握程度和文化背景因素。其中，語言主要體現在詞彙量以及對信息的整體把握能力上。目前，學生對學過的詞彙和聽力中出現的詞彙不能迅速反應，從而會將注意力放在對個別聽到的詞彙上，導致聽力內容的遺失和缺乏整體的把握。同時，由於中德文化間的差異，造成聽力中關鍵詞的理解困難，導致信息的錯誤把握。

第四，寫作將語言通過文字變得更為規範化，並且需要在寫作過程中對主題進行思考和探討，因此寫作考驗了學生的兩方面能力：較高的語法正確度以及邏輯辯證思維。在寫作過程中，學生比較容易受母語負遷移的干擾，導致語法和思維方式有偏差。比如在語法上出現：格的變化，冠詞的增減，配價的介詞等。在思維上，由於對德語說明文或議論文等行文結構規範不重視，或者直接採用母語行文中比較自由的表達方式，造成德語寫作邏輯上的缺陷。特別是參加合作項目的同學，在之後的經濟專業課程中會一直要進行表格描述和數據分析，因此，如何引導學生寫作尤為重要。

外語學習和母語學習存在著巨大的差異，就過程來看，外語學習直接跳過了母語學習中語言模仿的過程，因此外語學習者主要靠系統學習語法、記憶詞彙和大量練習達到學習目標。並且由於人體口腔肌肉的穩定和對於社會的認同度會隨年齡變化，因此青春期后學習外語的難度比之前更大。如何幫助學生更有效地學習德語，是每位老師的任務和挑戰。

（二）教師面臨的教學任務

就學習目的而言，德語一般作為第一外語或者第二外語而存在：即語言研究教學為專業或者以德語為語言手段從事其他專業。那麼根據學生學習的方向，教師的教學方式、內容等方面需要合理調整。在中德高校合作項目的背景下，學生不僅要面對本專業的較有深度的研習，同時要面對項目的專業性和複雜性，如何幫助學生達到學習目標以及培養複合型人才，是學校和教師面臨的挑戰。

就心理語言學角度來看，語言習得過程主要由六個要素決定：學習動機（Antrieb）、語言能力（Sprachvermögen）、學習途徑（Zugang）、對語言特徵的處理（Struktur des Verlaufs）、速度（Tempo des Verlaufs）和最終狀態（Endzustand）。其中，前三個又影響著后三個因素。根據這些要素，可以把教師的教學任務主要分為以下三項：

第一，如何提高學生的語言學習興趣。如德國語言學家 Wolfgang Klein 研究所述，動機在語言學習過程中起著很大的作用。在參加合作項目的學生中，有對外語學習本身排斥的，比如因語法習得受挫而失去興趣，也有只專注專業學習缺乏融入目標語社會興趣的。而這些負面的態度都會

造成學生語言學習上的困難，影響學習進度。

第二，如何幫助學生進行語言處理。語言處理主要分為生理機制（Biologische Determinanten des Sprachverarbeiters）和可獲知識（Das verfügbare Wissen）。生理機制是語言學習的先決條件，包括了人的認知、記憶、聽覺和發音器官。其中，學生遇到的困難之一在於隨著生理的發展，口腔肌肉不斷成熟，因此發音標準不斷受到限制。可獲知識指的分別是普遍特徵知識、母語知識、第二語言初級知識和非語言知識。一方面，學生主要遇到的問題來自於中文對德語的遷移作用，主要體現在語法得和邏輯表達方面；另一方面，對德國社會和德語文化背景的瞭解也是學生學習語言的重要組成部分。

第三，如何擴大和加深學生語言學習的途徑。學習途徑主要由輸入（Input）和交際（Kommunikation）來實現。輸入指的是人耳接受的音波以及相應的語音信息。一方面，如何將語音和語境在課堂教學中有機結合，使學生更為高效地接受並理解語音信息是教師在教學上的一個難點；另一方面，通過與其他人語言交流不僅可以獲得語言輸入，同時可以得到監督並反思自己語言表達的機會。

除了純粹的語言教學以外，參加合作項目的學生在接受德國大學教育前對德方的教學系統、選課模式以及考試方式上並沒有系統的瞭解，導致很多學生到達德國之後，在面對語言環境轉變和專業知識學習的同時，還要適應當地的教育模式，從而陷入困頓。因此，教師需要在語言教學中適時地向學生輸入德國大學的概況，以及中德兩國不同學制之間的區別。

三、德語教學探討

與專業外語院校以及非專業外語院校中德合作項目下的課程不同，參加本校北黑森項目的學生不僅要在大二完成專業四級考試，並且要在大三下學期期末完成本校課程後，去往德國開始學習經濟專業課程。這種學制的複合性和特殊性促使著教師在教學課程中不斷探索和研究適應合作辦學的語言教學方式，培養擁有專業知識和語言能力的複合型人才。

就上述提到的教學難點，即學生面臨的語言習得困難和教師的教學任務，教師可以從以下幾方面採取相應的教學方法。

（1）激發興趣。筆者認為，激發學生的學習興趣主要從培養學生創造性思維和提高行動力兩方面來進行。在培養其思維能力中，教師應當鼓勵學生獨立思考，大膽合理地質疑，比如語法中的破框結構的使用。同時提倡學生從不同角度去嘗試語言中的表達方式。尤其重要的是，在學習困頓中，教師應當不斷地激發學生對於語言運用的好奇心，比如結合學生興趣拓展德國國情和相關知識信息，利用與學生生活學習貼近的或者學生感興趣的德語材料，組織學生一起就熱議話題用德語進行討論，還可以引入德語版小遊戲比如大富翁（Monopoly）或猜詞遊戲等。

在教學中，教師不僅是知識內容的傳遞者，更應扮演好課堂導演的角色，把握和控製好課堂節奏，引導學生主動積極參與每個環節，將學生作為課堂上的主體，使學生瞭解並參與到課堂內容創造中來。同時，教師在把控的過程中並非是個旁觀者的角色。在教學中，除了優秀的語言知識，教師還應抱有飽滿的教學情緒去感染和帶動學生，形成良好的教學氛圍和課堂互動，促進師生間和諧的互動關係。

除此以外還需要注意的一點是，只靠專業目的而學習的動機很容易動搖學生對語言學習興趣，因此，教師應當注意課后學生直接或間接的反饋，給予有效的科學的建議，及時正確引導學生的情緒和學習狀態。

（2）選擇教材。在德語教材的發展中，可以清楚地發現，隨著時代的變遷和全球化的聯繫，德語教材經歷了從偏重詞彙學習和語法分析到重視學生跨文化素質和語言運用能力的過程。根據學習目標的不同，目前在高校德語系及校外培訓機構選用的教材並不統一。

就筆者所觀，德語專業普遍採用外研社出版的《當代大學德語》，該教材在板塊設置上嚴格遵循了引入—表達—釋義—練習（Einführung - Präsentierung - Semantisierung - Übung）的教學流程，課文在結合中國國情下培養了學生跨文化交際能力，並且在綜合培養學生語言能力的同時相當重視學生語法的規範使用。針對專門赴德語國家留學的學生，培訓機構一般選擇同濟大學出版的《新求精德語強化教程》。整套教材特點在於參考了 DSH 的考綱，並細化了每本教材的教學程度，包括學時和預期目標。同時教師可以根據德國高校語言考試要求的變化，不斷調整和修訂教材內容。反觀《當代大學德語》自 2004 年出版以來改動甚微。中德高校合作項目（如本校北黑森項目，重慶郵電大學移通學院中德應用技術學院，合肥學院中德合作物流管理項目及上海理工大學機械工程學院的中德合作項目）主要選用德國康乃馨出版社的《交際德語教程》。該套教材除了培養學生的語言綜合水平，還加強了德國國情的介紹，並且利用多媒體手段這一方式鼓勵學生獨立學習，在康乃馨出版社官方網站中學生可以找到相應教材的豐富配套內容。然而遺憾在於，這套教材目前只達到 B1 的教學級別。

由此可以得知，沒有任何一種教材可以在語言教育上獨領風騷，教材的選擇必須立足於學生的學習目標和具體學習情況，才能幫助學生達到相應的語言水平。

（3）教學設計和模式。一個完整的課堂教學涉及方方面面，比如師生活動內容（Interaktion）、每個細節步驟及其用時（Phase und Zeit）、講授模式（Sozialform）、媒體的運用（Medien）、相應的學習目標（Lernziel）和教學評論（didaktische Kommentar）。根據每堂課的教學重心，教師可以在這些方面選擇不同的教學設計，採取合適的教學模式，而非單純的單一知識傳授（Frontalunterricht），即老師講，學生聽。

近年來隨著國外教學設計模式的引入，越來越多的語言課堂開始採用項目式教學或任務式教學，其主旨皆為激發學生的學習興趣，掌握主動學習的能力，在實踐中使用已有的知識並獲得新的知識內容，從而提高自己的綜合能力。

在項目式課堂中，教師只起引導作用並提供幫助，主體為學生。學生以小組模式，就某一共同感興趣的課題進行研究，並最終以報告模式進行成果展示。在過程中，學生各自分配任務，定期討論各自內容和進度並進行報告整合。最終，教師根據整個項目課題的呈現進行點評，而非就某一學生批評或表揚。這種模式為學生提供了交流學習的平臺，提高了其學習的積極性，並借由學生之間的相互合作培養其個人能力，增強其團隊意識。

　　任務式教學依託不同主題，如自我介紹、城市瞭解、德國電影賞析等，設計相關語言任務，如卡片式問答、按圖片指令進行活動、情景解析等。同時教學中所設置的任務通常根據教學目的進行有所側重的設置，如專業性場景口語訓練、國情內容擴展。學生根據任務和指令進行活動，調動了語言的全方面運用能力。

　　與此同時，多媒體及網路教學的應用在這些教學模式下顯得尤為突出。通過信息的引入，打破時間和空間的局限，超越傳統的教材式教學，利用青年學生對信息攝入的敏感和興趣，為學生提供了最便捷的知識獲取通道，同時提高了學生學習積極性，能更好地為教學服務。

四、結　語

　　隨著中德關係的發展，兩國高校間的合作辦學的項目日益增加，如何幫助學生打好堅實的語言基礎，使之適應之後在德國的學習環境，把學生培養成專業複合型人才，是中國教師面臨的巨大挑戰。本文通過分析學生在德語學習上的難點，結合語言習得過程，從學生的興趣激發、教材的選擇和教學設計三方面進行了教學理論的探討。教學之路，任重道遠，作為教師，我們在關注學生語言學習的同時要不斷充實自己的能力，才能更好地為社會培養人才。

參考文獻

　　[1] Wolfgang Klein. Zweitspracherwerb［M］. Frankfurt am Main：Hain，1992.
　　[2] 武晨. 德語教學中的教材評估與分析［J］. 陝西教育，2015（1）：34-37.
　　[3] 蔡玳燕. 德語課堂教學模式的新探索——項目課［A］，長春師範學院學報（人文社會科學版），2007（5）：128-130.
　　[4] 陳立. 淺談德國歌德學院任務型教學模式［J］. 求知導刊，2015（21）：153-154.

The Discussion of German Language Teaching Mode Based on a Sino-German University Cooperation Project

Su Hailan

(*German Department, CISISU, Chengdu, Sichuan,* 611844)

【Abstract】 With various exchange in Sino - German economy and technology, the cooperation projects between universities of the two countries have also sprung up. So far, here is an increasing number of students whom choose to participate in cooperation projects. Therefore, how to lead students to overcome the language barriers and come into language practice? How to help them to build a solid language foundation for their study in Germany? Those questions have become more and more difficult and challenging for any German language teachers. This article focuses on analyzing those problems in German Language learning activities, based on students enrolled in a cooperation projects between Chengdu Institute Sichuan International Studies University and Fachhochschule Nordhessen. The teachers' role of teaching and guidance has also been discussed and some useful suggestions has been given in different aspects.

【Key words】 Sino-German university cooperation; German language teaching mode; Teaching difficulties

淺談有效學習韓語的教學方案

四川外國語大學成都學院東方語系　金豔玲[①]

> 【摘　要】如今，國內諸多院校陸續開設了韓語相關課程，同時開始了韓國語教學方面的研究和探索。然而目前有很多院校依然保持傳統的韓語教學方法和策略，忽視了語言的實際運用和操練，過度依賴書本知識講授和教師課堂的個人灌輸，不能以學生為中心，不關注學生個人的實際語言掌握能力。本文對韓語教學中遇到的一些問題和現狀從學生、教師、教材三個方面進行分析後，力求找到一些切實可行的教學方案，為韓語教學獻出自己的一份微薄之力。
>
> 【關鍵詞】韓語教學；教學現狀；教學方案

一、韓語教學現狀及存在的問題

1. 學生方面

　　韓語專業的大部分學生都是在零起點的基礎上開始學習韓語的，所以學生難免對一門新的語言的理解與接受存在不小的困難和障礙。另外，學生選擇韓語專業的原因大部分是因為對韓國明星、韓劇感興趣，希望通過學習韓語，讓自己更方便去韓國旅遊，與自己的偶像更近一些，更容易看懂韓劇。但往往現實並不像想像中那麼美好，學習一門和母語完全不一樣的語言是非常不容易的一件事。很多學生並沒有做好克服困難和吃苦的準備，掌握幾句簡單的韓語或許比較容易，但是想真正學好韓語是一件很難的事情，也沒想像中那麼有趣。這時學生們很容易產生急躁的情緒，甚至產生放棄的想法。很多學生就是在這個時候對韓語學習的興趣逐漸變淡直至最終徹底失

[①] 金豔玲，女，碩士，四川外國語大學成都學院東方語系助教。研究方向為朝鮮語語言。

去信心。這時教師一定要時刻警惕學生這種思想變化，提前做好應對策略，避免更多學生走彎路。

2. 教師方面

在韓語教學中，教師發揮著重要作用，教師的教學理念以及教學能力影響著韓語教學的最終效果。在韓語教學中，大多數老師都採用著較為傳統的教學模式，重視語言理論知識忽略了語言技能的培養以及教學與實際脫節等現象仍然存在。另外，很多教師在教學過程中過分依靠教材的講解。雖然教材對學生們學習韓語起著重要作用，但是如果一味地進行傳統教學模式，很容易降低學生們的學習熱情，影響學習效果，對他們學習韓語非常不利。興趣是學好一門語言最好的老師。因此，教師必須不斷更新教學方法，引導學生對韓語產生興趣。學生對韓語產生濃厚興趣后，學習韓語就相對容易了。

3. 教材方面

在韓語教學中，教材也起著非常重要的作用。大部分教師在教學過程中非常依賴教材。所謂教材，是在各種必要材料中，提供最基本模版的中心材料。也就是，支撐學習中使用的所有材料，是通過視覺、聽覺等幫助教學和學習的有形或無形的資料。現在國內使用的韓語教材雖然比較系統和規範，但缺乏對學生韓語水平以及韓語學習需求的針對性，難以提高學生學習熱情。

二、有效學習韓語的教學方案

1. 遊戲教學

使用做遊戲的方法進行外語教學的目的是在趣味學習中提高學生學習熱情並取得學習效果。遊戲教學可以刺激學生大腦，使學生集中注意力，在愉悅的氛圍中接受外部刺激，能有效提高或達到教學效果，甚至能起到良好的德育作用，應該被更多地運用到課堂中，從而讓課堂「活起來」。

（1）遊戲教學注意事項以及教師的作用。

①遊戲教學注意事項。

遊戲對於初級學習者來說是很有效的學習方法。特別是發音很難的單詞可以使用發音遊戲提高發音水平及記憶力。但是做遊戲時如果不確立明確的規則，很容易讓學生們把韓語課堂誤認為是休息時間。並且，過度激發競爭意識會導致排斥對手的行為出現。所以教師選遊戲時要考慮到這些點，並慎重選擇適當的遊戲。選好遊戲后要為遊戲做好充分的準備，並要掌握遊戲規則。遊戲教學要注意以下幾點。

第一，要選擇適合學生能力的遊戲。教師要根據學生的水平選擇遊戲。如果對零基礎的學生使用文章拓展遊戲，學生會覺得很難。相反，如果對高級水平的學生使用數字遊戲或三六九遊戲就很難收到學習效果。

第二，在遊戲教學過程中教師要掌控好遊戲。課堂遊戲是為了達到教學目標而實行的，不能讓學生把課堂當作休息時間。

第三，遊戲開始前教師要明確規定遊戲規則。

第四，不能在遊戲過程中改變規則。如果在遊戲過程中改變規則，很容易讓學生有反抗心理。

第五，遊戲必須要快速進行，避免降低趣味性。如果遊戲時間過長，很容易降低遊戲的趣味性，對學習進度也會有影響。

第六，遊戲開始前可以給學生練習的機會，但要避免預選環節。不能通過預選來淘汰某個隊或某個人，盡量要讓全員都參與到遊戲中來。

第七，教師要有熱情和積極的態度。

第八，遊戲過程中要堅持公平公正原則。

②遊戲教學中教師的作用。

教師是課堂的引導者，遊戲教學是對教師課堂掌控力的考驗，教師要達到遊戲教學目標，必須在準備遊戲教學的過程中充分設想遊戲過程中可能出現的情況，並設計出應對方案，從而保證課堂遊戲有序進行。

教師在選擇遊戲時，要明確教學目標，根據教學目標選擇適當的遊戲。在遊戲開始前，教師要建立嚴格的遊戲規則，這在進行遊戲教學時極為重要。良好的規則建立後，遊戲教學便能順利進行。在遵守遊戲規則的基礎上可以實行適當的獎懲措施，從而間接約束學生的不當行為。遊戲結束後教師要對學生具體表現給出合理的建議，這樣能讓學生明確遊戲目的，進行反思。整個過程中教師都應該耐心引導、仔細觀察、認真總結，以調動和保持學生積極性，達到遊戲教學的最佳效果。

（2）遊戲教學的作用及效果。

人們在學習新的語言時，會從心理、情緒上感到不安，因而持有防禦心理。而遊戲不會給人帶來太多負擔，所以會讓學生們感到輕鬆愉悅，也會讓學生們積極主動地參與到遊戲中，從中達到學習目標，獲得學習效果。遊戲教學可以讓學生們在愉悅的氛圍中，自然地接受知識，也能起到良好的德育作用。

2. 歌曲教學

在韓語教學過程中恰當地運用歌曲傳授方法，能夠激發學生們學習外語的熱情，讓廣大學生們在學習韓語的過程中依託感性認識、體驗思考、課程實踐、參與合作等方式實現學習目標，從而增強語言表達能力。在此基礎上，還可以豐富學生們韓語學習方式，讓學生們通過韓語歌曲體會到學習韓語的實用性、生活性和時代性。

（1）選擇歌曲注意事項。

在選擇課堂教授的韓語歌曲時，要從教學目標、學生能力、教學時間等多個方面考慮。選擇歌曲時要考慮以下幾點。

第一，考慮歌曲的教育價值。選擇的歌曲要符合教學目標，避免歌曲與教學內容不符等情況出現。

第二，考慮歌曲的節奏與旋律。選擇旋律優美，節奏適當，唱起來有趣的歌曲可以提高學生的學習興趣。

第三，考慮學生的能力。選擇的歌曲要符合學生能力，即具備一定難度，但不超過學生理解水平。

第四，考慮授課時間。選擇的歌曲不宜過長以避免課程內無法學完歌曲。

第五，考慮學生喜好。很多歌曲根據時代的不同，風格也有所不同，所以要選擇與學生年齡相符，普遍喜愛的歌曲。

（2）歌曲教學的作用及效果。

音樂可以開發智力，提高想像力。運用好韓語歌曲教學，不僅能夠降低學生對韓語的陌生感，還能激發學生的學習興趣、提高學習效率、消除學習壓力，保障學生的學習效果。

唱歌不會讓學生覺得枯燥。學生在反覆練習所學歌曲時，自然而然會熟悉其中的單詞及語法。學過韓語的人應該都知道韓語版「生日快樂歌」。如果用教師講授法學習這首歌的歌詞內容，學生們應該連發音都覺得很難。但是用「生日快樂歌」表四次「祝你生日快樂」，學生們很輕鬆地就掌握了這句話的發音及意思。唱歌會讓學生感到放鬆。歌曲教學可以使學生們在輕鬆愉悅的氛圍中學習，並且為他們注入學習的信心。歌曲教學對準確性沒有太高的要求，這也減輕了學生的負擔，使學生們能夠自信地表達自己的想法，減少對韓語的防禦心理。

對於歌曲教學在外語學習中帶來的作用及效果，很多學者提出了自己的觀點。

Griffee（1992）曾強調歌曲是包含社會信息的一種文化，在語言教學中引用歌曲有利於理解那個國家的獨特文化和時代背景。因此，通過歌曲教學不僅可以讓學生們學習語言，還可以讓學生們通過歌曲瞭解那個國家的文化和情緒，既達到了教學目標又培養了學生素質培養。Jolly（1975）指出在外語教學中歌曲起著語言指導資料的輔助作用，對激發學習動機很有效。Richards（1985）指出學習是在對學習項目的反覆練習中形成的，有意圖的重複練習可能會引起學生不耐煩，既有意圖又不失趣味的方法就是唱歌。Pederson（1993）主張比起趣味性更要重視流暢性與文化要素。音樂可以讓兩者融合在一起，並提高溝通能力。

3. 角色扮演教學

角色扮演是指學生在課堂上根據情景，扮演不同角色，進行對話或表演。這種練習對於學習外語有較大的實用價值。

（1）角色扮演教學注意事項。

角色扮演是面對觀眾的表演形式，要求參與者擁有較強的參與意識和展現自我的勇氣。因此，性格外向及大方、自信勇敢的學生普遍表現比較好，但是性格內向羞澀、心理防禦強的學生在角色扮演時難度相對大一些。面對這一情況，教師應該努力營造愉悅輕鬆的氛圍，引導學生們將角

色扮演當作益智類遊戲，充分給予學生表揚和鼓勵。

（2）角色扮演的作用及效果。

在韓語教學中，使用角色扮演教學的目的是克服使用韓語的限制，為學習者提供使用學過的韓語知識表達的機會，從而提高學生們的表達能力。

第一，在角色扮演的過程中，學生們可以在模擬的情景中運用所學過的知識，這可以使學生們得到成就感，並提高外語交流的能力，建立自信心。

第二，角色扮演可以使學生們熟悉語感。角色扮演可以使學生們廣泛接觸各種語言風格、語言結構及語言功能，培養他們在各種場合中正確使用語言的能力。

第三，可以有效克服對「說錯」的恐懼心理。角色扮演可以讓那些不敢說的學生勇敢地說出來。

第四，角色扮演能夠讓學生們在有趣的活動中進行學習，這種興趣能夠促使學生們積極學習。

三、結　論

學習外語的目標是，學生們有在現實生活中輕鬆自如、有自信地表達自己的想法的能力。所以，外語教學要提高學生們的交流能力。為此，學習者們也要積極參加課堂活動，不要把外語當作一門學問，而是要當作一種習慣。本文為了讓韓語學習者更有效地學習韓語，首先從學生、教師、教材三個方面分析了韓語教學現狀與問題。在此基礎上，提出了幾種教學方案，並對其效果做瞭解釋說明。

遊戲教學可以讓學生們在愉悅的氛圍中，自然地接受知識，也能起到良好的德育作用。而歌曲教學可以緩解學生們的緊張情緒，使學生們在輕鬆的氛圍中，增強自信心，並且反覆練習，也不會讓學生們感到枯燥。角色扮演教學可以克服使用韓語的限制，在多種模擬情景中，為學習者提供使用學過的韓語知識表達的機會，從而提高學生們的表達能力。

希望本論文能夠幫助學習韓語的學生們提升學習興趣，為韓語教學貢獻一份微薄之力。

參考文獻

[1] 韓梅. 淺談遊戲教學在中職韓語課堂中的運用［J］. 教學研究，2016（12）：234.

[2] 何家寧. 談交際外語教學中的角色扮演［J］. 山東外語教學，1999（3）：86-88.

Effective Learning Korean Teaching Program

Jin Yanling

(Department of Oriental Languages, CISISU, Chengdu, Sichuan, 611844)

【Abstract】 Nowadays, many universities in China have opened Korean related courses, and began to study and explore Korean language teaching. However, there are many institutions still maintain traditional Korean teaching methods and strategies, ignore the actual use and practice of language. Excessive reliance on book knowledge instruction and personal indoctrination in teacher classes. Students can not be centered, and students can not pay attention to their actual language proficiency. This article analyzes some problems and the current situation encountered in Korean teaching from three aspects of students, teachers and teaching materials analysis, trying to find some feasible teaching plan, their own meager strength for Korean teaching.

【Key words】 Korean teaching; Teaching situation; Teaching program

翻譯技巧的理據追尋

四川外國語大學成都學院商務英語系　唐　楷[①]

>【摘　要】本文旨在為翻譯技巧提供簡單可信的理據，以便學生快速地把翻譯技巧內化為自己的自主能力，簡而言之就是以一對多的認知識解和英漢對比差異為基礎，正確理解並恰當表達從而使譯文意義相符和功能相似。
>
>【關鍵詞】英漢翻譯；翻譯技巧；理據

一、引　言

　　中國的翻譯教學，尤其是英語專業本科段的翻譯教學中，「怎樣譯」是比較重的部分，楊自儉認為理論的教學應該只占 20%～30%。源於翻譯實踐的種種翻譯技巧具體地體現了「怎樣譯」，這樣的技巧在各種教程、資料和翻譯課堂上呈現得足夠多。但筆者多年從事翻譯教學，面對了大量的學生練習和試卷，感到不盡人意的地方頗多；而監考各種考試時又發現學生在翻譯環節所剩的時間也很多。這種高速低能的表現讓筆者不禁反思：學生們為啥時間充足也不能靜心思考從而把翻譯技能內化成自己的自主能力？也許理論研究曲高和寡是部分原因，比如：謝天振認為西方在 20 世紀 50 年代以來的翻譯研究就突破了一般層面上的對兩種語言轉換的技術問題的研究，也就是突破了「怎樣譯」的問題。但看國內翻譯教程的實際，翻譯技巧多限於技巧定義和實例的呈現，鮮有「為何要/該/必須這樣譯」的理據分析。缺乏理據支持的翻譯技巧當然不容易自動內化。本文旨在初步嘗試追尋翻譯技巧後面的理據以促進教師的翻譯教學和學生的翻譯實踐能力。

[①] 唐楷，男，英語語言文學碩士，四川外國語大學成都學院商務英語系講師。研究方向為語言學、翻譯理論與實踐。

二、翻譯過程再認識

翻譯分為理解和表達兩個階段是公認的。但鑒於英漢語間存在表層差異和「一義多說」（這種說法並不科學，更科學的說法是同一概念內容有多種認知識解）這兩個事實，筆者把翻譯過程重新圖示如下：

圖1 翻譯過程

對翻譯技巧的簡單再認識就是：英漢語表層結構差異導致翻譯不能在相同層面一一對應，而必須透過表層結構正確理解其後的深層次含義，再在譯語中恰當表達出來，這樣的翻譯過程本身就體現了種種翻譯技巧的運用。反而言之，只要兼顧了英漢語各自的表層結構差異，忠實於原意、滿足原功能和風格的譯文，就自覺地運用和體現了各種翻譯技巧，甚至說創造出了某種新的可行的技巧。翻譯標準也就簡化為「意義相符，功能相似」。

英漢互譯例證如下：

例1：穩定壓倒一切。

學生不可避免地會先在「穩定」「壓倒」「一切」這三個詞彙上一一對應翻譯，結果就是：「Stability overwhelms everything.」的確，也曾經見到「東風壓倒西風」這句的英譯中把「壓倒」一詞對應成「overwhelm」，但此「壓倒」非彼「壓倒」，「穩定」與「一切」並非矛盾對立的雙方，一一對應並不能正確表達原意。其實只消簡單引導學生思考一下其深層次含義，一般都會說出原文不過是表達「穩定最重要」，所以解釋性的譯文就是：「Stability is the most important.」從「最重要」出發，很容易得到「Stability means everything.」仔細看這個譯文，居然與原文一樣都是三個詞彙，首尾都是一一對應。原中文有江澤民的表達風格的話，我們就再想想鄧小平會如何強調「最重要」這一含義呢？就筆者的記憶，鄧公多半會說「穩定是當前的頭等大事」，是不是很容易得到下面的表達：「Stability comes first.」再前一點的說法呢？極有可能是「穩定掛帥」，那麼是否能因此翻譯成：「Stability dominates.」上面的譯文中不是體現了一定處理技巧麼？當然，上面的表達中不可避免地存在風格特徵差異和功能差異，需要譯者酌情取捨。假如是號召全國人民的標示語，該選哪個譯文呢？假如是對幼兒園的小朋友說的話，又該選哪個譯文呢？答案應該是不言而喻的。

例2：Hone is where heart is.

一一對應翻譯是：「心就在家所在的地方。」此譯文的傳意是沒有問題的，地道通順與否讀者

自明。反思原文 where 一詞的功能：主從句中都充當地點表語，具有同一性，並且是 heart 的地點決定 home 的地點。恰好中文不怕重複，意合表意時不用連詞時，既能表達同一性又能表達「前」對「后」的決定性，因而可以明晰翻譯如下：「心在哪兒，家就在哪兒。」某物在某地與某地有某物都屬於存在句，那麼輕易得到如下譯文：「有心就有家」和「心在家在」，以及「心之所存，家之所在」。再把 home 引申一下就是「吾心安處是故鄉」。

讀者認可上述譯文的話，必定看出：如果堅持了上述翻譯過程和標準，理所當然地簡單內化了種種翻譯技巧而不受限於具體技巧。

三、英漢對比差異再認識

如果說差異催生譯技，那麼，英語專業本科段的翻譯教學，沒有特別的目的要求的話，就重在凸顯英漢語各自的差異，尤其是對照下最明顯的語言特質。英漢對比研究從宏觀到微觀都有較多的成果可供用以指導翻譯實踐。但筆者認為，在目前英語專業本科段的翻譯教學中還不足以全部兼顧，那麼如何選點就很重要：太宏觀了會超越學生的歸納概括能力而顯得空泛，太微觀了又會顯得繁雜而不為課堂教學時間所允許。筆者認為連淑能所提到的十大對比特徵無論從數量上還是宏觀與微觀的兼顧上都比較適中，具有較強的操作性和實用價值。該十個「帶有普遍性意義的專題」的確是「參閱了國內外大量的書刊，採用了中外許多名家的觀點和例證」，更可貴的是「作者曾在美國講授漢語並在國內從事本科生和研究生的翻譯課教學，書中的部分內容曾在教學中使用」。多年來，筆者也以此為框架，結合其他的英漢對比成果，用差異去凸顯「怎樣譯」，並做適當的歸納概括，在實際翻譯教學中取得了良好的效果。

連淑能選論的十個專題依次是：綜合語 synthetic 與分析語 analytic、聚集 compact 與流散 diffusive、形合 hypotactic 與意合 paratactic、繁復 complex 與簡短 simplex、物稱 impersonal 與人稱 personal、被動 passive 與主動 active、靜態 static 與動態 dynamic、抽象 abstract 與具體 concrete、間接 indirect 與直接 direct、替換 substitutive 與重複 reiterative。由於原著並非專門著眼於翻譯研究，有其獨特的理論高度和專業視角，筆者在具體的翻譯教學中的運用就必須深入淺出，並努力使之符合英語專業本科段的翻譯技巧教學的實際情況而作了自己的闡釋。其實就是連淑能自己編著的極具使用價值的本科翻譯教程都把這部分內容與翻譯技巧分列不同的兩章，沒有有機結合闡述。

筆者把前四個專題特徵簡單歸納為：英語的繁復聚集與漢語的簡潔流散。

在一個複雜而又完整的意群內，通過語義意合表意，理所當然地形成了漢語句式的流散與簡潔；靠自然的時空關係和邏輯關係組織語序的特點既是意合的理論基礎又是迴避歧義的可靠依據；再有就是，話題式的主位成分與描述性的敘位成分這一特點使得漢語句式的流散與簡潔得到統一，從而形成「形散而神不散」的總體可接受性。

英語嚴謹的主謂結構包含眾多而齊全的帶有形式標記的語法成分，每一成分功能單一，加之各個語法成分間通過語言形式手段連接起來，不可避免地形成了英語句式的繁復與聚集。其中靈活的語序又增添了英語句式繁復與聚集的可能性和繁復聚集的程度。

后面六個專題對比，除非明顯的視角差異和典型的思維差異外，基本上都屬於句子層面以下比較微觀的差異特徵。

關於以上述英漢對比差異為理據的翻譯技巧實例，筆者在論文《英語本科翻譯教學中的英漢對比視角》中多有論證，且本文后面的「篇章翻譯實例」部分也有證明，在此就不贅述。

四、一對多的識解理據

強調英漢對比差異容易誤認為支持了不可譯論，其實並非如此。第一部分同一原文的多種譯文就是強有力的例證。現代認知語言學的多種成果都支持同一概念內容的多種識解。Langacker 明顯提出意義既包括概念內容又包括對該內容加以識解的特定方式。概念內容可以寬泛地理解為認知事件中的任何概念或經驗；識解（construal）就是人們明顯具備的以不同方式對同一情景加以構想與描寫的能力。圖 2 的第一個圖表示一個玻璃杯裡裝了半杯水這樣一個認知情景，在概念層面，我們或許有能力以某種不偏不倚的方式喚起這一概念內容；一旦進行語言編碼，必定將某種特定的識解方式加於其上，導致不同的所指對象的差別。后面四圖依次對應：①the glass with water in it, ②the water in the glass, ③The glass is half-full, ④The glass is half-empty。

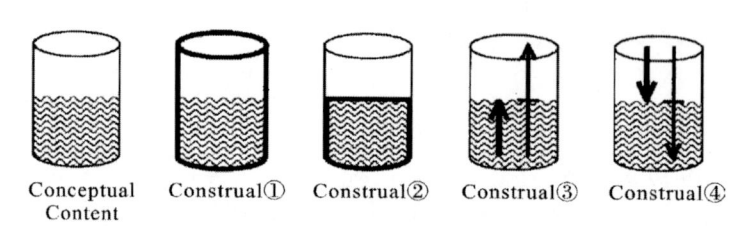

圖 2　識解過程組圖

當然這僅僅是一個簡單的示例，識解差異還包括詳略度、觀察視角、掃描方式等眾多不同的維度，展開敘述非本文的重心就不一一細化。問題的關鍵是，我們所遇到的原文只是一種識解方式的語言編碼而已，就是翻譯過程圖中的 source surface structure，由此通過我們的百科知識和認知經驗可以喚起相關的概念內容——the deep meaning behind，而根據這樣的概念內容人們又可以施加多種不同的識解方式而產生具有不同所指對象差異的語言編碼。因不同識解方式而生的語言編碼恰好各有側重而帶上不同的風格和功能特色。

由此可見：極端意義上的原文意義都絕對可譯，而風格功能只能相似而不可能完全相同。

五、篇章翻譯實例

下面就用一個簡單篇章的翻譯練習來驗證上面的理據反思對實踐的指導作用。按照前面對翻譯過程的闡述，還是處理成由上而下的理解和由下而上的表達兩個環節。

例3：①許多人喜歡國畫，尤其是山水畫。②這些畫一般畫的是深山幽谷、小橋流水、巨石老樹。③在山腰或樹叢中，可能有一間茅屋。④人物不是主要的。⑤也許有一個很小的、孤獨的人站在一個不顯眼的角落裡，凝望著這山或坐在小船上垂釣。⑥這樣的畫可能反映一種思想：人應該遠離繁忙的世界，到大自然去，成為自然的一部分，和自然融為一體。

原文完整性感受：的確構成一個完整的篇章。

原文風格或功能把握：概括介紹中國文化的一個方面——國畫，而非生動細節的描繪，那麼下列短語「深山幽谷、小橋流水、巨石老樹」只需要用泛指的普通詞彙一一列舉就行了而非加工出內在邏輯關係的生動描寫。

意群層次的分析：引入①—主體②③④⑤—結尾⑥。主體部分又是按照主要到次要安排成三部分：②—③—④⑤。上面的意群層次分析恰好決定了句①句②不能聚集，而④⑤兩句應聚集。這恰好是眾多同學容易失誤的地方。

句①一一對應翻譯也不出問題。「喜歡」一詞也可以有多種詞彙和短語表達，但筆者建議思考用「enjoy」來表達一點特殊的風味。麻煩在於「山水畫」該如何表達，只畫「山」和「水」還是用典型的具體表達更寬泛的抽象概念？一一對應的表達必定是「許多人」這短語居於主語這一重心位置，那麼能不能兼顧英語被動語態的特徵而把「國畫」變為重心？「many people」這一短語能否不出現在 by 短語中而把「許多人」這一語義再淡化一點？甚至連「many people」這個短語根本不出現而暗含「許多人」這一語義？仔細體會下列譯文中「許多人」這一語義的重要性的逐漸淡化。

譯文1：Many people enjoy traditional Chinese paintings, especially the landscapes.

譯文2：Traditional Chinese paintings, especially the landscapes are enjoyed by many people.

譯文3：Traditional Chinese paintings, especially the landscapes are to many people's liking.

譯文4：Traditional Chinese paintings are widely enjoyed, especially the landscapes.

對於句②，學生感到動詞「畫」需要處理，但下列來自學生的表達多少都有錯誤或不當之處。

學生表達1：They are generally about…

學生表達2：They are generally …

學生表達3：They generally describe…

學生表達4：They generally draw…

學生表達 5：They generally show…

學生表達 6：The content of them are…

而用 S+Vt+O 句式的英語動詞應該是「depict」，參考如下，且后面部分列舉就是了：

They generally depict <u>remote mountains and quiet valleys, narrow bridges and flowing streams, huge rocks and old trees</u>.

只要明白后面列舉的是畫面內容，用「draw」也可以表示為：They are generally drawn with…既然是畫面內容，加入觀察者視角，同樣還可以簡單表達為：In them, one can generally see…或 In them, …can generally be seen. 此視角同樣適用於后面的表達，就不一一闡釋了。

句③最容易誤用一個介詞表達「在山腰或樹叢中」，筆者考慮到茅屋在樹叢中這一語境增加「half-hidden」一詞處理為：There may still be a thatched cottage half-hidden on the hillside or in/among the grove. 或 One may still see a thatched cottage half-hidden on the hillside or in/among the grove.

句④⑤中，「人物」一詞學生們不考慮具體選詞，至少沒有思考畫面人物與現實人物的不同構句方式。學生們最易犯的邏輯錯誤是，受前面逗號的影響而不考慮並列關係「或」字到底並列在何處。先原文摘抄一個學生的作業再附上筆者的參考恭請讀者品鑒。

<u>People</u> is not <u>major</u>. In <u>a</u> <u>unconspicuous</u> corner may stand a little and <u>alone</u> man<u>,</u> who is <u>gazing</u> this mountain <u>or</u> <u>fishing</u> in a small boat.

Human figures are not important (not the main part) in these painting, where/so there might be a tiny lonely one <u>standing in an inconspicuous corner staring at a distant hill</u> or <u>sitting in a small boat angling</u>. 或 Man doesn't form the main element of these paintings, where one might see a tiny lonely figure standing…staring… or sitting…angling.

句⑥提到一種思想，筆者必須思考后面的同位從句到底是簡練聚集好，還是如中文那樣動態流散好？「遠離……到……去……成為……融為……」這麼多的動詞該如何體現英文靜態的特徵？原文「成為一部分」與「融為一體」有無重複之處，如何滿足英文中忌諱重複的特徵？「融」字又如何靜態化意譯？綜上，筆者處理為：Such paintings may reflect one idea that people should leave the busy world for nature, being an integrated/a harmonious part of it.

六、結　語

上文並未論及任何翻譯技巧的術語，但翻譯實踐的結果到底如何讀者應該自有評價，同時讀者亦能清晰地看到其間有理有據的思維過程，並且這樣的理據思維過程並不高深難懂，恰好只有為數很少的幾條原理支撐。只要學生接受並運用上述簡單的理據思維過程，不被種種翻譯技巧搞

得炫目不及，踏踏實實地回到最本質的中英語言基礎上去，翻譯實踐應該是件不難的事情，至少在本科段的翻譯實踐應是如此。

參考文獻

[1] 楊自儉. 關於翻譯教學的幾個問題 [J]. 上海翻譯，2006（3）：37-38.

[2] 謝天振. 翻譯研究新視野 [M]. 青島：青島出版社，2003.

[3] 陳宏薇. 新實用漢譯英教程 [M]. 武漢：湖北教育出版社，2006.

[4] 連淑能. 英漢對比研究 [M]. 北京：高等教育出版社，1993.

[5] 連淑能. 英譯漢教程 [M]. 北京：高等教育出版社，2006.

[6] Langacker R. W. Cognitive Grammar: A Basic Introduction [M]. New York: Oxford University Press, 2008.

For the Motivation of Translation Skills

Tang Kai

(*Business English Department*, *CISISU*, *Chengdu*, *Sichuan*, 611844)

【Abstract】 This thesis aims for the motivation of all kinds of translation skills so as for students to automatically internalize translation skills. Simply, based on the one-to-many construal and the contrast between English and Chinese, one just needs to ensure correct comprehension and proper expression for his version to be correspondent in meaning and similar in function.

【Key words】 Translation skills; Motivation

聽力養成的基本要素

四川外國語大學成都學院翻譯系　何　萍[①]

>【摘　要】本文探討了在第二語言習得過程中，聽、說、讀、寫、譯五個能力中最難的聽力養成的基本要素。本文以理論聯繫實際的方法，對優良聽力的養成在外語教學中運用的技能方法進行探索，鼓勵學習者在學習過程中發揮能動性，發揚主動進取的精神，體驗語境，有針對性地進行影子訓練、原語概述及記憶訓練，從而實現「聽」的辨音、信息感知、聽覺記憶過程，最終達到聽力的基本要求。這對外語聽力專業課程教學有著現實的指導作用。
>
>【關鍵詞】聽力能力；培養；要素

一、第二語言習得者「聽力素養問題」導致外語高端人才匱乏

自進入 21 世紀，全球化成為全球經濟社會發展的顯著特徵，並引領社會全方位變革。語言是信息傳播和知識傳播的載體以及經濟活動的實現的必要媒介，語言的轉換也是各種思想文化的交流與交融。中高端外語人才需求主要有國際貿易方面的業務人員、商務翻譯、商務助理；旅遊方面的涉外導遊及涉外賓館的接待及管理人員；合資外企高級文員、外向型企業的一般管理員；師資方面的幼、小、中、職業高中的教師。需要達到的能力首先是聽說讀寫譯的綜合能力，其次是口語人才，其中有 25%的人才需求是翻譯事務人才，包括筆譯與口譯。據國家外文局調查表明，目前中國從事同聲傳譯和書面翻譯的高端外語人才仍然嚴重缺乏，能夠勝任中譯外工作的高質量

[①] 何萍，女，法學碩士，四川外國語大學成都學院翻譯系副教授。研究方向為第二語言習得、英語教學。

人才缺口高達90%。導致這一現象的根本原因就是第二語言習得者缺乏讀、寫、聽、說、譯這五個能力中高級別的聽與說的能力。而「聽」又是「說」的必備前提，要突破這一瓶頸，第二語言習得者提高「聽」的能力就顯得至關重要。

二、造成第二語言習得者「聽力素養問題」的原因

1. 第二語言習得者自身的主觀原因

剛進入大學的第二語言初學者，在高中學習階段是沒有專門的外語聽力課，而進入大學外語學習，學習外語就有一個「應試聽力轉向交際聽力」的過程。因此，聽力課程是第二語言習得過程初期最難的課程之一。剖析原因首先是，大學生心理、思維、文化及專業知識障礙等諸多因素造成的。在聽力訓練過程中，大多數第二語言初學者不能用外語語境消化理解所學材料。首先，大學生需要在聽到的外語單詞、短語及句子后轉換成漢語，如果需要，還必須再次把轉換后的漢語再轉換一次，以外語輸出。而且大腦之間母語與第二語言的轉換速度會直接影響后續內容的理解甚至錯過本文本和其他內容，如此的不良循環，導致大學生聽力越差越不能用外語思維，難以進入外語語言思維狀態，而是下意識地進行語言之間的互譯。其次，語言是文化的載體之一，也是瞭解世界各國文化、風土人情的窗口。而社會文化知識是一個國家或民族所共有的知識，外國人只有通過學習來瞭解。因而，一個對其他國家的社會文化知識、民族文化知識缺乏瞭解的學生，可能聽懂了大部分內容卻因缺少必要的背景知識使得理解受阻。最后，在聽力練習和聽力考試中，初學者因為對自身聽力的不自信，心理壓力大。尤其在遇到較長的篇章或者對話時，學生的挫敗感尤甚，由此產生的焦慮、恐慌使得學生已有的聽力水平或者實際水平也發揮不出來。甚至，外語教師還經常聽到有初學者抱怨說這種緊張狀態在聽力放音一播放就開始產生了，大腦基本上是一片空白，似乎除了自己的心跳以外什麼也聽不見了，聽不明白。究其原因，造成這樣的心理障礙的根源主要是學生應試的心理素質較差，對自己的外語能力沒有把握或者估計過低，從而產生恐懼心理。由於心理緊張，造成了大腦記憶機能暫時減弱。所以，聽力課程是一門既耗費時間又耗費精力卻收效緩慢、收效甚微的課程，很多學習者容易喪失學習興趣和信心，從而選擇放棄對聽的能力的持續自我培養。這種情況也是導致外語高端人才培養匱乏的主要因素之一。

2. 專業課堂教學對聽力的培養缺乏有效手段

雖然我們的外語教學已經進入多媒體時代，但是專業外語聽力課程的課堂教學模式還是表現為單一化的傳統的「教師放錄音，學生聽」形式。同時，學生的參與程度缺乏明確的監管手段，特別是智能手機普及的今天，學生的課堂融入就更具有挑戰性。然而聽力課程的課堂教學特點仍然是方法單調、互動性差、學習氛圍沉悶、課堂效率低。這種傳統的聽力課堂教學模式屬於強化輸入，各種課堂活動與步驟有預定目的，且需要學生有一定的堅強意志進行配合。究其原因，中

國的外語教育在小學、初中、高中學習階段幾乎都沒有使學生形成重視外語聽力的觀念，對外語聽力學習僅僅停留在紙面上，導致大學的專業聽力課堂上，學生幾乎完全處於被動接受狀態，再加上「教師中心」教學法，即讓學生邊聽材料邊做題，教師訂正答案，最后教師講解聽力的原文材料，整個教學過程，師生沒有什麼互動，課堂教學活動缺少學生積極主動參與的充足條件。

三、聽力教學對聽力養成的基本要素的探討

1. 聽力養成的基本要素分析

在心理學中，聽力被視為是一種高級而複雜的語言認知活動。隨著研究的逐步深入，更多的專家學者認為外語聽力是運用各種相關知識、有關的技能策略與聽力文本輸入信息進行積極互動和意義構建的動態過程。它是由辨音、信息感知、聽覺記憶、信息解碼、語言使用或儲存信息這幾個部分構成，當然也可以理解為感知處理、切分和運用。總之，聽力過程是積極、創造和互動的過程，聽力水平的高低取決於這個過程。根據《高等學院外語專業教學大綱》要求，聽力技能分為基礎階段教學目標和高級階段教學目標。高級階段教學目標是運用語言能力、正確的學習方法和綜合運用外語進行交際的能力。在此，不難看出高級階段提出的交際能力正是「聽與說」能力的具體體現。本文主要討論聽能力的前三個階段——辨音、信息感知、聽覺記憶的養成。

2. 聽力養成的基本要素之辨音培養

聽力養成的第一個過程就是辨音，我們應正視第二語言習得的初學者普遍存在的語音干擾問題。長期以來，中國很多地區的師資條件有限，教師本身的外語語音也存在一定問題，教師的發音良莠不齊，教師如果不能在課堂上使用規範而流暢的標準發音進行教學，那麼學生的發音不準就不難理解了。另外，大學外語一般是小班授課（10~30 人），但因地域差異，學生在兒化音、鼻音、平卷舌、語音語調等方面問題頗多，這些最基本的語音問題成了學生聽力的絆腳石，表現為「說不清楚，聽不明白」。因而影子練習（shadowing exercise）又叫原語或單語復述練習，在初期教學顯得尤其重要。影子練習具體就是用同種語言幾乎同步地跟讀發言人的講話或事先錄制好的聽力資料等。正確的發音是從模仿開始的，開始的時候可以與原語同步進行，但單純的簡單的模仿是不夠的，學生除了掌握每個音標的正確讀法，還要注意單詞音節的重音、次重音、雙重音，包括單詞和單詞之間的連讀（輔音與輔音的連讀、輔音與元音的連讀、元音與元音的連讀、疊音連讀、r/re 加元音的連讀等）；加音和各種音變現象，比如失去爆破和不完全爆破、音的同化、快速口語中的省音、重讀和非重讀以及強讀和弱讀等；音調的升調、平調、降調等。跟讀原語時不僅僅是鸚鵡學舌，還要做到耳朵在聽（原語）、嘴巴在說（同種語言復述）、腦子在想（語言內容），要特別注意句子的快慢節奏、語氣、常用句式和變異句式。經過一段時間的練習后，就可以提高影子練習的難度、效度。

3. 聽力養成基本要素之信息感知及記憶能力培養

聽力養成的第二個和第三個過程就是信息感知及瞬時記憶力的培養。原語概述是針對培養這一能力的有效方法之一，其實原語概述練習是影子練習的延續與強化，即用原語跟讀完一段講話內容後，停下來憑記憶力對剛剛跟讀的內容用同種語言進行概述，歸納總結原語內容的核心思想。能夠做到這點，不僅需要學習者有辨音、接受信息、保存瞬時記憶信息的能力，還要有語言組織能力。其實影子練習和原語概述同時都是對學習者的高度注意力的培養，是優化記憶品質的過程，也是培養記憶能力的基礎。因為心理學中記憶就是注意的高度集中，兩者都要求聽的時候，聽話者的注意力緊跟說話人的思路，把耳朵接受的信息不需要大腦第二次加工僅靠記憶來實現語言的再現。這個過程遵循了循序漸進法，從初期階段只能抓住只言片語到能接受一個完整句子信息，學生的耳朵就會變得逐漸敏銳，直至大腦完全適應了這種訓練。具體來說，在實施這兩個步驟時，最大限度地提高學習者的「注意力」，確保正確快速地完成練習，成功引起和保持學生的有意注意。總之，通過影子練習和原語概述既培養學生學習在特定時間內保持相對穩定的無意注意與有意注意，又促使二者向注意的更高級形態（即有意后注意）轉化，從而使學習者帶著明確目的去學習，大大提高了聽力培訓效率。

四、結　語

總之，聽力養成的過程中要鼓勵學習者在學習過程中發揮能動性，發揚主動探索的精神，反覆體驗語境，有針對性地進行影子訓練、原語概述及記憶訓練，從而掌握「聽」的辨音、信息感知、聽覺記憶，最終養成聽力的基本要素。

參考文獻

［1］晏曉喻. 從認知的視角探究英語聽力教學［J］. 華東師範大學，2007（5）：76-79.
［2］王秀珍，等. 注意的規律在英語聽力課堂啟示與應用［J］. 外語世界，2005（2）：45-51.

Acquisition of Basic Elements of Listening Ability

He Ping

(Department of Translation and Interpretation, CISISU, Chengdu, Sichuan, 611844)

【Abstract】 This paper attempts to illustrate that acquisition of basic elements of listening ability is gained by shadowing exercise and summarizing to fulfill the course of listening discrimination and auditory memory. Therefore, a good foundation for listening ability is built up and further development is available.

【Key words】 Acquisition; Listening ability; Build up

從顧客體驗角度探討英語精讀任務型教學的課堂設計

四川外國語大學成都學院商務英語系　肖　璟[①]
四川外國語大學成都學院英語旅遊系　張曉婷[②]

【摘　要】顧客體驗理論在現代管理學中運用非常廣泛。本文試圖運用該理論中一些基本的方法和原則探討如何獲得學生課堂最優體驗的條件，並且試圖將其運用到任務型教學的精讀課堂設計中，解決當前英語精讀課課堂設計面臨的問題。通過對學生進行問卷調查，分析精讀課現狀，探尋如何提升學生在課堂上的感受，從而進一步為一線教師課堂設計打開思路。

【關鍵詞】顧客體驗；任務型教學；課堂設計；英語精讀

一、引　言

　　顧客體驗 customer experience 也稱為用戶體驗（client experience），其作為一種新的經濟源泉在現代管理學中受到了廣泛關注，並在互聯網、電子商務、旅遊業中廣泛的運用。其研究重在對目標顧客的偏好、感知進行測量與管理。他山之石可以攻玉，針對在互聯網、移動網路影響下成長起來的「00後」「10後」學習者的特點，借鑑顧客體驗研究的成果可以為一線的課堂設計和教學設計打開一些新的思路，提供更多的操作範式。

[①] 肖璟，女，管理學碩士，四川外國語大學成都學院商務英語系講師。研究方向為二語習得與翻譯美學。
[②] 張曉婷，女，文學碩士，四川外國語大學成都學院英語旅遊系講師。研究方向為二語習得與英美文學。

二、理論淵源

1. 用戶體驗理論溯源

用戶體驗概念最早由美國學者 Alvin Toffler 提出。他認為隨著行業的發展和來自消費者的壓力，某些行業不再只提供產品，更會提供預先設計好的「體驗」。

用戶體驗理論引起了學界極大的興趣，有許多學者對此進行了研究，先後出現了幾大流派，包括流體驗說、體驗雙因素說、體驗情景說、體驗二元說、體驗戰略模塊說，等等。其中影響最廣泛的要數流體驗說和體驗雙因素說。

（1）流體驗。

1975 年芝加哥大學心理學教授 Csikszentmihhly 提出了流體驗學說（flow experience）。他主要的觀點即流體驗是一種「最優體驗」，是「人們在從事某種活動的過程中，全身心地投入，注意力高度集中，達到忘我的境界」。

流體驗能使參與者產生完美的感覺，進而激發其重複進行活動的強烈動機。要達到流體驗的關鍵在於「個體的技能與挑戰難度相匹配」：當體驗者本身技能高於任務的挑戰時，那麼他就會覺得任務枯燥感到厭倦；當任務的挑戰高於體驗者的能力時，參與者就會產生挫折感。

（2）體驗雙因素說。

體驗雙因素說最早發源於體驗二元說，其認為商品的體驗包含兩個維度：功利性和享樂性，（Holbrook，Hirschma 1982）。隨後 Pine & Gilmore（1999）發展了這種學說。他們指出有兩個因素最能影響體驗：其一是「參與者是否是積極地參與還是被動地參與；其二是參與者是被動地吸收活動帶來的體驗還是全身心完全「浸入」在活動帶來的體驗之中。

以上關於最優體驗的學說，為我們的教學設計提出了目標：如果課堂教學設計能夠使學生的感知達到流體驗，那麼學生的學習動機和學習積極性就會得到極大的提高。審視以上觀點，我們不難看出「任務」「參與」和「挑戰」是達到最優體驗的關鍵詞。將其移植到教學和課堂設計中，自然而然可以和任務型教學法聯繫起來。

2. 任務型教學

任務型教學出現於 20 世紀 80 年代，出自於交際語言學理論。其理論基礎是「輸入互動假設」。其中「可理解性的語言輸入」是第二語言習得的必要條件。其後隨著理論的逐漸發展，學界也對「輸入假設」提出了質疑，認為僅僅只有輸入並不能保證語言習得。目前普遍認為「交互活動、意義協商、語言輸出是語言習得的關鍵，而這一切只有通過執行任務才能完成」。

在這裡值得討論的是，主流任務型教學理論中的「任務」特指經過設計的交際語言任務，並不認可傳統的語法、詞彙練習等為教學任務。而在實際的精讀教學過程中，為了讓學生更好地內

化語法知識、瞭解並熟悉詞彙的準確意義等，教師設計了語言練習、翻譯訓練，這些能不能算作教學任務？能不能帶來與其他「任務」和「挑戰」相同的效果？

三、學生需求和行為偏好對任務設計的影響

　　傳統的顧客體驗理論已經大量運用於互聯網網頁設計、移動終端設計、酒店管理等領域，在技術層面上最重要的一環就是瞭解目標客戶的行為偏好和潛在需求。為了更加瞭解自己學生的行為特點、需求和偏好，本研究設計了問卷調查。該問卷調查重點在兩個方面：其一，學生的學習動機和目標；其二，學生對精讀課常見的任務（練習）的感知。問卷主要採取封閉問卷的方式，只在學生對精讀課常見任務的感知方面設計了一個開放問題。

　　問卷發放對象：四川外國語大學成都學院英語（商務英語）專業本科大一、大二年級學生。

　　問卷發放份數：120份，其中回收有效問卷113份。

　　問卷描述：問卷分為三個部分。

　　第一部分為學生的高考/專業二級成績。

　　第二部分為學生的學習動機，包括：①順利畢業；②獲取正確的書面及口頭表達的能力；③獲取一技之長，能對今後工作有所幫助；④獲取專業技能，未來能成為專業人員。

　　第三部分為目前精讀課學習的主要內容，一共10個維度，包括單詞、短語、句子分析、文章賞析、語法講解、作品作者背景知識、翻譯練習、小組討論和寫作練習。問卷主要採取封閉式問卷形式，除了英語成績分為四等選項，其他問題等分為「非常認同、認同、一般、不認同、非常不認同」5個維度。

　　回收的問卷數據統計（見表1、表2、表3）：

表1　　　　　　　　　　　　　　英語成績

高考成績	高於120分	105~119分	90~105分	低於90分
份數	35份	53份	22份	3份
專二成績	高於80分	70~79分	60~69分	低於60分
份數	3份	20份	58份	14份

表2　　　　　　　　　　　　　　學習目標結果

選項	①通過專業等級考試順利畢業	②能正確地進行書面和口頭表達對你很重要	③能夠獲得一技之長，能對將來的工作有所幫助（比如成為外貿從業者，或者從事能用上英語的相關工作等）	④能夠獲取專業技能，希望未來能成為這方面的專業人員，比如英語教師、譯員等
表示非常贊同/贊同	112	105	98	17

109

表 3　　　　　　　　　　　學習內容感知結果

學習內容	單詞的運用	短語的運用	句子分析	篇章結構分析	文章作者背景知識介紹
表示感興趣/非常感興趣的份數	7	7	7	5	38
學習內容	語法講解和練習	翻譯練習	針對課文主題的小組討論	同課文相關的寫作練習	
表示感興趣/非常感興趣的份數	13	10	3	2	

從問卷反映出的問題如下：

（1）學生對精讀課的課程目標缺乏瞭解。

從問卷分析來看，大多數學生對大學學習的目標是明確的，其中「考級拿證書，順利畢業」「學習學習技能，能正確流利地進行書面和口頭表達」，以及「從事和英語相關的工作」得到了大部分學生的贊同，不過同時可以看到，大部分學生對英語學習熱情僅限於專業技能，大部分學生對進一步的專業知識和研究沒有興趣。對精讀課內容和學習任務的認同非常低。

大部分學生希望能夠獲取「流利的口頭表達能力和正確流暢的書面表達能力」。但是對於如何獲取這些能力是不清楚的。很少同學能將精讀課的課程目標——幫助學習者獲取正確的書面表達和口頭表達的能力——和英語學習的課程目標聯繫起來，對精讀課程的學習策略更是模糊的，即對學習目標的達成沒有明確具體的學習策略。所以形成了「英語學習動機強，精讀課學習動機弱」的情況。

（2）我們精讀課的課堂設計還有優化的空間。在精讀課堂內容中，得分最高的是「文章作者背景知識」。據筆者所知，大多數老師並沒有根據這部分材料設計任務，大都都是以 PPT 展示、故事講解的形式展現給學生的。那麼是學生惰於思考，還是教學內容的呈現出了問題？是學生本身對任務挑戰不感興趣，還是我們的課堂教學目標並沒有以更有魅力的手法展現給學生？

四、學生體驗對精讀教學課堂設計的啟示

1. 英語精讀課的特點和課堂設計的難點

筆者多年擔任英語精讀教學。作為英語基礎主幹課程，精讀融合了英語的詞彙、短語、句子和語法、段落基礎的理解和運用，其知識點繁多而浩雜。學生一般對本門課學習積極性低，常常反映「其內容枯燥，教學方式呆板」。精讀課教材多選用經典的文學作品和優秀的小品文，但是這些語言知識需要吸收和轉化才能形成學生所需要的「聽、說、讀、寫、譯」的語言能力。在課堂上教師若過多引用其他文學、文化的內容材料，又容易引起學生反感，有「不務正業」之嫌。

通過對學生的深入理解，筆者瞭解到大部分學生對精讀課的重要性是理解的，但是常常有這麼幾種情況導致對精讀的學習積極性低：其一，由於精讀的知識點多而浩雜，需要下苦功夫記憶和運用，而運用的過程中又很容易出錯，學生們常常有挫敗的感覺；其二，教學課堂設計過於關注語法詞彙等細節的知識點，不能由點及面地將知識貫通，讓學生覺得不實用；其三，有的課堂設計太關注文章的文學賞析、故事內容分析和人物分析，讓一些以過級為導向的學生覺得太過陽春白雪無實用價值，無法激發學生的學習興趣。

2. 從學生的需求入手，設計英語精讀課堂任務

首先，教師首先需要和學生溝通並使其明白，為什麼需要設置這些練習，精讀課的目的什麼，需要達成什麼樣的目標。要讓學生明白，精讀課並不是老師講評書、講故事，大家做報告，或者聽一些輕鬆愉快的事情就可以了。通過精讀課的學習，學生要夯實英語的基礎、對詞、短語、句子的正確理解和表達，篇章結構的賞析，會牽涉大量的基礎記憶和運用。

其次，要成功地設計出吸引學生的課堂任務必須包含三個環節：其一，通過互動瞭解學生的水平和興趣點，通過深度挖掘出學生真正的潛在需求，激發他們的精讀學習動機；其二，設計的任務需比學生的水平高，但不可過高；其三，需要將課本中「高大上」的文學描述和抽象的說理轉換成學生喜聞樂見的「任務」。

瞭解學生的水平是成功的課堂設計的關鍵的一環，設計的任務高出學生的能力太多，會直接使其喪失興趣；如果任務太簡單則不能激起學生興趣。現在教學非常流行翻轉課堂和微課，很多老師會花很多心思放在微課動畫的設計等技術手段上，然而如果重心只一味放在設計技術手段上，忽視了教學中真正的重點，這樣可能一開始會使學生產生新鮮感，然而要長久地抓住學生的注意力和興趣則有些困難。在這一點上課堂設計不妨借鑒遊戲軟件的思路，可以設計互動和闖關等挑戰任務。現在很多英語學習網站都推出了類似遊戲衝關的單詞學習軟件，取得了不錯的成績。課堂設計也可以採取類似的思路。

只有真正抓住學生的深層動機，設計出符合學生能力的有挑戰的課堂任務，才能成功地吸引學生的興趣。

3. 成功的課堂任務設計應該避免的誤區

傳統任務型教學認為「任務」應該同「練習活動」有所區別。「練習活動」多同語法、語言形式相關，包括重複、模仿、規則的運用，等等。而「任務」必須讓學習者變成語言的使用者，以「意義」和語言運用為導向，讓學習者成為積極的參與者，使學習者始終處於一種積極主動的學習狀態。具體到運用上，任務型教學的課堂設計常常具體指「設計出某些語言運用的背景，模擬真實的語言運用」。然而，對於需要深度學習語言的精讀課，這樣定義「任務」並不合適。精讀課課堂任務僅僅有口頭的語言任務是不夠的：其一，考慮到絕大多數的課堂教學並非一對一教學，口頭上設置的語言任務很難讓教師給學生以及時的反饋；其二，現階段看，大部分學生在課堂上使用的口頭表達過於簡單，不能達到精讀的課程標準。

111

優質用戶體驗有一定的娛樂維度，然而課堂教學畢竟不是一種娛樂活動，課堂設計應該避免過度娛樂化。如果過於強調課堂教學和任務設計的娛樂性反倒不能達到目的。過度的娛樂活動不能為學生提供有挑戰難度的任務，從而無法長時間地獲取學生的興趣和注意力。因為成功的課堂任務必然要達到兩個目標：一是吸引學習者積極參與，二是使學習者能夠吸收目標知識。

　　現在的一線課堂，尤其是英語教學似乎走入了一種誤區：隨著多媒體教學課件和微課設計的逐步普及，且為了迎合一些學生表面上的興趣，教師的課件做得愈發精美，視頻材料似乎也越來越豐富，但是這些課件和材料卻始終沒有擺脫傳統的「圖片＋知識」的套路。有的學習材料中偶爾提及「英國皇家植物園」，這本來和課程目標和教學目標不甚相關，然而有的PPT課件卻對此大做文章，放上了大量的圖片和解說材料甚至拓展材料，大大降低了課堂效率。現在網上大量可見的微課設計也存在類似的問題——微課設計精美，包含大量的視頻和動畫材料，然而微課和翻轉課堂就是不能有效地結合，微課材料和翻轉課堂的材料大大地脫節，白白浪費了材料。

四、結　論

　　隨著技術進步以及時代發展，學生的特點已經發生了很大的變化，這客觀上也要求精讀課程進行內在的變革。除了教學技術的改進之外，學生對精讀課的課堂的設計也提出了更高的要求。瞭解學生的學習動機，可深度挖掘學生的潛在需求，可以幫助一線英語教師在課堂設計上打開思路，解決當下的問題。筆者也希望在隨之而來的教學技術變革上，進行理論方面的研究。

參考文獻

　　[1] Csikszentmihhly M. Beyond Boredom and Anxiety [M]. San Francisco：Jossey-Bass，1977.

　　[2] 王鑒忠，蓋玉妍. 顧客體驗理論邏輯演進與未來展望 [J]. 遼寧大學學報（哲學社會科學版），2012（1）：93-98.

　　[3] 溫韜. 顧客體驗理論的進展、比較及展望 [J]. 四川大學學報（哲學社會科學版），2007（2）：133-139.

　　[4] 徐曉晴. 從任務型教學理論看第二語言習得和外語教學 [J]. 蘇州科技學院學報（社會科學版），2004（11）：135-139.

An Exploration into Task-Based Classroom Design of Intensive English from the Perspective of Custom Experience

Xiao Jing

(Business English Department, CISISU, Chengdu, Sichuan, 611844)

Zhang Xiaoting

(English Department of Tourism, CISISU, Chengdu, Sichuan, 611844)

【Abstract】 The theory of customer experience is widely applied in the field of modern management. This paper tries to use some of its elementary skills and principles to explore how to help students acquire optimal experience and find a way to utilize the knowledge in the practice of task-based class design of intensive English in order to solve the problems occurring in English teaching. Through the analysis of a questionnaire and the intensive English teaching situation, it also tries to probe into how to improve the student experience in the class, and thus helps teachers further broaden horizons.

【Key words】 Customer experience; Task-based teaching; Class design, Intensive English teaching

外國文學研究

論蕭伯納戲劇《芭芭拉少校》中的救贖

四川外國語大學成都學院商務英語系　蔣　燕[①]
揚州大學外國語學院　蔣秀青[②]

【摘　要】英國現代傑出的現實主義戲劇作家蕭伯納在其作品《芭芭拉少校》中用詼諧幽默的語言展示了關於救贖者與被救贖者的矛盾對立關係及發展的過程，從一分為二的唯物辯證法視角分析了當時的社會和宗教問題。我們通過對該劇本中的人物對話和主題思想——救贖的分析，可以看到蕭伯納在這部喜劇作品中通過不同人物所體現出的劇中人物所處時代的不同價值觀，提出了世人該走向何方的思考：是走向神聖還是世俗，是選擇精神的世界還是物質的世界，究竟什麼才是適合社會發展的價值觀。同時，我們看到作者對救贖的認識是一個建立在實踐基礎上充滿矛盾對立運動的辯證發展過程，其中消除了舊唯心主義反映靈魂救贖的僵化思想，體現了客觀物質現象與精神本質的辯證統一關係。也讓我們進一步認識到蕭伯納在深受歐洲古典哲學和近代社會主義學說的影響的基礎上，借《芭芭拉少校》這部話劇以馬克思唯物辯證法的社會科學方法對社會問題進行了深刻的批判和全新的思考。這部現實主義代表文學作品超越了同時代的思想高度，具有積極的時代意義。

【關鍵詞】蕭伯納；芭芭拉少校；救贖；矛盾對立；唯物辯證法

---

① 蔣燕，女，文學學士，四川外國語大學成都學院商務英語系副教授。研究方向為英美文學、英漢口譯筆譯、商務翻譯、產業經濟。
② 蔣秀青，女，文學碩士，揚州大學外國語學院講師。研究方向為英美文學、語言學、美學。

一、前　言

　　蕭伯納是英國現代傑出的現實主義戲劇作家，因其作品具有理想主義和人道主義情懷，於1925年獲得諾貝爾文學獎。蕭伯納是一名積極的社會活動家和費邊主義者，他作為一個普通無產者、一個社會主義者，積極提倡社會主義，主張用漸進的方法對資本主義進行改良。同時，蕭伯納作為一個思想家、一個哲學家，其思想深受德國哲學家叔本華、尼采、黑格爾、馬克思的影響。他從先哲那裡吸收了辯證法思想，在其戲劇中通過那些世界聞名的幽默諷刺語言和辯證戲劇結構，將各種討論貫穿全劇始終，展現了思想交鋒和發展的過程，藝術地反映出迫切需要解決的客觀社會現實矛盾和問題，冷靜客觀地評判既有現狀，科學地謀求社會階層群體多元共處。《芭芭拉少校》中的主人公芭芭拉少校代表了西方傳統聖經宗教文化，安德謝夫代表物質主義至上的現實力量，薄麗托瑪夫人和斯蒂敬畏道德的力量，科森斯代表了知識與智慧的力量，這些力量共同搭建起社會良性發展的基礎。相對於馬克思關於資本主義制度必然滅亡、無產階級是資產階級掘墓人的主張，蕭伯納所倡導的社會主義充滿了矛盾與困惑。體現在本劇中，就是他充滿悖論的對救贖者的選擇，誰是救贖者誰又是被救贖者。最終是在肯定矛盾的基礎上體現了馬克思主義關於唯物辯證法發展的學說，這也符合自然、人類社會和思維發展的一般規律。

二、救贖者芭芭拉

　　救贖，基督教重要教義之一，是基督拯救世人之道。尋找救贖者這樣一個情節深深扎根於西方文化，可以追溯到西方文化的源頭之一──《聖經》。在舊約中，顛沛流離的以色列人一直苦苦掙扎，期待救贖者的出現，以幫助他們在地上建立一個理想國。馬克思將救贖者鎖定在除了可出賣給資本家勞動力外一無所有的產業工人身上。這一理論被列寧應用於俄國十月革命，並取得了勝利。但在蕭伯納的戲劇中，一無所有的無產者並沒有顯示出擔當救贖者的素質。在《芭芭拉少校》中首先出現的靈魂救贖者是主人公芭芭拉。芭芭拉是貴族斯蒂文乃支伯爵的外孫女，又是生產殺人武器的資本家軍火商安德謝夫的女兒，她善良熱情、聰明機智、精力充沛、有責任心、有使命感。作為一個虔誠的基督教徒和有志青年，芭芭拉成了救世軍中的少校。她堅信救贖的力量，對自己的使命堅定不移，而她的理想就是要救贖那一顆又一顆她認為需要救贖的心靈，如拯救救世軍中那些窮人的靈魂，也包括對她的父親安德謝夫的拯救，因為她認為所有的人都是上帝的兒女。她希望通過自己的行動，讓被救贖者意識到哪怕承認自己有罪也意味著一個人心靈的覺醒。主人公芭芭拉少校所代表的信仰與愛、虔信宗教救世體現了傳統的唯心主義宗教思想和當時的主

流價值觀。

三、被救贖者安德謝夫

　　戲劇《芭芭拉少校》第一場一開幕，軍火商安德謝夫一家的對話就圍繞著重心人物芭芭拉的父親安德謝夫展開，從安德謝夫出場前全家鄭重對待的態度突顯出這個人物的非同尋常。作者陳述了英國資產階級政治的實質，那就是被像安德謝夫這樣靠生產槍炮的億萬富翁、大資本家所掌控。安德謝夫認為金錢萬能，他能夠通過賣武器獲得大筆的錢來主宰世界，國家、政府、法律、道德義務對他們而言形同虛設。他貪得無厭，認為貧窮就是罪惡，而且是七宗罪惡中最大的罪惡，要消滅貧窮就需要盡可能地賺錢。他還認為榮譽、正義、博愛、仁慈之類的東西只是生活的裝飾。安德謝夫是資產階級，既不是貴族，又不是無產階級。他藐視政治、貴族和窮人，藐視表面上高尚體面的事物，對窮人又毫無尊重可言，認為他們只是被利用的可創造價值的工具。通過劇本中薄麗托瑪夫人和斯蒂文的談話，我們看出孩子們對這樣一位父親的存在是感到不安和羞恥的。斯蒂文認為他父親的錢顯然是不乾淨的。所以當得知他事實上是靠父親的錢生活時，他感到非常吃驚，決定一個銅子兒也不要了。女兒芭芭拉的態度倒是十分不一樣，因為她認為父親也是有靈魂的，既然有靈魂，就需要拯救。儘管在第二幕中，安德謝夫說過自己是百萬富翁，這就是他的宗教。芭芭拉基於基督教的觀點，認為每一個人都是罪人，都可以得到拯救。安德謝夫曾問芭芭拉是否拯救過一個軍火商，芭芭拉說願意試試。安德謝夫提出一個交易，他到救世軍大棚去看看，作為交換條件，她必須去軍火工廠參觀。芭芭拉很爽快地就答應了，雖然安德謝夫挑釁說結果有可能是她放棄救世軍，投奔大炮，但芭芭拉仍然甘願冒險去拯救父親的靈魂。

四、救贖的現實

　　蕭伯納在《芭芭拉少校》中所揭示的救贖現實問題是通過救世軍大棚的真實面目予以展現的。芭芭拉所在的救世軍西漢姆收容所由於經費短缺，困難重重。借助芭芭拉的父親安德謝夫的到場，蕭伯納描寫了救世軍收容所設施簡陋的現實景象。從劇本中可以看出，來到救世軍大棚接受拯救的有三類人：第一類是因饑餓不惜撒謊獲得食物的人，特別是良家婦女老密，為了來救世軍大棚討一口飯吃，不惜聲稱自己是墮落的女人。因為老密認為救世軍的姑娘們希望的是被救贖以前越壞越好，否則她們就無法從上流社會那裡弄錢來拯救他們。第二類是貧窮老實並為自己的乞討感到羞愧的窮人舍裡的一個餓得羸弱不堪的人。第三類就是那些街頭無賴。芭芭拉希望他們因信仰上帝而靈魂得救。安德謝夫請家人到他的軍火工廠參觀，是想說服芭芭拉等人接受自己的價值觀，

讓他們認識到掌握現實力量為其服務的重要性。這裡蕭伯納一方面指出了窮人和上流社會兩個階級的存在；另一方面指出了救世軍實質上不過就是維持秩序，讓窮人聽命於統治階級。在蕭伯納看來，社會需要消除的是貧困，拯救窮人才是救贖的現實。

五、救贖者的幻滅與希望

　　救贖者芭芭拉和被救贖者安德謝夫的矛盾衝突是物質經濟和宗教信仰的衝突，是理想和現實的衝突。芭芭拉的美好理想是拯救窮人，但是她從未意識到窮人真正迫切需要的是物質上的滿足而非精神上的救贖。

　　在安德謝夫拜訪救世軍后，芭芭拉等救世軍如約來到父親製造殺人武器的工廠所在地聖安德魯小鎮，所看之處風景優美，一片安寧祥和，廠區井井有條、設施齊全，工人又有較好的待遇。芭芭拉一家人感慨它的完美無缺、美妙無比。眾人想像中的殺人武器工廠地獄卻呈現出天堂的景象。這一點讓年輕人既吃驚，又著迷。安德謝夫的死亡工廠無疑揭示了資本家財富的本質。而芭芭拉所在的救世軍收容所卻弊端百出，難以入目。救世軍像所有其他宗教團體或慈善事業一樣需要金錢，當救世軍的專員本恩斯夫人見到安德謝夫后，就向他遊說，請求他捐款，安德謝夫慨然答應，捐了五千英鎊。一開始，芭芭拉斷然拒絕了安德謝夫的錢，因為生產殺人武器的安德謝夫的手上沾滿了罪惡的鮮血。她試圖說服救世軍，希望他們不接受父親這種人的不乾淨的金錢，她認為接受他們的錢就是被收買。但芭芭拉也意識到錢對救世軍的重要性，后來在別人的勸說下，她終於屈服，還是要了這筆錢，因為她不能跟一個餓肚皮的人談宗教。安德謝夫用金錢幫助救世軍渡過了難關，使信教人數大增。芭芭拉的戀人、實用主義者科森斯也在參觀了兵工廠後，倒向安德謝夫一邊，拋棄了自己的理想，欣然同意做他的助手並且成為死亡工廠的繼承人。當初這個希臘文教授為了追求芭芭拉，混進救世軍，還曾經批評過軍火大王。目睹人們感謝安德謝夫慷慨解囊的善行，歡天喜地地將他送走後，芭芭拉痛苦地摘下救世軍領章，別在父親的衣領上。這一舉措預示芭芭拉的幻想開始破滅。最終如劇中人所言，是安德謝夫拯救了她，使芭芭拉和她的救世軍收容所免於窮困，使她的生活更加完美。芭芭拉的天堂失落了，地獄和天堂發生了顛倒。救贖者芭芭拉成了被救贖者，而救贖者則是安德謝夫。

　　芭芭拉在對理想和救世軍感到幻滅之後，體現出一些和上層社會有千絲萬縷聯繫的青年知識分子所共有的精神苦悶。她的精神也發生了轉變，她終歸回到現實生活，繼續她的救贖之旅，希望能把人間地獄昇華成天堂，能把凡人靈魂救贖，使之得以超脫。劇本通過被救贖者安德謝夫的勝利和救贖者芭芭拉的迴歸，呈現了一個人完全屈從於自然法則的現實世界，而這樣的現實世界摧毀了芭芭拉以宗教的拯救改造世界的理想。這些矛盾對立的理想與現實最終得到看似和諧的統一。

六、結　語

　　蕭伯納本身支持費邊主義，是個社會主義者。他的想法繼承了赫胥黎、黑格爾及馬克思等哲學家許多唯物主義的概念。他辯證地看待宗教力量，肯定現實存在的態度，一方面，體現了「物質第一，精神第二」「物競天擇，適者生存」的觀點；另一方面，在調查實踐之後，他揭示了充滿矛盾對立的社會力量的辯證運動和發展過程。

　　作為一名現實主義作家，蕭伯納的戲劇充滿著自己觀察到的人生現象。他通過《芭芭拉少校》這部現實主義的戲劇作品揭示出現象與本質相統一的唯物辯證法概念，取代了舊唯心主義反映靈魂救贖的僵化思想。劇情各種現象的發展讓觀眾和讀者間接地、客觀辯證地認識到現實的本質，闡述了關於救贖者與被救贖者的對立又依存的關係。客觀物質現象與精神實質也是一對普遍存在的社會矛盾，正是這些矛盾的發展推動了社會的前進。蕭伯納較為客觀全面地審視評判了工人群體、資產階級以及不同社會階層人群的時代現狀，雖然在劇本結束時並沒有提出解決具體社會問題的方法，仍保留空想社會主義的痕跡，如同他自己一生多變政治思想的矛盾經歷。但是通過詼諧幽默的人物對話和情節描寫，該劇本在明確反對貧富不均、揭露資產階級的慈善事業和社會制度的本質方面，仍具有積極的時代意義，而且也較為客觀公正地表露了和平解決階層矛盾、共同推動社會進步的對策。這都使得蕭伯納的現實主義文學作品的人文主義批判精神達到了超越同代的思想高度。

參考文獻

　　［1］George Bernard Shaw. Pygmalion and Major Barbara ［M］. New York，Bantam Dell，A Division of Random House，Inc.，2008.

　　［2］Stuart E. Baker. Bernard Shaw's Remarkable Religion：A Faith That Fits the Facts／［M］. Gainesville. University Press of Florida，2002：123-146.

　　［3］蕭伯納. 諾貝爾文學獎作家戲劇作品精選：蕭伯納［M］. 青閏，李麗楓，丹冰，譯. 北京：外文出版社，2013.

　　［4］英斯. 劍橋文學指南：蕭伯納［M］. 上海：上海外語教育出版社，2001.

　　［5］何其莘. 英國戲劇史［M］. 南京：譯林出版社，1999

　　［6］楊春貴. 馬克思主義與社會科學方法論［M］. 北京：高等教育出版社，2012.

On the Redemption in the Play of Major Barbara by Bernard Shaw

Jiang Yan

(*Business English Department, CISISU, Chengdu, Sichuan, 611844*)

Jiang Xiuqing

(*Foreign Language Institute of Yangzhou University, Yangzhou, Jiangshu, 225126*)

【Abstract】 George Bernard Shaw, well-known modern British realist drama writer, sets forth the contradictory relations and development process between the redeemer and the redeemed in his work of Major Barbara, with a witty and humorous language, analyzing some social and religious problems from the perspective of dialectical materialism in two aspects. Various characters with different values of the times are described through the dialogue around the theme of redemption, which leads readers to think about the way of society development, whether it is sacred or secular, material or spiritual. Through the analysis of this realist literature work, it can be seen that the cognition of redemption is altering in the contradictory and dialectical process, integrating objective material with subjective spirit, instead of the old thought of idealism on the soul redemption. The play of Major Barbara by Bernard Shaw is proved to be superior to other contemporary works with the positive significance and new perspective by applying Materialist dialectics to critic the society and to think about the solution of some social problems.

【Key words】 George Bernard Shaw, Barbara Major; Redemption; The contradictory; Materialist dialectics

論明治維新以來日本人漢字觀的演變[①]

四川外國語大學成都學院日語系　　陳　強[②]

> **【摘　要】**日本的文字改革始於明治維新時期，從明治初年漢字存廢之爭開始。一百多年來日本人對漢字去留的討論從來沒有斷絕，並最終達成了穩步推進使用漢字的共識。本文系統、規範地梳理了明治維新以來日本人漢字觀的演變過程，分析了日本人漢字觀背后歐美文明的衝擊、日本自身發展的需要、漢字母國中國國力消長等影響因素。
>
> **【關鍵詞】**明治維新；漢字政策；漢字觀；演變

一、引　言

　　漢字傳入日本已經有一千多年的歷史，在這個過程中大致經歷了吸收漢字、使用漢字、以漢字標記日語特殊詞彙、以日語語序書寫漢文、萬葉假名、平片假名、和漢混合語體等階段，從最初沒有文字到自己創造出獨有的假名文字與「和漢混合語體」的文字體系的過程。這既是全面引進漢字、學習使用漢字，並根據日本原有語言對它消化和再創造的過程，又是漢字在日本的本土化發展的過程，對現今日本文化產生了重要而深遠的影響。明治維新之前，日本長期處於保守自閉的封建社會，各方面處於溫和漸進的發展狀態，在語言上亦沒有經歷過大陸以外文化的衝擊，漢字主導了日語語言文字並滲透到日本社會生活的各個方面，漢字在與外界相對隔絕的島國日本

---

　①　本文是四川省教育廳 2016 年人文社科一般項目「淺析明治維新以來日本人漢字觀的演變規律及特點」的研究成果，項目編號：16SB0424。
　②　陳強，男，文學碩士，四川外國語大學成都學院日語系講師。研究方向為日語語言文化。

經歷了一千多年的發展，成為日本文化不可或缺的重要組成部分，日本人普遍對漢字有一種崇拜心理，認為漢字才是語言文字之正統，漢字也是日本上流社會標榜身分的重要象徵。

明治維新是日本進入近代社會的重要標誌，從面臨成為殖民地危險的東亞弱國，到師夷長技一舉成為資本主義強國。從發動對外侵略戰爭最終玩火自焚，再到戰后走向和平發展道路。橫跨兩個世紀，前后一百四十餘年，跌宕起伏的社會環境下，漢字在日本又經歷了什麼樣的命運，國內外局勢的激烈動盪對日本人的漢字觀有著什麼影響、日本人漢字觀的演變過程又有哪些特點，這些問題不僅對日語教育及日語學習有重要參考，亦對包括中國在內的漢字文化圈未來走向有重要啟示意義。

二、明治時代——知識階層的漢字存廢之爭

學界一般認為日本的文字改革始於明治維新，其實早在 16、17 世紀（德川幕府中期），就已經出現對漢字在學習方面效率性的質疑。由於日語中的漢字有「音讀」「訓讀」「振假名」「送假名」等複雜讀音，一個漢字擁有音讀訓讀數種讀音的情況比比皆是，繁體的書寫也動輒十幾畫，大批漢字詞彙的使用，無疑加重了日本國民掌握日語的困難，所以早在德川幕府中期，日本的蘭學者在學習荷蘭語時切身感受到了荷蘭文的便捷，逐漸萌生出對漢字的排斥心理，認為使用漢字會影響日本人對新知識的認識。不過，畢竟漢字在日本有 1,600 多年的歷史，日本的重要典籍和文物都是用漢字記錄的，廢棄漢字就會使日本人慢慢看不懂本國歷史文化，學問研究也就無從談起，所以他們雖然反對漢字，卻不得不使用漢字翻譯了眾多荷蘭語文獻典籍。可以說，儘管明治維新之前漢字在日本社會中的主導地位牢不可破，但一部分知識分子心中已經開始對漢字的效率產生了疑問。

經過一兩百年的醞釀，到黑船事件后日本被迫開國，深深為西方堅船利炮的強大文明所震撼，再加上甲午戰爭中中國的戰敗，日本社會開始重新審視東西方文明的優劣，漢字問題也終於浮出水面。1866 年，前島密向幕府提出了「漢字廢除論」，主張要在日本普及教育把日本人引向文明，就必須採用簡單的文字、章句。之后日本國語界人士圍繞漢字這一國語、國字的中心問題，展開了激烈的爭論，並在明治維新前后達到了高潮。這一時期的主要論調有兩種，即以前島密為代表的「廢除漢字論」，以及以福澤諭吉為代表的「削減漢字論」。

持「廢除漢字論」觀點的，除了前島密之外，還有 1869 年南部義籌，以及西周在這一時期所提出的對國語進行修改，採用羅馬字進行語言文字改革的觀點。更為甚者，還有森有禮所主張的國語英語化。1872 年，森有禮發表公開信，希望簡化英語，使其變成日本的語言，並批評日語是「無法通用於日本列島之外的貧乏言語」，理應廢除。

與「廢除漢字論」相對，態度較溫和且被廣泛認可的是以福澤諭吉為代表的「削減漢字論」。

1873 年，福澤諭吉提出在文字的教育中應限制漢字的使用。他認為：「自開創近代文明以來，日語改革論無不遵循如下原則：如果不廢除或限制漢字，就不能實現日本的現代化和民主化。」

可以說，從明治初年，漢字存廢之爭肇事，以日本知識分子階層關於漢字存廢的大討論為契機，日本人傳統的漢字觀被打破，漢字在日本人心中開始走下神壇，「不過無論興盛抑或衰微，自漢學輸入日本起始，漢學等同於學問這一觀念即便進入明治時期以後亦廣泛被日本人所認同，也就是說在西方實學尚未被納入學問這一領域之前，放棄漢學即如同放棄學問，而放棄漢文即如同放棄漢學」。所以以前島密為代表的極端的漢字廢除論因忽略了日本長期以來所接受的漢學教育，也遭到了許多人的反對，其中不乏日本的著名學者，比如日本國史學者、漢學者重野安繹博士就曾在東京學士會院發表講演，指出漢學自日本上代以來就成為日本從事學問研究的中心，其研究歷史便是日本的一部學問史。因此，漢字與日本文化密切相關，不可分離，應該要尊重漢字這一傳統文化的立場上，尋求與時代相應的漢字使用方法。著名哲學館主井上圓了也發表了漢字不可廢論，駁斥了所謂漢字妨礙腦髓發育、發音困難、不易翻譯成西洋文字等論述，論述了漢字的教授方法，強調日本國民是漢學的國民，明治維新的成功實際上是漢學在日本被弘揚光大的結果。

可以說，肇事於德川幕府中期的漢字效率性質疑、黑船事件以來歐美近代文明的強烈衝擊，以及 19 世紀中後期中國遭受外來侵略的慘痛事實，都促使日本人轉變了對漢字的態度，開始轉而向以文字改革促進社會進步的道路，漢字崇拜開始被打破，漢字改革山雨欲來。

三、明治后期到大正時期──「漢字限制論」共識的達成

由於漢字廢除論過於極端，與日本語言文化的現實嚴重脫節，在實踐中有著各方面的強大阻力。畢竟一直到明治時代，閱讀漢文並以漢文進行書寫是日本貴族階層的特權，也是其表明自己尊貴社會地位的重要方式，而且也沒有任何資料能夠看出幕府或是明治政府對前島密的建議有任何反應。事實上在明治初中期，主流報紙為了滿足精英階層的閱讀需要和他們特權心理的需要，一直堅守謹慎的保存漢字論調。而且，明治維新後的一段時期，漢字的使用不降反升，達到了歷史的最高峰，比如新的明治政府發布的法令中，漢字的使用率極高，政治軍事自然科學等所有領域，利用漢字所創造的詞彙量都出現了史無前例的劇增（其中有相當一部分後來「逆輸入」到了中國）。

不過隨著明治政府「富國強兵，殖產興業，文明開化」的改革推進，限制漢字是大勢所趨，也逐漸由民間討論上升到官方議程。1900 年（明治 33 年），后來成為日本首相的原敬在《大阪每日新聞》中發表了他的消滅漢字論，認為要限制漢字的使用、規範假名的書寫。例如，書寫漢語詞彙時，初中以上年齡的人使用漢字，小學生使用假名。這篇論文在社會上引起了極大的反響，在社會輿論的推動下，1902 年，日本文部省成立了官方的「國語調查委員會」，開始著手進行漢

字改革。

進入短暫而混亂的昭和時代，1919 年，日本又提出了《漢字整理案》，字數為 2,600 個。1923 年，「國語調查委員會」改名為「臨時國語調查會」，公布了「常用漢字表（1962 字）」，不過，由於受關東大地震影響，該表被迫延期。

可以說，同漢字在中國本土的存在方式一樣，在日本社會漢字作為交際工具，亦兼具標示社會地位的價值，所以在明治初期，日本社會最掌握話語權的一大批貴族成為漢字不可廢論的堅定支持者，他們認為日本就是漢字之國，漢字不但沒有阻止日本現代化，反而是漢學帶領日本走向了維新的道路，支持明治維新的幾乎全都是漢學出身就是證明。不過從 1842 年鴉片戰爭起，清政府在西方帝國主義的侵略下節節敗退，中國在日本的威信受到動搖，文化影響受得到了一定程度的削弱。1895 年，中國在甲午戰爭中慘敗於日本，顏面盡失，這極大地刺激了日本國民的自信心，同時也進一步削弱了中華文明在日本的權威和影響，日本文化界也開始鄙視和疏遠漢字文明，所以到了明治後期，日本民間與官方終於達成合意，開始進行漢字改革的實質性工作。這表明，經歷了明治時代，雖然依然有「漢字廢除論」之說，但日本人對漢字的態度整體上是持改革與限制的態度的。

四、昭和前期——戰爭政治色彩濃厚的漢字觀

以九一八事變為開端，1931 年以后，隨著日本社會逐漸右翼化以及對華侵略戰爭的不斷推進，出於政治宣傳和文化、軍事侵略的考慮，除漢字廢除論在日本社會中繼續得到抵制以外，漢字限制論也得到了一定程度的抑制。原因在於，在軍國主義勢力的推動下，從服務於侵略戰爭、鞏固軍國主義統治的角度出發，以及出於神化天皇的政治宣傳，一部分保守派將漢字與神聖不可侵犯的天皇（畢竟皇室的詔書、典章等都是用漢文書寫）和大和精神相聯繫，轉而支持漢字的使用。

縱觀侵華戰爭期間日本人的漢字觀，可以說軍國主義和政治意識的陰影一直驅之不散。原本 1931 年 6 月，日語調查委員會曾與新聞界商定使用其編制的《常用漢字表》，但尚未執行，九一八事變爆發，每天的戰況報導需要使用大量的漢字人名地名，使計劃流產。之后日本每天的新聞報導中都出現大量的中國地名和人名，大正時期各大報社所限定的常用漢字無法滿足戰時報導所需，報社無法繼續實施限制漢字的政策。另外從神化天皇、發展軍國主義的國家體制出發，漢字被日本政府賦予了更多意識形態功能，客觀上也使「擁護漢字派」人士獲得了政治上的支持。

在漢字政策方面，這一時期，日本政府於 1937 年公布漢字字體整理方案及羅馬字拼寫方案，並在后來的 1942 年由國語審議會制定《標準漢字表（2,528 字）》，不過從 20 世紀 30 年代以來，日本政府開始慢慢被極右勢力主導，漢字問題也被打上了軍國主義意識形態的烙印，軍國主義分子是支持廢除漢字的，並且以愛國的名義對日本漢字政策的實施加以阻撓，不過他們廢除漢字的

主張還是遭到了「擁護漢字派」的猛烈攻擊。1936年6月號的《大東文化》，同年7月號的《日本評論》和《國學院雜誌》都集中刊出特集，駁斥「漢字廢除論」，從國粹主義的立場擁護漢字，認為廢除漢字將侵害日本純正的「國體」，而且，隨著戰爭的深入，軍人集團又以一切為戰爭服務為由，轉而支持漢字的簡化和定量。

對比這一時期日本政府制定的漢字表字數可以發現，1931年版《常用漢字表》的漢字表字數雖有一些減少，但是1942年公布的《標準漢字表》較前卻有顯著增加，多出600餘字，表明這一時期的日本政府出於神化天皇和軍國主義宣傳的考慮，在限制漢字方面的態度出現了明顯的轉向。

對昭和前期（即19世紀20年代日本策劃侵略戰爭到1945年戰敗這一時期）日本人的漢字觀特點，可以說侵華戰爭開始之後，日本人的漢字觀較之戰前發生了微妙的變化，雖然漢字限制論依然存在，但漢字在日本社會中又客觀上得到了發展。這一時期日本社會對漢字的態度進入了短暫的存廢相持階段，並且隨著戰爭深入，出於政治目的考慮，日本朝野支持漢字的聲音都有所高漲，縱觀這一時期漢字在日本的存在，被打上了濃濃的軍國主義烙印。

五、昭和以后的日本漢字——在限制論主導下迴歸常態

其實早在太平洋戰爭爆發之後，隨著戰局逐漸朝著有利於美國的方向轉變，美國就開始著手調集包括人類學者在內的社會力量，按照美國的文化與價值觀念，研究對日本的文化政策。1945年日本戰敗以后，在駐日美軍的推動下，對日本進行去軍國主義改造，並大力推行親美文化。再加上這一時期日本國內開始對戰敗進行反思，並著手和平改造，使得在語言上關於漢字的存廢之爭再起。1946年4月，被譽為「日本現代小說之神」的志賀直哉發表《語言問題》。他認為明治時代因沒有採用英語而妨礙了國民吸納文化，甚至進一步建議日本採用世界上最漂亮的語言——法語作為官方語言。其實從明治時代森用禮提出以英語為國語的觀點以來，這種引進西方語言的論調一直不缺少市場，直到20世紀末，時任總理的小淵惠三還曾組織一個特別委員會，制定日本21世紀發展遠景規劃，目標之一便是將英文作為第二國語。

二戰后日本社會形形色色的漢字廢除論有一個特點，那就是背后有美國的參與和干預。戰后初期，在駐日美軍指使下，以伊里諾斯大學名譽校長喬治‧D. 斯托達德為首的27人教育使節團來到日本，調查並提出了《美國教育使節團報告》，在文字方面提出廢除以漢字為基礎的日語文字系統，改用羅馬字拼音來標記日語的建議。但無論是日本人以及當時的日本政府，對美國的這一論調一直都採取消極態度，無論是興論呼籲還是政策改革，歷經數年都沒有實質性的進展。原因在於日本在江戶時代就有了很高的識字率，日語群眾基礎牢固，作為日語重要組成部分的漢字深入人心，牢不可破，所以美國的文字改革方案並沒有取得什麼實質性的成果，無疾而終。這一時期的具體政策有：1946年，日本政府公布了《當用漢字表》，字數為1,850個；1949年，公布了

《當用漢字字體表》，並將 800 個左右的當用漢字的字形作了整理，同時對異體字做了處理。

隨著 20 世紀 50 年代后期日本經濟進入高速成長時代，日本與國際社會的經濟交流不斷擴大。這一時期開始，大量的外來語湧入日語之中，再加上由於筆畫多，書寫記憶都需要花費精力，所以對漢字易用性的質疑在日本社會又開始不斷湧現，不過這一情況並沒有持續多久，隨著信息技術革命的到來，1978 年，由東芝公司研製成功的日文打字機上市，使用這種打字機連《常用漢字表》以外的漢字也能夠輕鬆地打出來，漢字書寫不便的問題不僅得到了明顯改善，而且借助市場的渠道很快地走入了千家萬戶，現代科技成果為漢字的大眾化，出人意料地提供了一種革命性的助力。之後的 1981 年 10 月，日本政府正式公布了《常用漢字表》，明確規定在法令，公文報紙雜誌等一般社會生活所使用的漢字字數為 1,945 個，這一常用漢字數量一直沿用到 2010 年。2010 年 11 月，日本政府以內閣告示的形式發布了《新常用漢字表》，將常用漢字擴大到 2,136 個字，表明漢字隨著信息時代的到來，在日本社會中的地位是持續上升的。

可以說從日語文字輸入設備問世以來，特別是進入平成時代，隨著 IT 產業的興起，以及網路時代的蓬勃發展，信息技術解決了漢字輸入困難的問題，日本社會使用的漢字在數量呈急遽上升的趨勢，漢字隨著科技革命浪潮而重新煥發了活力，也使日本開始從表意角度重新審視漢字的功用。到 20 世紀末，日本又重新出現了漢字熱，「超漢字」軟件共收 13 萬個漢字，2 個月銷售 5 萬套。2000 年，報名參加「日本漢字能力檢定」考試的人數達 157 萬人，較 1996 年的 85 萬人，可謂驟增，其中大學生以下的年輕人占到了七到八成。

綜上所述，二戰結束以來，漢字的存廢的爭議雖然並未停止，但日本整個社會出於保護傳統文化與國體的考慮，以及從實用性角度考慮，基本上算是達成了「在一定數量範圍內限制漢字」和「規範漢字使用」的合意，再加上信息技術極大地提高了漢字錄入便利性，日本社會進入定量使用漢字的平穩發展階段，普通常用漢字被嚴格限制在一個有限範圍內並且在數量上長期保持穩定，其用法也日益規範，從而使得「漢字為日本文化、日語不可或缺的一部分」這種觀念深入人心。

六、結　語

通過對明治時代以來日本漢字政策，以及背後所體現的漢字觀進行梳理分析，可以發現，經歷了明治維新、第二次世界大戰、戰后經濟高速成長、泡沫經濟與信息化時代並存共進這四個激蕩的發展階段，漢字在日本可以說是在爭議中一路前行。這期間從對漢字的權威崇拜到漢字存廢之爭，日本人的漢字觀經歷了複雜的變化，但也並不是毫無規律可循。在日本人漢字觀發展變化的背後，有三條主線——西方現代文明對日本人思想的衝擊，日本自身國家政治發展的需要，以及漢字母國——中國國力消長對日本人心態的影響。

隨著近代日本國門被打開，西方強大的現代文明徹底震撼了日本，以至於日本赴歐美考察團

產生了「始驚、次醉、終狂」的驚嘆。與之相對，同時期晚清政府的腐朽也讓日本人看到了昔日東方帝國已淪落為俎上魚肉，對之產生了鄙夷心理，之後又萌生了脫亞入歐之思想，並對漢字的功用開始產生懷疑。在之後明治政府全盤西化的改革中，漢字不可避免地被捲入漩渦。當然，由於漢字幾千年積澱下了強大的生命力和文化魅力，從「漢字廢除論」產生的那一刻起，「擁護漢字派」的反對聲音就沒有停止過，作為日本歷史上屈指可數的大革新時代，明治時期似乎有機會徹底廢除漢字，但是從民間輿情、文化習慣、傳統延續等方面來看，日本政府都沒有貿然進行。畢竟對於引進中國文化並加以吸收利用的日本人來說，帶來燦爛文化的漢字不僅具有權威性，而且掌握運用漢字的過程，就是提高修養、積蓄文化的過程，捨棄漢字也就意味著將與文化絕緣。所以，在「擁護漢字派」與「廢除漢字派」的激烈爭論過程中，作為朝野上下就漢字去留問題的妥協產物——「漢字限制論」遂呼之而出，明治政府因此選擇了通過限制漢字來達到最終廢除（很顯然最終失敗）的改革策略。

之後，大正、昭和前期的日本政府大致承襲了明治時期限制漢字的改革方針，並逐步展開了初期的實踐。當然，需要指出的是，在大正與昭和前期的日本漢字觀中，又不可避免地混入了戰爭的影子，特別是昭和前期，出於政治宣傳與文化侵略的考慮，日本人在這一時期雖然執行限制漢字的政策，但為了更好地對中國（包括在戰前大量使用漢字的朝鮮半島地區）進行思想統治，可以說加大力度對漢字進行了推廣，也從客觀上加強了漢字在日本社會的存在感。

當然，在日本人漢字觀變化的背後，作為漢字的母國——中國國力的消長對日本人漢字觀也產生了重要的影響，縱觀甲午戰爭前後以及中日戰爭時期，日本人對中國的態度是輕視和敵視的，日本人的漢字觀也不可避免地受到影響，但凡中國積貧積弱的時期，日本人的漢字廢除論甚囂塵上，對漢字的討伐不絕於耳。即使有擁護漢字的聲音，也更多的是從鞏固本國的政治體制出發而為之。不過，隨著第二次世界大戰後中國擺脫帝國主義的奴役，走上了獨立自主發展的道路，特別是改革開放以來中國綜合國力的迅速發展，日本社會又出現了漢字熱，學習漢字，以及進一步學習漢語，以期在各領域分得中國發展的紅利，已經成為日本社會的共識。中國的強大，在客觀上帶動了漢字在日本的進一步發展，也在一定程度上改變了日本人的漢字觀，漢字限制論雖然仍是日本漢字政策的指導思想，但漢字廢除論幾乎已經在日本喪失市場。

參考文獻

［1］郭大為. 論漢字在日本的變遷與本土化［D］. 長春：東北師範大學碩士學位論文，2007.

［2］松井嘉和. 外國人から見た日本語［M］. 東京：凡人社.

［3］曹雯. 1868年前後漢字在日本之狀況［J］. 清史研究，2014，11（4）：75.

［4］陳月娥. 從原敬的「減少漢字論」看近代日本東西方文明的撞擊［J］. 日本研究，2008（3）：92.

［5］何群雄. 漢字在日本［M］. 香港：商務印書館，2001.

［6］洪仁善，尚俠. 戰後日本漢字的平民化問題［J］. 日本學刊，2006（5）：148.

［7］潘鈞. 日本漢字的確立及其歷史演變［M］. 北京：商務印書館，2013：331.

On the Evolution of Japanese's Views on Chinese Characters in Japanese Since Meiji Restoration

Chen Qiang

(*Japanese Department*, *CISISU*, *Chengdu*, *Sichuan*, 611844)

【Abstract】 The language reform in Japan has begun since Meiji Restoration. The arguments on whether the Chinese characters should be reserved in Japanese have not ceased for over 100 years but they eventually reached a consensus to steadily promote the use of Chinese characters. This paper reviews the evolution of Japanese's views on Chinese characters since Meiji Restoration systematically and normatively. This paper also analyzes the factors which are of importance in establishing those views, such as the culture shock of European and American culture, the needs for self-development of Japan, and the rise and fall of the influence of China from where the Japanese language is originated.

【Key words】 Meiji Restoration; Views on Chinese characters; Evolution

從漢字表記的影響看奈良時代日本文體的主要特徵

九州大學藝術工學研究院　胡　琛[1]
六盤水師範學院　徐慧芳[2]

> **【摘　要】**漢字在有文獻可考的奈良時代（公元710—794年）之前就已傳入日本，它對日本文字和文體的產生和發展有著巨大的影響，其中漢字的表記形式就對日本奈良時代的文體特徵產生了很大影響。本文是從表記的角度對日本奈良時代的文體特徵進行了探討，首先分析和論述漢字表記特徵對奈良時代日本文體的主要影響，然後分析和論述奈良時代日本文體的主要特徵。
>
> **【關鍵詞】**漢字表記；主要影響；奈良時代；文體特徵

漢字在有文獻可考的奈良時代（公元710—794年）之前就已傳入日本，它對日本文字和文體的產生和發展有著巨大的影響，其中漢字的表記形式就對日本奈良時代的文體特徵產生了很大影響。奈良時代的表記以漢字為主，其中有一種形式是將漢字作為表音的符號使用，稱作「萬葉假名」。日語裡表記體系裡的平假名和片假名就是在此基礎上產生，並在之後的平安時代（公元794—1192年）完全確立。語言的接觸總會有一個收容、抵抗的過程，文體也在這種摩擦和融合中逐漸變化，並在語法、詞彙、表記、修辭等方面兼具兩種語言的特徵。從社會語言學的角度來看，奈良時代各種文體的成立和發展過程，都可以看出當時的人們為在這兩種語言之間找一種平衡所做的取捨和努力。這種語言使用者的平衡觀，是文體變容的一個重要原因。本文是從表記的角度對日本奈良時代的文體特徵進行的探討，首先分析和論述漢字表記特徵對奈良時代日本文體的主要影響，然後分析和論述奈良時代日本文體的主要特徵。

---

[1] 胡琛，女，九州大學藝術工學研究院博士課程在讀。研究方向為歷史語言學。
[2] 徐慧芳，女，六盤水師範學院外國語言文學系助教。研究方向為社會學與作品論。

一、時代背景及文體的概念

日語裡原沒有表記體系，漢字傳到日本以後他們開始用漢字作為表記符號，並在表音文字（萬葉假名）的基礎上創立了平假名和片假名。所以，日本古代的文體一直都跟漢字表記的歷史特徵密切相關。

古代漢語在先秦文語的基礎上產生，從《書經》《論語》伊始，書面語和口語逐漸融合和變化，至漢代逐漸成熟，即我們說的「文言文」。日本的國語史裡所說的「漢文」，既指古代中國使用的「正統漢文」，也指用漢字表記、融入了古代日語元素的「和化漢文」。

「文體（style）」是指藝術創作過程中在表現上的特性。它是一個綜合概念，最初來自拉丁語的「stilus（或 stylus）[1]」。文體通常具有兩個方面特點：語言記號本身的客觀性和語言使用者行使的主觀選擇權。通俗一點說，它討論的就是：明明表達的都是一個意思，為何會有多種說法。文體論作為一門輔助學科，多用於修辭學、文學、語言學及美術史等範疇，這個術語算是一個較曖昧的詞，這種曖昧性在詞彙的借用和二次借用中可以看出端倪[2]。比如，法語對拉丁語、德語的借用，讓文體的概念在政治、文學、藝術各領域都占得一席之地，並派生出了很多新的意義[3]

若以某種特定的語言在文章表現上的特性為對象，根據研究者取材的立場，文體的研究可大概分為「文學式」和「語學式」。以《源氏物語》為例，文學式會側重於「個性分析」，即紫式部的寫作風格，或者記敘小說這個範疇的語言風格。而語學式會把焦點放到戲劇的語言情報上，側重於「共性分析」，例如探討裡面的詞彙，又如構建中古時期日語口語的語法、甚至敬語體系。本文裡使用的「文體」一概念為「語學式」，不以特定的「作家」「作品」為論述對象。在分析過程裡把焦點放在了「表記形式」這一要素上，探討「成文（texte）[4]」和「語言體系（langue）[5]」的關係。

---

[1] 亞里士多德的《辯論術》是早期的文體論的代表。
[2] 參照 Antoine Compagnon（1998）。
[3] 法語裡的文體一詞最初是借用了上述的拉丁語 stilus（stylus），13 世紀到 17 世紀之間先后派生了在訴訟上的「手續」「作戰方法」「行為作風（habitus）」等意。而今日研究文體的學科——「文體論」（stylistique）一詞則是 17 世紀以後借用了德語裡的「stulistik」（W. von Wartburg, 1922）。
[4] 「texte」語源為拉丁語的「textile」，意為「編織物」。語言學上說的概念，是以句子為單位的文章及文獻，與普通的文字列不同的是，它被賦予了傳達信息的功能。文獻學（Textual Scholarship）裡，這個傳達信息的功能既可以是作者的意圖，也可指復刻、記錄、編集或校正等過程中被賦予的。這裡的「成文」是筆者的譯法。
[5] 這個詞是瑞士語言學家索緒爾（Ferdinand de Saussure）提出的「langue（法）」一概念，筆者在這裡暫時把它譯作「語言體系」。

二、漢字表記對奈良時代日本文體的主要影響

　　語言作為交流的工具，被排列的文字符號和它們所指示的事態之間各有關聯，是一個形式和語義上的有機體。自日本開始使用漢字作為表記，它文體的特徵就一直跟漢字的表記密切相關。

　　但是，日語有它自己的「體質」，要把其他語言的元素融入自身，總會有一番適應的周折。以語言使用者為焦點，可以說當時的語言使用者在表記上下的功夫，很大程度上決定了文體發展的方向。奈良時代是漢文化在日本的盛行時代，因此漢字的表記特徵對奈良時代的日本文體產生了極大的影響。這種影響主要表現在兩個方面，即表音功能方面的影響和書寫文體方面的影響。

　　1. 表音功能方面的影響

　　漢字在表音功能方面對奈良時代的日本文體產生了極大的影響。奈良時代的日本文體首先是活用漢字的表音功能，即使用萬葉假名作表記。這種做法最大的障礙就在於要用音韻和形態上異體系的古代漢語去表記當時的日語。所以，日語裡面出現了類似於翻譯語的「訓」。從萬葉假名的發展來看，若專用訓假名很難書其意，而專用音假名又使句子過於繁長，所以在很多成文裡可以看到當時人們將「音」和「訓」交互使用，為使文章在意和形方面得到一個平衡做作的努力。正因為這個雙重構造，文體的發展得以多樣化。

　　2. 書寫文體方面的影響

　　漢字在書寫文體方面對奈良時代的日本文體產生了極大的影響。奈良時代的日本文體借鑑和創新了漢字的書寫文體，即使用宣命體。所謂的「宣命體」是日本古代完全用漢字書寫的一種文體，同音的詞干用漢字大寫，助詞、助動詞、活用詞尾等則用「萬葉假名」小寫。首先，在沒有標點符號的當時，將附屬要素分開表記就兼具了斷句的功能，在視覺上大大減少了文字情報接收者處理文中停頓的時間。這種也反映了日語在形態上的膠著特性。其次，把附屬要素用萬葉假名表記也反映了語言使用者的語法意識。

　　從奈良時代各種文體的成立和發展過程裡，都可以看到當時的人們為在這兩種語言之間找一種平衡所做的取捨和努力。這種語言使用者的平衡觀，是文體變容的一個重要原因。漢字大約在四世紀傳入日本，但有文獻可考，是從奈良時代開始的。日本最早的官修史書《古事記》（712年）就是用漢字書寫，且在裡面能找到《論語》和《千字文》傳入日本的記錄。[①] 奈良時代流傳至今的文獻大多出於皇族的高級官吏和僧侶之手，這一部分人最早接觸到漢字，被稱為當時的

[①] 見《古事記中卷》（應神天皇）：亦百濟國照古王，以牡馬壹疋、牝馬壹疋、付阿知吉師以貢上。此阿知吉師者，阿直史等之祖。亦貢上橫刀及大鏡。又科賜百濟國、若有賢人者貢上。故、受命以貢上人、名和邇吉師。即論語十卷、千字文一卷、並十一卷、付是人即貢進。此和邇吉師者文首等祖。

「識字階層」①。在他們熟習漢字之前，日語裡是沒有表記體系的。可以推測，起初漢文對他們來說，也不過是一門來自文明國家的「外語」而已。對於奈良時代的人，光是學習漢文還不夠，怎麼用漢字去表記無文字作載體的日語，才是時代給他們的最大課題。當時在日本存在兩種語言：作為口語的本土語言和作為書面語的漢文。這兩種語言並非同一系統，在語法、詞彙上各成體系。這樣一來，要用漢字書寫當時的日語（口語），是要克服很多困難才能實現的一個大項目。

我們先從表記上看看日語歷史上主要出現了怎樣的一些符號：

（1）文字符號。漢字（時代不明—）、萬葉假名（奈良）、草假名（奈良后期—平安中期）、平假名（奈良末期—）、片假名（奈良末期—）、數字（近代—）、字母（江戶初期—）等。

（2）輔助記號。長音符號（奈良—）、撥音符號（平安—）、促音符號（平安—）、濁點② （平安初期—）、半濁點（室町—）、不濁點（室町）、訓點（平安初期—鎌倉中期）、斷句標點（近代—）等。

上述的文字符號裡，奈良時代使用的有：萬葉假名、草假名、平假名、片假名。這些符號都可以概括在一個範疇——漢字。因為簡單地說，萬葉假名是把漢字作為表音的工具使用，這只是漢字其中一種功能；而之后的幾種假名則是由萬葉假名簡化而生。

歷來文字主要是兩大類：表音文字和表意文字。表音文字裡既有與音素（phoneme）對應的音素文字（如英語的字母），也有與音節（syllable）對應的音節文字，日語的假名屬於后一種，準確地說是音拍（mora）文字。而表意裡既有表示詞素（morpheme）的，也有表示詞（word）的文字，后一種多見於漢字。當時的日本沒有成體系的文字，所以怎麼去記錄當時的日語（口語），就是這個時代最大的課題。這就是下面要說的萬葉假名。

「假名」這個說法，是相對於「真名」（即漢字）而言的，指暫代使用的語言符號。萬葉假名早在六世紀金石文裡就可以見到，最初主要用來表記名詞，因多見於古典和歌《萬葉集》而被稱作「萬葉假名」。例如，情八十一 所念可聞 春霞 軽引時二 事之通者（萬葉集卷4-789）。

（譯文：こころぐく おもほゆるかも はるかすみ たなびくときに ことのかよへば）

在這首和歌裡，可（か）聞（も）二（に），均是把漢字作為「表音」的音假名③，「情八十一」則是用形容詞「こころぐし」的連用型「こころぐく」作為義訓，「義」和「訓」都是一個意思，表示「意義」。所謂義訓，就是用日語的說法來對應（解釋）漢語④。比如，在一般的訓裡面，「天地」為「あめつち」「春」為「はる」「親」為「おや」。但若用義訓表示「玄黃」可為

---

① 上代語辭典編修委員會（1967：5）。

② 早在奈良時代的《萬葉集》《古事記》和《日本書紀》裡，濁音就被用萬葉假名（漢字）與清音分開來表記，但濁音的記號本身是在平安初期作為表示聲調的符號開始使用的。在之后的室町時代，濁音從聲調的範疇獨立出來，標記位置才變成了如現代日語裡所示的右上角，如：「゛」。

③ 表音和表形、表意一樣，都是漢字作為文字符號本身具有的功能。現代漢語裡的盤尼西林（penicillin）、荷爾蒙（hormone），這些都是漢字的表音用法。活用文字的表音功能可以無限的對應層出不窮的各領域的詞彙。

④ 參照小學館國語辭典編集部《日本國語大辭典第二版》（2001）。

131

「あめつち」「暖」可為「はる」「父母」可為「おや」。這些大多都是在特定的文脈裡給它賦予的讀法，並非定訓。這種使用方法源於在語言使用者的認知裡，「天地」和「玄黃」，「春」和「暖」，「親」和「父母」有意義相通之處。

三、奈良時代日本文體的主要特徵

在漢字表記特徵的影響下，日本人通過借鑑和創新，創造了奈良時代的日本新文體。奈良時代的文體大致可分為三大類：和化漢文體、漢字假名混合體和宣命體[①]。這三種文體有著各自的不同特徵。

1. 和化漢文體及特徵

「和化漢文」又稱「和習漢文」或「變體漢文」，多見於當時的史書、木簡和官文書。雖用漢字作為表記，但日本的漢文和當時中國使用的「正統漢文」有所不同，其間多了很多日語的要素。以下兩通官文書簡單說明這種文體的語序：

〔正倉院文書能登忍人請暇解〕（大日本古文書統々修三ノ四裏、13）

能登忍人謹解　申請假事

合五箇日

右[②]身病為作請假如件以申　　天平寶字五年[③]正月十六日

這通文書是由於身體不適而請求休假。按照古漢語的語序，「為」作為表示原因的介詞，應放在「身病作」之前，寫為「為身病作」。若把它的本文部分還原成當時的口語，則可推斷導致語序顛置的原因是日語語序——因為在以日語為母語的人的認知裡，表示原因的接續成分「為（ため）」是和動詞連在一起的：

右、身の病りしが為に、假を請うこと件の如し、以て申す。[④]

而下面這通文書裡的語序就是按照日語的規定來的：

〔正倉院文書大原國持請暇解〕（大日本古文書統修二十、2）

大原國持謹解　請暇日事

合伍箇日

右請穢衣服洗為暇日如前以解　　天平寶字二年[⑤]十月廿一日

[①] 嚴格來說，和化漢文體可稱作文體，漢字假名混合體和宣命體則是借助與表記法的關聯來命名的。
[②] 原本為豎寫，而此處為橫寫，所以「右」即指「上」。
[③] 天平寶字五年為761年。
[④] 訓讀文參照桑原祐子（2005），有所改動。
[⑤] 天平寶字二年為758年。

和化漢文樣態多重，也有個人差異。它的解讀需要繁雜的手續，深廣度還遠不止此。再來看下面這段刻在法隆寺藥師如來像上的銘文。

〔法隆寺藥師仏光背造像記〕

池邊<u>大宮治</u>天下天皇大御身勞賜時歲次丙午年召於大王天皇與太子而誓願賜我大御病<u>太平欲坐</u>故將造寺<u>藥師像作仕奉詔</u>然當時崩賜<u>造</u>不堪小治田<u>大宮治</u>天下大王天皇及東宮聖王<u>大命</u>受賜而歲次丁卯年仕奉

這段文字記錄的是用明天皇為祈病愈誓建法隆寺和藥師像未能如願而崩，推古天皇和聖德太子奉其遺詔建此。其中下劃線部分是與正統漢文語序相悖之處。上面的文書我們能看出漢文的諸多痕跡，而這段銘文則是以日語的要素為主體的。當時的語言活動可以說是在被漢語的統治下進行的，這種逐漸脫離漢語語法的成文，是當時的日本人逐漸在被動語言環境裡獲得主動權，將它變成自己真正的主場的一個歷史節點。

2. 漢字假名混合體及特徵

假名，日語的表音文字。「假」即「借」，「名」即「字」。意思是只借用漢字的音和形，而不用它的意義，所以叫「假名」。第 3 節提到的萬葉假名，是活用了漢字的表音功能。由於它奈良時代被廣泛使用，所以在人們在熟習漢字后，書寫上也必然地呈現了「草體化」和「略體化」。這兩種書寫體正是日后的平假名和片假名的前身。① 奈良時代的表記並非都使用單一的萬葉假名，因為專用音假名會使句子過於繁長，它與漢字（正訓）的混合體更常見。下面來具體看一下。

（1）漢字・草體假名混合體。

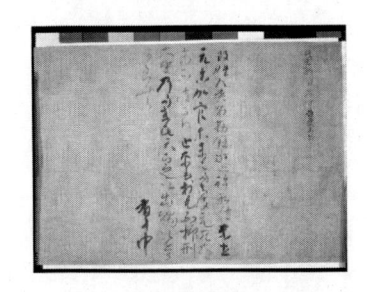

圖 1　讚岐國司解有年申文

圖片來源：東京國立博物館藤原有年申文畫像

譯文：
改姓人夾名勘録進上　許禮波奈世
無尓加　官尓末之多末波無　見太
末不波可利止奈毛　於毛不　抑刑
大史乃多末比天　定以出賜　以止
與可良無　　　　　　　　　　　有年申

以上的文字列中註了陰影的部分為草體書寫的萬葉假名（表音），它大概的意思為：

〔改姓人夾名勘録進上　これはなぜむにか　官にましたまはむ　見たまふばかりとなも　おもふ　抑刑大史のたまひて　定めていて出し賜はむ　いとよからむ〕

---

① 參照鈴木功真（2013：33-58）。

（2）漢字・片假名混合體。

片假名是寺院的僧侶在學習佛典時為了記錄它們的讀法而使用的輔助記號，最初是在漢文的行文間用萬葉假名（表音漢字）將日語的助詞添進去標註讀法，但在短時間內做筆記須眼疾手快，所以就逐漸被簡化了。以下是9世紀前半期由法相宗僧侶的一段註釋的文字：

意ニ雲ハク、住セシムル明力ヲ生ス。三摩地ナリトイフ。　　（金光明最勝王経註釈・卷四）

3. 宣命體及特徵

宣命體在奈良時代多用於頒布天皇命令的官文及祝詞，莊重簡短。從語言形態論上看，日語屬於膠著語，漢語屬於孤立語①，膠著語言要表現一個詞和它周圍的語法關係，會依賴於助詞、助動詞、活用詞尾這些附屬要素，但漢語卻是在形態上尋不出這種構造的語言。因此，在用漢字表記的時候，怎麼把這些附屬要素區分出來，也成了一個問題。宣命體就很好的把這個問題解決了：

［正倉院文書天平勝寶九歲瑞字宣命］②

天皇我大命良末等宣布大命乎衆聞食倍止宣言　此乃天平勝寶九歲三月廿日天乃賜倍留大奈留瑞乎頂尔受賜波理（以下略）　　　　（大日本古文書正集、44）

這其中漢字以小字出現的，都是日語裡附屬語和活用詞尾，它們的表記使用了萬葉假名裡的「音假名」。按照出現順序，它們的語法範疇可表示如下：

我-が（格助詞）、良末等-らまと（活用詞尾）、布-ふ（活用詞尾）、乎-を（格助詞）、倍止-へと（格助詞）、乃-の（格助詞）、倍留-へる（活用詞尾）、奈留-なる（活用詞尾）、乎-を（格助詞）、尔-に（格助詞）、波理-はり（活用詞尾）

四、結　語

根據上述分析和論述，筆者得出這樣三個結論：第一，奈良時代是漢文化在日本的盛行時代，因此漢字的表記特徵對奈良時代的日本文體產生了極大的影響。這種影響主要表現在兩個方面，即表音功能方面和書寫文體方面的影響。第二，在漢字表記特徵的影響下，日本人通過借鑑和創新，創造了奈良時代的日本新文體。奈良時代的文體大致可分為三大類，即和化漢文體、漢字假名混合體和宣命體，這三種文體有著各自的不同特徵。第三，奈良時代日本文體的產生和發展說明，借鑑和創新是一個國家和民族發展的成功經驗，這是對我們最好的啟示。

---

① 例如日語裡的「打たれる（ut-areru）」這個動詞裡，詞尾「-areru」是表示被動的語法標示，而漢語裡的「打」這個字（詞）本身不帶任何語法標示，若要想表達被動，則需要加上「被」，而「被打」這個構造裡的兩個字在形態上各自獨立，無依附關係，從這個角度來看，漢語各成分之間在形態上是獨立的。

② 這種把附屬語及活用詞尾用小的漢字來書寫的表記法稱作「宣命小書體」。大小不分的表記被稱為「宣明大書體」，詳細參照［藤原宮（694—710年）遺跡出土宣命木簡］等。

參考文獻

[1] Antoine Compagnon. Le démon de la théorie：littérature et sens commun［M］. Points：2014.

[2] W. vonWartburg. Französisches Etymologisches Wörterbuch［M］. Tübingen：Zbinden，1922-2002.

[3] 王力，岑麒祥，林燾，等.古漢語常用字字典第四版［Z］.北京：商務印書館，2005.

[4] 上代語辭典編修委員會編.時代別國語大辭典上代篇［Z］.東京：三省堂，1967.

[5] 鈴木功真.表記史［A］.木田章義編.國語史を學ぶ人のために［C］.京都：世界思想社，2013：31-69.

[6] 倉野憲司，武田祐吉.古事記 祝詞［M］.東京：岩波書店.

[7] 萬葉集.新日本古典文學大系［Z］東京：岩波書店，2002.

[8] 小學館國語辭典編集部.日本國語大辭典第二版［Z］.東京：小學館.

[9] 東京帝國大學文學部史料編纂掛編.大日本古文書編年文書 本篇［Z］.東京：東京大學出版會，1944.

[10] 桑原祐子.正倉院文書の訓読と註釈 請暇不參解編［R］.奈良：奈良女子大學21世紀COEプログラム，2005（2）.

[11] 伊東卓治.正倉院御物東南院文書紙背仮名消息［J］.美術研究，1961（1）：214.

[12] 遠藤好英.古代の文體、近代の文體［A］.阪倉篤史編.日本語の歷史［C］.東京：大修館書店，1977：659-676.

[14] 乾善彦.宣命書きの成立をめぐって［A］.大阪市立大學創立五十周年記念國語國文學論集編集委員會編.大阪市立大學創立五十周年記念國語國文學論集［C］.大阪：和泉書店.1996：659-676.

[15] 東京國立博物館藤原有年申文畫像［DB/OL］. http://image.tnm.jp/image/1024/C0008421.jpg，2016-01-28.

135

On the Style from the Enlightenment of Writings-Characteristics of Chinese Characters in the Nara Period in Japan

Hu Chen

(*Graduate School of Design Kyushu University, Fukuoka, Japan.*)

Xu Huifang

(*Liupanshui Normal College, Liupanshui, Guizhou, 10977*)

 【Abstract】 The Chinese characters were made in ancient China, and it is thought that it was brought to Japan prior to the Nara Period (710A. D. ~794 A. D.). With Chinese characters having been brought to Japan, the Japanese language became influenced by the Chinese language, which efforts to record the Japanese language with Chinese characters started. This paper is an attempt to explain the connection between the writing system and the style what presented though the Nara Period taking a synchronic viewpoint.

 【Key words】 Writings-characteristics of Chinese; The Nara Period; Controlling influence; Features of style

翻譯理論與實踐研究

對翻譯研究中文化轉向的思考

四川外國語大學成都學院翻譯系　江偉強[①]

【摘　要】在20世紀90年代以前，翻譯研究主要是基於語言學理論，研究者從語言學的角度來闡釋翻譯理論。時間進入1990年，巴斯奈特（Bassnett）和勒弗維爾（Lefevere）第一次提出了「翻譯研究的文化轉向」，認為翻譯研究的重點不僅僅是語言間的對比分析，還應該是翻譯與文化的關係研究，即研究文化如何在翻譯中產生影響並進而限制翻譯。這一嶄新的理論將翻譯研究置於一個更加廣闊的歷史與文化背景之中，更好地揭示了翻譯研究與文化的關係以及翻譯的本質。它是翻譯研究中的一次突破性進展，對翻譯研究在文化差異的對比分析與研究和翻譯策略的選擇上有著非常重要的指導意義。

【關鍵詞】翻譯研究；文化轉向；思考

一、引　言

根據邁克爾·彭克（Michael Punke）同名長篇小說改編的美國冒險影片《荒野獵人》最近在中國上映，原著和影片的英文原名為 The Revenant，該詞的原意為「歸來的亡魂」，英文解釋為「something, esp a ghost, that returns」。此意本與小說和電影的故事情節別無二致，而譯者卻將其譯成了《荒野獵人》。顯而易見，譯者是從故事的情節和文化的層面來考慮的。實際上，翻譯中的文化導向無處不在。例如，2008年的北京奧運會口號為：「奧運，加油！中國，加油！」英譯為：「Go Olympic! Go China!」或者直接使用漢語拼音：「Olympic jia you! Zhong Guo jia you!」再如，

[①] 江偉強，男，四川外國語大學成都學院翻譯系副教授。研究方向為翻譯、東西方文化研究、英語寫作、商務英語、對外談判。

「紅白喜事」可譯成「wearing red or white, that is at weddings or funerals」，或「weddings and funerals」，卻不能譯成「red happiness and white happiness」。這些都是依據文化的不同而做的跨文化翻譯。長期以來，西方翻譯研究主要由語言學派的理論占據主導地位，從古代的奧古斯丁到 20 世紀的結構主義語言學，都是把「翻譯理論和語義、語法作用的分析緊密結合起來，從語言的使用技巧上論述翻譯，認為翻譯旨在結構上產生一種與原文語義對等的譯文，並力求說明如何從詞彙和語法結構上產生這種語義上的對等」。語言學派的代表人物，例如：奈達（Nida）、雅各布遜（Jakobson）、卡特福德（Catford）等分別從語用學、文體學、認知語言學、系統功能語法和語篇學等方面提出各自的翻譯理論。語言學派的理論對翻譯研究產生了深遠的影響。然而，就在各種語言學流派爭相提出自己的翻譯理論並將翻譯研究帶入一種膠著狀態的時候，1990 年，巴斯奈特（Bassnett）和勒弗維爾（Lefevere）第一次提出了「翻譯研究的文化轉向」，認為翻譯研究的重點不僅僅是語言間的對比分析，還應該是翻譯與文化的關係研究，即研究文化如何在翻譯中產生影響並進而限制翻譯。這一理論為翻譯研究翻開了嶄新的一頁，它將翻譯研究置於一個更加廣闊的歷史與文化背景之中，更好地揭示了翻譯研究與文化的關係以及翻譯的本質。它是翻譯研究中的一次突破性發展，對翻譯研究在文化差異的對比分析與研究和翻譯策略的選擇上有著非常重要的指導意義。

二、文化因素與翻譯

　　毋容置疑，翻譯是通過語言來實現的，是兩種語言間的轉換。但翻譯又不僅僅是兩種語言的簡單轉換，它是將一種語言裡所包含的文化內容、價值觀念及思維方式展現在另一種語言之中而進行的一種努力與嘗試。布拉格學派的代表人物羅曼·雅克布遜從符號學的視角解釋翻譯：「翻譯是通過另一種語言來解釋一種語言符號。」而勒弗維爾則認為翻譯必然要受到所處的文化意識形態、權力關係、社會制度以及其他因素的影響，翻譯不是簡單地在語言層次上的逐字逐句的對等翻譯，而是受文化因素制約的再創作。奈達在提出他翻譯理論的核心概念「功能對等」的同時，也把翻譯中涉及的文化因素分為五類，即生態文化，語言文化，宗教文化，物質文化和社會文化。這表明翻譯是離不開文化研究的。

　　（1）生態文化：生態文化包括自然與動物。這兩樣東西在翻譯中受中西方文化的制約。例如，對「狗」的翻譯：a lucky dog（幸運兒）；Love me, love my dog（愛屋及烏）；狗腿子（hired thug; henchman）；狗頭軍師（a good-for-nothing adviser; villainous adviser）；狗急跳牆（A cornered beast will do something desperate）。

　　（2）宗教文化：宗教文化直接影響著人們的意識形態。例如，阿彌陀佛（Buddha be praised 而非 Bless you）；謀事在人，成事在天（Man proposes, Heaven disposes 而非 Man proposes, God disposes）；借花獻佛（Borrow a bouquet of flowers or anything else to make a gift of it 而非 Present Buddha with borrowed flowers）。

（3）語言文化：語言文化包括語言的表達習慣與歷史沿革。例如，塞翁失馬，焉知非福（Misfortune might be a blessing in disguise）；好好學習，天天向上（Study hard and make progress every day）；該女子有沉魚落雁之容，羞花閉月之貌（The girl's beauty would put the flowers to shame）。

（4）物質文化：物質文化包括生活物質與器具。例如，高鐵（high-speed rail；high-speed train）；動車（bullet train）；民以食為天（Food is the first necessity of man；People regard food as their prime want）。

（5）社會文化：社會文化包括一個社會群體的政治、經濟、習俗、生活方式等各方面。例如，小康家庭（a well-off family）；紙老虎（paper tiger）；紅包（red packet）；gene（基因）；clone（克隆）；environment-friendly products（環保產品）。

通過分析文化因素對翻譯的影響，人們會發現翻譯過程中的文化研究與語言間的文字轉換研究應該是同等的重要，翻譯僅從語言的角度去考慮是不夠的，還必須從文化的角度來思考，二者缺一不可。

三、文化理解與等值翻譯

巴斯奈特和勒弗維爾在他們共同發表的論文集《翻譯、歷史與文化》中，提出翻譯研究「文化轉向」這一新概念，認為翻譯研究和文化研究應該有機地結合起來，用文化研究的成果來研究翻譯，再用翻譯研究的成果來豐富文化研究，最終形成了翻譯研究的文化學派。他們提出翻譯的基本單位是文化，翻譯不是一個簡單的解碼、重組過程，更重要的還是一個文化交流的過程。基於詞語或篇章完全對等的不可能性，翻譯過程旨在追求譯文在目的語文化中與原文在原語文化中對等的功能。同時他們還強調，不同文化的功能等值是手段，文化的轉換才是翻譯的目的。他們關於功能等值的翻譯方法和奈達提出的功能對等理論有很多相似之處。奈達認為：「所謂翻譯就是指從語義到文體在譯語中用最貼切而又最自然的對等語再現原語信息。」奈達認為功能對等是將「原語文本的讀者的理解和欣賞方式與譯語文本的接受者的理解和欣賞方式加以比較」。這一定義不但是要求譯語與原文的信息內容對等，而且是盡可能地要求它們在形式上也對等。然而，奈達的功能對等只考慮到了翻譯的信息交流功能，並未重視翻譯的文化功能。同樣值得注意的是，巴斯奈特和勒弗維爾的文化翻譯理論影響很大，但他們沒有進一步提出「功能對等」的具體意義。

四、翻譯策略的選擇

（一）增強文化意識，重視文化因素

文化是根植於語言中的一種強大力量，沒有文化的語言是沒有生命力的，也是難以存在於世的。因此在翻譯過程中必須要有很強的文化意識，要研究文化內涵、重視文化因素。例如：美國人常用「from sea to sea, from coast to coast」，我們就不能直譯成「從海到海，從海岸到海岸」，而應翻譯成「全國上下」或「全國各地」。這是因為美國的地理環境所決定的，美國東臨大西洋西臨太平洋，「from sea to sea, from coast to coast」意味著橫跨了整個國家。同樣，在中國當人們朗誦或演唱「長江、長城、黃山、黃河」時，這不僅僅是指「長江、長城、黃山、黃河」各個個體，而是意指中國的祖國河山、山川大地。因此在翻譯中要重視文化的因素，吃透文化的內涵。

（二）翻譯策略的選擇與應用

中西方兩種文化的差異導致英漢兩種語言在語用意義上的不同，使譯文與原文在語用意義上出現不完全對應或完全不對應的情況。所以，在翻譯過程中，應根據中西方語言文化上的差異，選擇恰當有效的翻譯策略，以實現譯文與原文的等值翻譯。翻譯中的歸化與異化策略是應對中西方文化差異的有效方法。在實踐過程中，歸化與異化必須結合起來使用。一般說來，當處理與目的語文化類似的事物時，傾向用歸化的方法，當原語言承載豐富的文化個性特徵時，多用異化的方法。

1. 歸化策略（Adaptation）

歸化策略是把一種文化中的差異表達轉化成譯文讀者熟悉的另一種文化內容，以目的語文化為歸宿。例如：

（1）英譯漢。

Birds of a feather flock together.

物以類聚，人以群分。（substitution 替代）

One boy is a boy, two boys half, three boys no boy.

一個和尚挑水吃，兩個和尚抬水吃，三個和尚沒水吃。（substitution 替代）

There is a tide in the affairs not only of men, but of women too, which, taken at the flood, leads on to fortune.

人生在世，有時會走運，抓住時機就能飛黃騰達，非但男人如此，女人也一樣。

（free translation 意譯）

（2）漢譯英。

一竅不通

It's all Greek to me. （free translation 意譯）

殊途同歸

All roads lead to Rome. （free translation 意譯）

不到黃河心不死／不到長城非好漢

See Naples and die. （substitution 替代）

一貧如洗

as poor as Job/as poor as a church mouse （free translation 意譯）

天網恢恢，疏而不漏

Justice has long arms. （free translation 意譯）

2. 異化策略（Alienation）

異化策略是以原語文化為歸宿，把原語文化成分以近似原貌的形式轉換成目的語形式。採用異化的翻譯策略傳達原文的意向和文化內涵，能夠本色地反映原作的面貌，直接跨越語言文化的差異，保留原語的文化特色。

（1）語音層次上（transliteration 音譯）。

chocolate　巧克力

coffee　咖啡

功夫　kung fu

（2）語義層次上（literal translation 直譯）。

honeymoon　蜜月

double-edged sword 雙刃劍

紙老虎　paper tiger

稻草人　a man of straw（scarecrow）

（3）短語層次上（literal translation 直譯）。

warming up　熱身

break the silence　打破沉默

春卷　spring roll

丟臉面　lose one's face

（4）成語和諺語（literal translation 直譯）。

crocodile tears　鱷魚淚

Walls have ears.　隔牆有耳

Kill two birds with one stone.　一石二鳥

口蜜腹劍　honey-mouthed and dagger-hearted
趁熱打鐵　Strike while the iron is hot.

五、結　語

　　根據巴斯奈特和勒弗維爾提出的「文化轉向」理論，我們不難看出，翻譯不是一個單純的不同語言的轉換過程，而是與社會文化、政治、意識形態有著千絲萬縷的聯繫。在翻譯過程中，簡單地從語言的層面進行研究是不夠的，還須對社會文化的內涵進行深入的研究。只有深刻理解了兩種語言文化所蘊含的意義以及它們之間的差異，才能真正有效地、忠實地去完成翻譯。從而讓操不同語言的人們實現民族間的思想、政治、文化、歷史、宗教、風俗習慣、風土人情等交流與發展。譯者受社會文化和意識形態的影響，在翻譯策略的選擇上應拓展翻譯理論的多視角，最大限度地去瞭解兩種文化的差異，有效運用歸化與異化策略，讓譯文既忠實於原文，又符合譯入語的表達習慣，從而達到譯文與原文的語用等值，實現語言和文化的有效交流。

參考文獻

[1] 譚載喜. 西方翻譯簡史［M］. 北京：商務印書館，2004.
[2] Bassnett, S. and Lefevere. Translation, History and Culture［M］. London and New York：Printer, 1990.
[3] 劉宓慶. 新編當代翻譯理論［M］. 北京：中國對外翻譯出版公司，2005.
[4] 江曉梅. 簡述翻譯研究的文化轉向［J］. 翻譯與文化研究，2009（1）：95-97.
[5] 尤金·奈達. 語言文化與翻譯［M］. 北京：外語教學出版社，1993.
[6] 郭建中. 文化與翻譯［M］. 北京：中國對外翻譯出版公司，2000.
[7] Nida and Taber. Toward A Science of Translating［M］. Leiden：E. J. Bill, 1969.
[8] 黃璐. 論中英文化差異與應對策略［J］. 翻譯與文化研究，2009（1）：102-104.
[9] 雒嬋. 文化因素對翻譯中歸化和異化的影響［J］. 翻譯與文化研究，2009（1）：104-107.

Thinking of the "Cultural Turn" in Translation Studies

Jiang Weiqiang

(Department of Translation and Interpretation, CISISU, Chengdu, Sichuan, 611844)

【Abstract】 Before the 1990 s, translation studies were mainly based on the theory of linguistics, and researchers interpreted translation theory from the perspective of linguistics. In 1990, Bassnett and Lefevere first proposed the 「cultural turn」 in translation studies, which reveals that the focus of translation study is not only on comparative analysis between different languages, but also on the study of the relationship between translation and culture, namely the study about how culture brings influence and further restrictions to translation. This new theory puts translation studies in a much broader historical and cultural background, clearly revealing the relationship between translation and culture and the essence of translation. It is a breakthrough in the study of translation, bearing very important significance for translation studies in comparative analysis and research of the cultural differences and the selection of translation strategy.

【Key words】 Translation studies; Cultural turn; Thinking

修補破碎的花瓶
——構建網路協同翻譯的「超互文性」

四川外國語大學成都學院英語師範系　陳首為[①]

>　　【摘　要】譯者通過網路在翻譯輔助軟件的幫助下借助術語庫和記憶庫進行協同翻譯已經成為當今時代的非文學翻譯主流模式。網路協同翻譯具有標準化、快速化、方便化、錯誤率少等優點，但也存在著術語庫量不足、標準不統一、較封閉、可獲得性不足等缺點。同時，譯員的翻譯實踐向可用的翻譯記憶庫的轉化率不高，計算機輔助翻譯技術在製作術語庫和記憶庫方面還未充分發掘出潛力，人工智能技術在翻譯領域還有很大發展空間，機器對語言尤其是翻譯領域的深度學習方興未艾。種種缺陷和限製造成了網路協同翻譯的「強互文性」（以術語庫為例）和「弱互文性」（以記憶庫為例）的不足，因此進一步加強這兩方面的建設，通過各種手段（尤其是科技手段）構建網路協同翻譯的「超互文性」就顯得非常有必要且可行。德里達解構主義翻譯觀認為翻譯的過程是找到破碎的「元語言花瓶」的碎片並將其重新拼湊成完整「花瓶」的過程。希望這種「超互文性」的建立能幫助譯員修補破碎的「花瓶」，為人類的翻譯事業的進一步發展貢獻力量。
>
>　　【關鍵詞】互文性；協同翻譯；術語庫；記憶庫

一、互文性

　　法國思想家朱麗婭・克里斯蒂娃（Julia Kristeva）在《符號學》一書中指出：「任何作品的本文都像許多行文的鑲嵌品那樣構成的，任何本文都是其他本文的吸收和轉化。」（Any text is constructed as a mosaic of quotations; any text is the absorption and transformation of another.）這就引出了

[①] 陳首為，男，文學碩士，四川外國語大學成都學院英語師範系講師。研究方向為翻譯理論與實踐。

「互文性」（Intertextuality）這一概念，意即文學創作實踐和翻譯實踐中的不同文本間的大量顯性或隱性的互動和轉化。從此，文本不再被視作孤立的封閉體系，而是容納了過去、現在和將來的開放體系。解構主義的代表人物德里達創造出「延異」（la difference）這一概念，破解了傳統的羅格斯中心主義觀，指出語言無法準確與其所指產生清晰地關聯，只能與其所指產生一定的相關性，並通過自身與其他意義的差異得到標記進而使意義得到延緩。語言本身必然自帶某種「補餘」（complément）的渴望，並存在著因為語言異化而遺留的「形跡」（trace）。「延異」打開了文本的結構，使其成為開放的意指鏈，成為無數能指的「蹤跡」，豐富了其互文性，向文本的產生提供了「母體」或「寄生體」。互文性與解構主義延異觀不僅改變了人們閱讀文本的視角轉變，更催生了文學生產和翻譯生產的變革。

二、翻譯中的互文性

傳統的翻譯理論與互文性有著千絲萬縷的聯繫，諸多研究集中於同一原作不同譯本在時間（Association relationship）上和空間（Syntagmatic relationship）上的耦合關係，體現了空間與時間、歷時與共時的統一。評價一部翻譯作品往往要通過「雙重解讀」「對比解讀」才能體現出其「互文性」。例如在詩歌翻譯中是否考慮體現原詩的音樂節奏和語音節奏，是否能傳遞出原詩「意象」（Imagery），如果體現原詩的意指作用（signification）。在跨文化意味濃厚的翻譯實踐中，互文性的體現就更加強烈，也更加重要。

三、網路時代的協同翻譯與「超互文性」的構建

（一）網路協同翻譯的定義與特點

隨著互聯網的高速發展，很多古老的行業正面臨改造甚至瀕臨顛覆，翻譯行業這一綿延數千年的人類最古老的交流活動也面臨著革新。隨著國際交流的深入進行，大眾對翻譯的速度、工作量和準確度提出了更高的要求，以唐代玄奘佛經翻譯實踐為代表的傳統小作坊式的翻譯實踐已經跟不上時代的發展。「協同」（Collaboration）就是這一發展的必然趨勢。筆者總結當代網路非文學翻譯活動的特點為：一是隨著全球化、經濟一體化進程的深入，非文學體裁翻譯需求量巨大；二是瞬息萬變的商業社會使得翻譯速度必須盡可能快；三是在某些高度標準化的翻譯領域（如合同、法律、醫學等），譯文必須盡可能符合行業標準，容錯率低；四是譯員之間需要在本國甚至全球範圍內高度合作，共同完成同一譯本或借助彼此的力量完成不同譯文。通常來說，譯員們使用機器翻譯（如Google translator）和計算機輔助翻譯（如Trados，memeQ）這兩類主要的翻譯工具來從

事具有上述四類特徵的非文學翻譯活動。相比傳統翻譯模式，在線協同翻譯的最大優勢在於譯員們可以貢獻彼此的翻譯成果，以直接（如術語庫）或間接（記憶庫或語料庫）的方式互相協助，並通過自己的內容貢獻交換對自己有用的內容，使自己的翻譯省時省力，同時還能保證前後一致性，降低錯誤率，避免低效重複勞動，將有限的精力用於更富創造性的高級翻譯活動中。

前文提到網路翻譯時代譯員彼此的直接和間接的相互幫助，筆者將其歸納為網路協同翻譯時代的新的「互文性」。這種互文性既是譯員翻譯活動無意識的產物，更是譯員或翻譯組織主觀努力的產物。進一步劃分，筆者將這種因協同性而產生的翻譯互文性分為「強互文性」和「弱互文性」。

四、網路協同翻譯中的「強互文性」的定義及問題分析

所謂「強互文性」，即通過術語庫的分享和使用來進行網路協同翻譯，使得 A 文本的某個術語的翻譯與 B 文本或 B 文本群產生高度一致的「互文性」，所謂的「強」指的就是這種術語對照的高度一致性和翻譯成果的直接可用性。「術語庫」（Termbase）是符合一定標準格式的雙語或多語對照的術語表，可由譯者自行創建或由專門的翻譯機構根據已有的諸如專業辭典之類的專業工具書進行數字化后產生的數據庫，具有標準化、開放性、跨平臺等特點，在某些特定的專業領域的翻譯中得到廣泛使用。翻譯時，譯員待翻譯的某個術語（詞、短語、甚至句子）如已被其所使用的術語庫收納，翻譯輔助軟件會直接調取出相應的目標語搜索結果並提示譯員，譯員再根據具體語境來進行否定、肯定、甄選或修改。譯員可將自己的翻譯成果通過工具製作成本地術語庫或上傳至雲端供其他譯員下載使用。金山快譯公司曾經根據一些專業辭典編撰過 24 本術語庫辭典，可方便地導入翻譯輔助軟件進行使用。

五、網路協同翻譯中的「弱互文性」的定義及問題分析

所謂「弱互文性」即與「強互文性」相對存在，指的是譯者借助的輔助資料並非一一對應的術語，而是非一一對應、只具備參考價值的記憶庫（Translation memory），其具有動態性、模糊性、高度開放性等特點。例如，A 譯者翻譯「我是英語專業的學生，我非常喜歡英語」為「I am an English major student and I like English very much」。如果這段譯文存入記憶庫並上傳至雲端被 B 譯員下載使用，B 譯員在翻譯類似的句子「我是二年級的日語專業的學生，我非常不喜歡英語」時，輔助軟件就會給出相應的基於對 A 譯者譯文學習后產生的參考譯文，如「I am a second grade Japanese major student and I don't like English very much」，並提示表明與原句符合程度的百分比，隨

后 B 譯員根據這個百分比進行相應的檢查和修改（如某些無須翻譯的數字）即可完成本句話的翻譯。如果符合程度達到 100%，譯員甚至無須看原文，直接調用記憶庫中的譯文即可準確翻譯，大大提高了效率和準確率，尤其適合於諸如合同、協議、法律文本等高度標準化的文本的翻譯，大量節約了翻譯諸如「本合同一式×份，自×年×月起生效」之類的句子的時間。

六、網路協同翻譯的「超互文性」的定義及構建

「超互文性」，乃筆者創建的術語，意為能更好地構建網路翻譯協同性，更好地為譯員提供輔助翻譯幫助的更高程度的「強互文性」＋「弱互文性」。當前網路協同翻譯中的「強互文性」和「弱互文性」都還很不完善，如果借助科技手段加以改進，勢必能顯著提高譯員翻譯效率和翻譯質量。

術語庫的創建、分享和使用方面仍然存在著不少缺陷，例如術語庫種類偏少、術語量偏少、術語雙語質量有待提高、術語庫搜索查找和從雲端獲取仍然有一定的困難。在中國，對術語庫進行指導、製作、規範等工作具體由中國標準化研究院承擔，但該研究院的術語規範製作工作卻的不盡如人意，例如，能查詢的術語信息有限，對國內術語工作也未能做到實時更新，相比國外的諸如 Termium、Eurodicautom、EuroTermBank 等大型術語庫，有著不小的差距。知網，作為中國最大的論文資料庫，推出的網路術語翻譯工具覆蓋全面，使用方便，可看作中國科技術語庫創建的名牌。這些國家級術語庫幾乎都由科研型大學開發，所用資料大都來源於政府部門，特別是從事翻譯或外事工作的政府部門從其從事的對外對內譯介的大量資料中累積的術語庫。而諸如 Eurodicautom 之類的國外術語庫的貢獻者超過了政府部門自身，包括其他領域其他部門的譯員，甚至包括一些國際機構的語言學家、出版社或民間自由譯者和外語研究者。資料收集后再由專業技術人員利用 Eurodicautom 的特殊軟件來進行雙語對照的標準化處理，並對除歐盟理事會內部翻譯人員之外的其他人員開放，取得了很好的效果。因此，要構建更大更強的術語庫，需要政府部門牽頭，動員社會力量，調動廣大翻譯工作者的積極性，或採取物質獎勵的方式鼓勵他們大量製作術語庫，並盡可能地無私分享彼此的術語庫。政府部門應利用最新計算機技術規範化此類術語庫。如有可能應設置專門的服務器用於存放此類術語庫並免費開放給翻譯工作者，並減少雜亂無章的開放入口，設立統一的入口平臺。

除術語庫，翻譯記憶庫也是計算機輔助翻譯的核心技術之一，是一種用於存儲原語和譯文並一一對照的標準化格式體系，更能體現計算機輔助翻譯對翻譯的幫助作用。由於其不像術語庫具備高度標準化和統一性，筆者稱其為「弱」互文性。翻譯記憶庫的功能主要包含導入（import）、分析（Parsing）、切分（Segmentation）、對齊（Alignment）、更新（Upgrading）、自動翻譯（Automatic translating）和團隊合作（Teamwork）。當前在翻譯記憶庫的建設和使用方面主要存在一些問

題：第一，記憶庫的製作主要依靠大型翻譯機構或政府部門，大量的私人譯員的有價值的翻譯成果並沒有轉化為標準、有效、有用、可方便獲取的記憶庫。對譯者來說，製作記憶庫的動機不足，他們往往懷疑自己的翻譯將來是否還有用，或者自己的翻譯成果能否能為其他譯員利用。對譯員主動製作記憶庫並上傳至雲端共享的做法並沒有統一有效的獎勵措施（物質類或數據類），無法積極地調動譯員積極性。第二，即使這種翻譯記憶庫的製作變成了譯者集體有意識的主動行為，其數量的相對不足和質量的相對較低也會成為制約翻譯記憶庫發展的重要因素。

鑒於以上存在的問題，特提出如下構建網路協同翻譯「超互文性」的建議：

（1）採用科技手段使得一些一般情況下無法被納入翻譯記憶庫的翻譯活動或雙語對照活動變成可用的翻譯記憶庫。谷歌公司曾經推出了一項計劃，調用全球數以億計的計算機的閒置時間的計算力，構建一張巨大的電子神經元結構，集中力量攻克一些計算量巨大的科學難題，同時對計算機用戶的使用不構成任何影響。這種以不打擾用戶為前提的「雲協作」已經從高精尖的科學研究領域逐漸走向民用領域，較近的一個例子就是各種雲路由器的流行，使得用戶閒置的網路帶寬被利用起來為雲端的其他用戶增加上傳和下載帶寬，同時通過給提供貢獻的用戶一定物質獎勵以激勵這種分享行為。涉及翻譯活動或翻譯語料庫的建設似乎還沒有在全球層面利用相關技術，那麼可否將網上的雙語或多語資源通過個人電腦的閒置資源進行整合、分析、排錯和標準化，最終形成能為機器翻譯和人工翻譯利用的有效記憶庫資源呢？例如，目前有相當多的手機 App 能實現攝像頭攝取文本然後通過機器實時翻譯的功能，那這類「弱」翻譯活動產生的雙語對照資料也應該大量收集，然後通過技術手段製作出可用的術語庫或記憶庫。谷歌翻譯（Google translator）每天翻譯次數達 10 億次，處理相當於 100 萬冊圖書的文本量，超過了全球專業譯員一年工作量。如果這類翻譯活動能生產好的術語庫和記憶庫資源，勢必具有重要的理論研究和產業應用價值。

（2）通過相關的政府或組織的大力推廣記憶庫的開源工作。眾所周知，20 世紀以 linux 和 windows 之間的爭鬥為代表的封閉軟件和開源軟件之爭極大地促進了人們關於軟件這種知識產權是否應公開其源代碼並為全世界的軟件工作者自由地進行改寫和發布以豐富功能、改善執行效率等的認識。當前眾多語料庫、術語庫和記憶庫並沒有做到足夠開放，某些很重要但並非機密的資料仍停留在「內部資料」階段。政府層面應構建翻譯雲數據庫，並開放給所有譯員，打破翻譯壟斷。

（3）進一步發揮人工智能的巨大潛力為翻譯服務。首先，開放更多的手機或電腦應用 API，讓應用與機器翻譯軟件進行雙向對接，通過機器翻譯為應用提供雙語服務（如前文提到的各類攝像頭掃描翻譯軟件），也反過來讓通過應用生產（無意識或有意識）的大數據雙語材料為機器翻譯提供語言素材。其次，語言資源數據量激增，使得翻譯資料的實時更新成為可能，但這種大數據也帶來了挑戰，如翻譯噪音量大，翻譯質量好壞難以甄別，英語外其他語種的雙語資料數量不足等。據調查，這種通過互聯網收集來的語料庫裡的低級甚至錯誤譯文大量存在，如在相當多譯本中「好好學習，天天向上」都被荒謬地翻譯成了「good good study，day day up」。如何進一步通過互聯網特別是大數據來進行語義排歧，將傳統文本處理技術與互聯網技術進行結合成了擺在科

研工作者面前的一大挑戰。專業翻譯公司提供的雙語語料比普通翻譯愛好者發布在網上的雙語文本更有價值，對大數據翻譯模型的訓練更為重要，因此如谷歌翻譯，百度翻譯等機器翻譯軟件提供商應加快和翻譯公司的語料合作。現在 SDL 已為企業提供定制翻譯引擎的訓練，讓翻譯公司可以訓練自己的機器翻譯引擎，而相比而言，中國的翻譯公司更在乎語料的安全性，害怕資產流失，更需要本土公司提供類似的語料訓練服務。

（4）進一步推動機器翻譯技術的發展。谷歌公司推出的 AlphaGo 圍棋程序在五番棋比賽中戰勝人類頂級棋手李世石，計算機的「深度學習」（Deep learning）在此次壯舉中扮演了關鍵作用。機器翻譯儘管發展迅速，作用巨大，但都沒有離開現有的技術桎梏，仍停留在「深藍」（Deep Blue）和國際象棋大師卡斯帕羅夫（Kasparov）對弈時採用的大數據收集+窮舉計算法階段。這類技術的弊端或局限在於需要極大的數據處理能力（這也是 AlphaGo 出現前人類對機器能否處理圍棋天文數字般的數據量的懷疑），而面對豐富的語言現象和計算複雜度高的翻譯模型建立，現有的計算機發展水平可能處理起來略顯吃力。要通過加強計算機、數學、語言學、翻譯學等多個學科的融合，從除翻譯外的其他領域打開突破口，加快計算機「深度學習」的研發，使得計算機能夠通過較小的預料量也能在無人干預的情況下實現自主學習。

（5）加強計算機輔助下網路協同翻譯時代的翻譯專業學生的培養。據筆者瞭解，目前機器翻譯研究生培養方案大體包含自然語言信息處理（Natural language information processing）和機器翻譯（Machine translation）。而以喬姆斯基（Chomsky）轉換生成語法為代表的傳統派語言學理論在機器翻譯研究領域仍有大量作用，因此語言學以及語言學與機器翻譯的結合應是翻譯類人才培養的一個方面。同時應大力培養學生使用翻譯軟件和翻譯輔助軟件從事翻譯活動的能力，熟悉機器翻譯文本的範式並提高文本糾錯能力。

七、結　語

解構主義（Deconstructionism）翻譯理論發源於 20 世紀 60 年代。該翻譯理論大膽地摒棄了傳統的以語言研究或文化研究為主導的翻譯思想，轉而從行為上學的角度來探討翻譯的本質甚至語言的本質，以揭示翻譯活動的最終使命和最終歸宿為使命，提出了一系列具有革命性的嶄新理論。其代表人物瓦爾特·本雅明（Walter Benjamin）在其《譯者的任務》（*The Task of the Translator*）中將人類的所有語言的抽象集合比喻成一只巨大的花瓶，而譯者的翻譯活動就是在這只巨大的花瓶被打碎後盡力尋找可辨認可黏合的碎片並拼合在一起，以便盡可能地重現「花瓶」的原貌，為人類的無障礙交流創造條件。本文論述了網路協同翻譯的「強互文性」和「弱互文性」的發展現狀和存在的問題，並提出五個方面的改進措施，意圖加強協同翻譯的互文性，借助「大數據」等技術手段和其他非技術手段構建出協同翻譯的「超互文性」，使得術語庫和記憶庫能更加豐富，更加

完善，為全世界從事翻譯工作的譯員提供更可靠地技術平臺，為進一步修補好人類語言這一目前還很支離破碎的「花瓶」做出貢獻。

參考文獻

[1] Kristeva J. The Kristeva Reader [M]. Oxford: Blackwell, 1986.
[2] Bassnett Susan. Translation Studies [M]. London: Routledge, 2001.
[3] 錢多秀. 計算機輔助翻譯 [M]. 北京: 外語教學與研究出版社, 2011.
[4] 袁於飛. 大數據時代: 機器翻譯能否取代人工 [N]. 光明日報, 2016.
[5] 周興華. 計算機輔助翻譯教學: 方法與資源 [J]. 中國翻譯, 2013 (4): 91-95.
[6] 曹丹紅. 本雅明《譯者的任務》再解讀 [J]. 北京: 中國翻譯, 2012 (5): 5-9.

Bonding Together the Fragments of the「Language Vase」: On the Establishment of「Super-Intertexuality」in Online Collaborative Translation Practice

CHEN Shouwei

(*English Department of Education, CISISU, Chengdu, Sichuan, 611844*)

【Abstract】This thesis explores the establishment of「super-intertexuality」in online collaborative translation practice from the perspective of strengthening the making, standardizing and sharing of termbase, as well as the promotion of translation memories building through the effort of both the government and individual translator, the encouragement of memory sharing, the application of computer technology to the making of translation memories, the further development of computer deep learning technology, the tapping of artificial intelligence in translation domain and the advancement of translation teaching among translation major students. This thesis aims at providing a practical and inspiring insight into the advancement of translation practice in this new era featuring machine translation and collaborative translation in order to enable translation practice to be more accurate and efficient.

【Key words】Intertexuality; Collaborative translation; Termbase; Translation memory

淺析交際翻譯理論指導下文化負載詞的翻譯
——以《老友記》為例

四川外國語大學成都學院翻譯系　蘭　溪[①]

>　　【摘　要】文化負載詞作為重要的文化載體，承載著豐富的民族信息。準確的翻譯出這些文化負載詞成為跨國交流中的一項熱門，同時也是一個難點。紐馬克提出了交際翻譯這個概念，為文化負載詞的翻譯提供了新的方法。交際翻譯的關鍵就在於尊重原著，並使翻譯能夠置身於讀者特殊的文化背景，是讀者更好的理解。在交際翻譯理論下翻譯文化負載詞，譯者應該對文化負載詞進行澄清，重塑並且再創造，使其原本的文化涵義在目標語言的觀眾身上產生相同的效果。
>
>　　【關鍵詞】文化負載詞；交際翻譯理論；《老友記》

一、引　言

　　近年來，大量的西方作品傳入中國，無論是傳統出版物還是近些年來逐漸興起的影視產業，其中承載和傳遞的大量文化信息也引起了人們的關注。尤金·奈達曾說過：「對於真正成功的翻譯，跨文化元素比跨語言元素更加重要，因為文化決定了語言的意義。」

　　語言就像一面鏡子，自覺地反映著文化。研究表明，西方國家之間90%的詞彙都是完全對等的，而對比中國和西方國家這個數字只有40%。由此可見，對於中國譯者而言所面對的翻譯難題不僅僅是語法和句型這麼簡單，最大的障礙是對於文化的翻譯。

　　文化負載詞，顧名思義，是依託於文化存在的一類詞彙。文化負載詞既是文化的載體，也是

[①] 蘭溪，女，文學碩士，四川外國語大學成都學院翻譯系助教。研究方向為英語筆譯。

文化在語言上的縮影。作為語言和文化的交匯點，文化負載詞的翻譯自然非常重要。如何讓沒有相關文化背景的觀眾讀者充分理解這些文化負載詞想要表達的含義不僅僅是一項重要的翻譯課題，也對於文化的傳播發展有著重要的至關重要的作用。

二、文化負載詞

中外多個學者曾對文化負載詞做出定義。蒙娜・貝克說：「原語中所傳達的概念在目的語中完全不存在，這個概念可能是具體的也可能是抽象的，也許是宗教信仰，也許是社會風俗，或者是一種食物，而這種概念就是文化負載。」

文化負載詞，又叫詞彙空缺，顧名思義，原語詞彙所承載的文化信息在譯語中沒有對應的詞。廖七一指出，文化負載詞是標誌某種文化中特有事物的詞，詞組和詞語，反映了特定民族在漫長的歷史進程中逐漸建立累積的，有別於其他民族的，獨特的活動方式。

周志培還根據尤金・奈達對於文化的分類，將文化負載詞分為物質文化負載詞，生態文化負載詞，宗教文化負載詞，語言文化負載詞以及社會文化負載詞五大類。

每一個國家，抑或每一種文化，在長期的發展都有其獨特的宗教信仰、風俗民情、服飾餐飲、禮儀制度，等等，這些都逐漸沉澱、融匯、凝聚到語言當中。無論是傳統的文學出版讀物，還是影視作品都包含著豐富的文化負載詞，這些文化負載詞的翻譯極大地影響著讀者理解這些作品。

三、交際翻譯理論

彼得・紐馬克是英國著名的翻譯學家，其翻譯理論在西方翻譯流派中也獨樹一幟。

彼得・紐馬克首次在《翻譯問題探討》一書中提出了交際翻譯理論。在傳統的翻譯活動中，譯者對於直譯還是意譯一直沒有明確的答案，翻譯方法也是層出不窮。而交際翻譯理論為長期以來一直在意譯和直譯之間搖擺不定的譯者們提供了新的思路。紐馬克認為翻譯的最終目的是「第一，準確；第二，簡潔」。

交際翻譯理論旨在盡可能地在目的語中再現原語讀者所感受到的效果。翻譯的形式可以更自由些，紐馬克認為在使用交際翻譯理論的時候「譯者有權調整原文的邏輯，用更加完整簡練的語言代替複雜難懂的語言，去除晦澀難懂的語言，避免解釋不清的地方」。

對於文化方面，紐馬克也提到，為了方便目的語讀者的理解，「交際理論通過改寫使原文思想和文化語境更易於讓目的語讀者接受」。

交際翻譯理論要求譯者尊重原文，同時充分傳達原文的意義以及其中所包含的文化元素。但

是，在形式上是自由的，可以自由地調整譯文，讓譯文清晰明了地展現在目的語讀者的眼前，這樣一來目的語中就能再現原語讀者所感受到的想聽效果。所以我們說，交際翻譯理論保存了原文在翻譯過程中意義的完整性。

四、交際翻譯理論在《老友記》中文化負載詞翻譯的應用

本文選取《老友記》中的片段作為分析文本。老友記自1994年開播以來，風靡全球，先後在100多個國家上映。直至今日，它仍然是最具影響力的美劇之一。《老友記》以日常生活為題材，包含了大量的文化信息以及文化負載詞，為本文研究提供了大量的材料。

第一季第8集

CHAN：Ok, all right, look. Let's get logical about this, ok? We'll make a list. Rachel and Julie, pros and cons. Oh. We'll put their names in bold, with different fonts, and I can use different colors for each column.

ROSS：Can't we just use a pen?

CHAN：No, Amish boy.

錢德勒：咱們理智點，好嗎？我們來列出朱莉和瑞秋的優點缺點，名字用不同的字體，每一欄用不同的顏色。

羅斯：我們就用筆得了。

錢德勒：不行，阿米什人。

此處，錢德勒想嘲笑羅斯落後，不懂新科技，所以用了阿米什人來諷刺羅斯，起到搞笑的效果。阿米什人（Amish）是美國和加拿大安大略省的一群基督新教再洗禮派門諾會信徒，以拒絕現代設施，過著簡樸的生活而聞名。但是這個概念對於中國讀者而言是非常陌生的。所以，直譯顯然是達不到在原語讀者身上所產生的效果。中國觀眾也不會被逗笑。我們應該趨向中國文化，此處譯為「原始人」。雖然意義上有了一點改動，但同樣表達了不懂科技、落後這樣的含義，中國讀者又能接受，從而產生相同的效果。

第九季第17集

Ross：Unbelievable, my classmates are gonna think I'm dead, my professors, my… my parents are gonna get phone calls. You're messing with people's feelings here.

Chandler：You wanna talk about people's feelings? You should have heard how hurt professor Stern was yesterday when I told him I wouldn't be able to go with him to Key West!

羅斯：難以置信，我的同學會以為我死了，我的教授和父母接到許多慰問的電話，你是在玩弄大家的感情。

錢德勒：你還想談大家的感情？那你就應該知道當我告訴史登教授，我無法和他去西礁度假的時候他有多傷心！

西礁是處在美國佛羅里達州的一個海島，不僅是一個風景秀麗氣候宜人的美麗的海岸城市。但是美國人都知道西礁最出名的是聚集這許多同性戀者。對於不知道這一點的中國觀眾，疑惑為什麼前一句話說錢德勒是同性戀，下一秒筆鋒一轉就說道斯滕教授要約錢德勒去西礁，而此處在原語觀身上產生的幽默風趣的效果也無法產生在中國觀眾身上。我們直接把西礁所代表的意義翻譯出來就會讓中國觀眾理解此處的含義，我們可以把 Key West 譯為「同性戀天堂」。

第八季第 14 集

Monica：How did you get in there?

Chandler：You are messy!

Monica：No, you weren't supposed to see this!

Chandler：I married Fred Sanford.

莫妮卡：你怎麼打開的？

錢德勒：你好亂啊！

莫妮卡：不，不應該看到這個！

錢德勒：我娶了弗雷德・桑福德。

弗雷德・桑福德是 1970 年的熱播美劇《桑福德和兒子》中的一名角色，而這個角色也因為髒亂而深入美國人心，所以在許多美國人心中，佛雷德就是不愛衛生的代表人物。但是對於中國觀眾而言，並不知道這個人是誰，對話中突然出現的這個名字會讓人摸不到頭腦。那麼我們在翻譯的時候不妨譯成是「垃圾大王」這樣中國觀眾就很快能理解到，錢德勒在嘲笑莫妮卡很髒，與平時愛整潔的莫妮卡形成了鮮明的對比。

六、結　語

由於文化的空缺，文化負載詞並不能在目的語中找到直接的對應翻譯。而紐馬克提出的交際翻譯理論強調產生在目的語讀者身上的效果，將原作品中想要呈現的深層意義傳達給目的語讀者，

從而較為完整地保留了原文的意義。這為文化的處理提供了新的思路，也為譯者提供了更大自由發揮的空間。但是紐馬克最初提出，所有的翻譯都必須是準確、簡潔的，所以譯者首先要充分的尊重原文，同時熟練地掌握目的語和原語的文化和語言，才能真正做好翻譯。

參考文獻

［1］Nida, Eugene A. Sociolinguistics as Crucial Factor in Translating and Interpreting ［M］. Shanghai：Foreign Language Education Press, 1994.

［2］Baker, Mona. Routledge Encyclopeadia of Translation Studies ［M］. Shanghai：Foreign Language Education Press, 2004.

［3］包惠南. 中國文化與漢英翻譯［M］. 北京：外文出版社，2004.

［4］廖七一. 當代西方翻譯理論探索［M］. 南京：譯林出版社，2002.

［5］Newmark, Peter. Approaches to Ttranslation ［M］. Shanghai：Foreign Language Education Press, 2001.

［6］Newmark, Peter. A Textbook of Translation ［M］. New York：prentice Hall institutional Ltd, 1988.

Communicative Translation and the Translation of Culture-Loaded Words in Friends

Lan Xi

(*Department of Translation and Interpretation*, *CISISU*, *Chengdu*, 611844)

【Abstract】Culture-loaded words, as an important carrier of culture, convey numerous ethic-distinguished cultural information. Translating them into exact equivalents to deliver the original meanings has become a hot but difficult issue in cross-culture communications. New Mark, put forward the concept of communicative translation, which provides a new way to culture-loaded words translation. The key point of the communicative theory is not only to respect the original texts, but also to transfer the foreign elements into the readers own culture for them to understand without difficulties. In communicative translation, translators need to clarify, modify and reproduce to adapt the thoughts and cultural meanings of the culture-loaded words more accessible to the readers, tailoring to bring the words into equivalent effects.

【Key words】Culture-loaded words; Communicative Translation; *Friends*

教學管理研究

從需求層次理論視角
對高校輔導員需求狀況的調查與分析

四川外國語大學成都學院英語外事管理系　黎　洋[①]

【摘　要】輔導員是高校教師隊伍和管理隊伍的一員，在高校學生管理中發揮重要作用，高校輔導員一般需對高校學生進行日常管理和思想政治教育。輔導員的工作積極性及職業化程度直接關係到高校學生管理工作的效果。要提高輔導員工作的積極性，不容忽視的是先要瞭解輔導員的需求狀況。本文依據馬斯洛需要層次理論，對高校輔導員需求狀況進行調查研究，瞭解高校輔導員真實的需求狀況，以調動輔導員的工作積極性，為高校輔導員激勵機制的構建發揮指導作用。

【關鍵詞】需求層次理論；高校輔導員；需求狀況

一、引　言

2004年10月，中共中央國務院發布了《關於進一步加強和改進大學生思想政治教育的意見》（中發〔2004〕16號），提出要大力加強大學生思想政治教育工作隊伍建設。為深入貫徹16號文件的精神，切實加強高校輔導員隊伍建設，2006年9月，教育部制定了《普通高等學校輔導員隊伍建設規定》，對輔導員要求與職責等提出了明確的規定。教育部還頒發了《加強高等學校輔導員班主任隊伍建設的意見》（教社政〔2005〕2號），明確提出輔導員要向職業化、專家化方向發展，並制定了《2006—2010年普通高等學校輔導員培訓計劃》《普通高等學校輔導員培訓規劃

[①] 黎洋，女，文學碩士，四川外國語大學成都學院英語外事管理系講師。研究方向為比較課程與教學論。

（2013—2017 年）》和《高等學校輔導員職業能力標準（暫行）》（教思政〔2014〕2 號）。依據這些標準和培訓計劃，輔導員隊伍建設取得了積極成效，也為輔導員職業化、專業化道路奠定了堅實的基礎。

隨著高校輔導員職業化改革在各地高校相繼展開和不斷推進，改革之後的效果逐漸顯現的同時，也暴露出了高校輔導員職業化發展過程中的一些問題。瞭解輔導員需求，並結合輔導員的需求和當前職業化發展的要求，進一步推動輔導員職業化專業化發展，已經成為加強思想政治工作隊伍建設的一個重要且緊要的課題。本文基於馬斯洛需求層次理論視角下對高校輔導員需求狀況進行調查，按照馬斯洛需求層次理論進行分析，以調動輔導員的工作積極性，為高校輔導員激勵機制的構建發揮指導作用。

二、馬斯洛需求層次理論

馬斯洛需求層次理論是 1843 年美國心理學家馬斯洛提出的，這位著名的猶太裔人在其出版的《人的動機理論》一書中對馬斯洛需求層次理論進行了詳細的闡述，將馬斯洛理論作為動態變化的框架，根據人們在不同人生階段的需求來進行分析，框架結構是逐漸提高的層次發展的過程。人類的社會生活需要實現生存、安全、自我和歸屬等方面均存在基本需求，而且人們在基本需求的基礎上還具有求知和審美需求，他將求知和審美需求歸於實現自我和尊重需求的內容。從等級劃分來說，這種馬斯洛理論中涉及人類社會生活的需求層次包括：低等級生理需求，如安全感、生存能力、愛和歸屬，這些屬於外界就能夠滿足的需求項目；后兩種尊重、自我實現則為高等級需求，只有在基本需求得到滿足或基本滿足後才能通過自身內部獲得滿足，而且人們對於尊重需求與實現自我的需求是沒有終點和極限的。

三、高校輔導員需求狀況的調查

（一）調查目的

本文旨在從需求層次理論下對高校輔導員的需求狀況進行調查，瞭解高校輔導員真實的需求狀況，以更好地激勵輔導員朝更高層次的需求發展。

（二）調查對象

本文以四川外國語大學成都學院、四川大學錦城學院、四川師範大學成都學院、電子科技大學成都學院、成都信息工程學院銀杏酒店管理學院為對象，對 150 名輔導員發放問卷調查（見

表1），其中回收的有效問卷是150份，問卷回收率為100%。

表1　　　　　　　　　　　　　　調查對象

學校	四川外國語大學成都學院	四川大學錦城學院	四川師範大學成都學院	電子科技大學成都學院	成都信息工程學院銀杏酒店管理學院
男性	10人	12人	11人	13人	13
女性	25人	15人	17人	16人	18
合計	35人	27人	28人	29人	31

（三）調查實施

問卷是以馬斯洛需求層次理論為基礎，從生理需求、安全需求、歸屬和愛的需求、尊重需求和自我實現需求五個層面去設計，對五所獨立學院輔導員的需求狀況進行調查問卷。問卷共有27個問題，分為兩個部分：第一部分為1~5題，是對輔導員的基本信息進行調查，包括性別、年齡、學歷、職稱、工作年限；第二部分為6~27題，是對輔導員需求狀況進行問卷調查。其中第6題、13題、16題、17題、22題、27題為多選題，其餘為單選題，受試者根據自己的實際情況做出相應的選項即可（見表2）。問卷於2017年3月發給研究對象填寫，並當場收回。填寫前，筆者解釋了有關要求以消除誤差。由於筆者在統計技術上的局限，採取統計各項人數所占百分比的方式進行分析。

表2　　　　　　　　　　　各需求層次調查表題號

需求層次	題號
生理需求	6、7、8、9、10、11
安全需求	12、13
歸屬和愛的需求	16、17、18、19、20、21、22、23、24
尊重需求	14、15
自我實現的需求	25、26、27、28、29

（四）數據分析

問題1~5題是對輔導員基本信息的一個調查（見表3）。調查發現，在從事輔導員工作的人中，女性比男性的數量多，占60.7%；年齡結構也呈現年輕化，這也是輔導員隊伍不穩定的因素之一；在輔導員隊伍中，有74.3%的是本科學歷，有25.7%的是研究生學歷，沒有專科和博士學歷；在職稱方面，助教多於講師，占52.3%，副教授只有1.5%，沒有教授；工作了3~5年的輔導員在調查中占到43.7%，5年以上的只有9%，其餘工作年限在1~3年。

表3　　　　　　　　　　輔導員基本信息的調查結果

題號	題目	A	B	C	D	E
1	您的性別	39.3%	60.7%	0%	0%	0%
2	您的年齡	35%	45%	12%	8%	0%
3	您的學歷	0%	74.3%	25.7%	0%	0%
4	您的職稱	16%	52.3%	30.2%	1.5%	0%
5	您的工作年限	16%	32.3%	43.7%	9%	0%

問題6~11題是針對輔導員的生理需求進行的設計（見表4）。不難發現，由於當前的輔導員年齡結構比較年輕，職稱較低，導致他們的工資普遍較低。有80%的輔導員在生活方面主要的困擾因素是經濟收入，65%是住房問題，這個在30歲以下的輔導員中所占比例較大；有75.8%的輔導員對他們的經濟收入都是不滿意的；有72%的輔導員表示他們的收入主要來源是基本工資和補貼，只有5%的輔導員是有績效工資或其他獎金福利的；有74.8%的輔導員的月經濟收入在學校中屬於低收入；高達92.8%的輔導員認為他們的收入和付出不成正比，收入遠遠小於他們的付出。以上數據體現出大多數輔導員都渴望在待遇方面得到有利的保障。

表4　　　　　　　　　　輔導員生理需求層次的調查結果

題號	題目	A	B	C	D	E
6	您在生活方面主要的困擾因素	80%	66.5%	65%	45%	40%
7	您的月經濟收入範圍	9%	40%	45%	6%	0%
8	您對您的經濟收入滿意度	75.8%	22.4%	2.3%	0.5%	0%
9	您的收入來源	23%	72%	3.6%	1.4%	0%
10	您的月經濟收入在您的學校中屬於	74.8%	24.6%	0.6%	0%	0%
11	您覺得你的收入和付出的比例	92.6%	7.4%	0%	0%	0%

問題12~13題是針對輔導員安全需求層次進行的設計（見表5）。根據調查結果，剛剛過半的輔導員能感受到上級領導對他的關懷，33.5%的輔導員很少能感受到，還有9.3%沒有感受到；由於絕大多數輔導員的工作時間較長，輔導員留在辦公室的時間甚至比在家的時間還長，可以看出輔導員都希望有一個乾淨整潔、配套齊全、空間寬敞、通風明亮的辦公室環境，有92%的輔導員都對配套設施尤為看重。以上數據說明輔導員在開展日常工作的同時，希望在安全需求層次上得到來自領導的情感激勵和一個良好的工作環境。

表 5　　　　　　　　　　　　　輔導員安全需求層次的調查結果

題號	題目	A	B	C	D
12	上級領導對您工作生活上的關懷程度	9.3%	33.5%	50.2%	7%
13	您對辦公環境的要求	85%	92%	80%	76%

　　問題16~24題是針對輔導員歸屬和愛的需求層次進行設計的（見表6）。16、17題是多選題，在工作方面的主要困擾因素集中在專業職稱晉升渠道不通暢和職務晉升困難，分別占到83%和85%；輔導員事務性工作較多和發展前途不明確是影響工作積極性的主要因素，分別占到92%和88%；62.8%的輔導員希望多參加培訓，並認為非常有幫助；在業務培訓方面，參加30次以上的所占比例稍高，應該是和問周一次的業務培訓的相關要求有關，但同樣8.5%的輔導員參加培訓次數低於10次；但在進修方面則呈現和培訓完全相反的情況，84.8%的輔導員參加進修的機會低於5次；93.4%的輔導員願意提升學歷和職稱；22題為多選題，對於學校幫助提升學歷和職稱方面，各選項的比例都很高；基本上職稱為講師以上的輔導員，都有相應的科研成果，但比例也較少，只占31.7%；62.3%的輔導員希望參加教學和科研項目。以上數據說明輔導員主觀上是希望對輔導員這一職業和對所在學校有歸屬感的，也希望從中得到認可並有展示的平臺。

表 6　　　　　　　　　　　　　輔導員歸屬和愛的需求層次的調查結果

題號	題目	A	B	C	D	E
16	您在工作方面的主要困擾因素	61%	83%	59%	85%	63%
17	您認為影響工作積極性的主要因素	92%	88%	76%	72%	72%
18	您認為輔導員培訓對於提升輔導員專業素養、促進職業發展能否起到實際作用，您是否願意參加	62.8%	22.4%	7.3%	1.5%	6%
19	您從事輔導員工作以來，您參加輔導員業務培訓的次數	8.5%	9.3%	30.2%	52%	0%
20	您從事輔導員工作以來，您參加進修的次數	84.8%	14.6%	0.6%	0%	0%
21	您希望提高學歷和職稱嗎	5.4%	1.2%	93.4%	0%	0%
22	您希望學校在提升學歷和職稱方面提供的幫助有哪些	86.2%	74.3%	93.4%	74%	0%
23	在思想政治教育領域，您有科研成果嗎	68.3%	31.7%	0%	0%	0%
24	您希望參與教學和科研立項嗎	20.8%	17.9%	62.3%	0%	0%

　　問題14~15題是針對輔導員尊重需求層次設計的，主要是在輔導員的准入和選配制度方面做調查（見表7）。根據相關文件要求，學生與輔導員的配比應不低於200：1，結果表明88.6%的輔導員都是符合該配比要求的，但仍然有2.3%的輔導員低於此配比，有9%高於此配比；由於輔導員的工作有關於大學生的思想政治教育工作，所以在專業方面應該有所要求，但結果顯示76%的

輔導員都不具備相關專業的系統學習。

表7　　　　　　　　　　　輔導員尊重需求層次的調查結果

題號	題目	A	B	C	D	E
14	目前您所帶學生人數	2.3%	88.6%	8.2%	0.9%	0%
15	您的專業	0.5%	9.2%	12.6%	1.7%	76%

問題25~29題是針對輔導員自我實現層次進行設計的（見表8）。根據數據分析，66.3%的學校對輔導員由考核體系，但輔導員認為不合理；在考核體系對工作報酬和職位提升的影響方面，「影響一般」「影響較小」「無影響」分別占28%、26%和25%，說明考核體系沒有發揮出應用的作用；53%的輔導員沒有一個清晰的職業規劃；96.6%的輔導員希望在職業規劃方面能夠得到學校的幫助。以上數據說明輔導員希望得到自我實現的需求是十分強烈的。

表8　　　　　　　　　　　輔導員自我實現需求層次的調查結果

題號	題目	A	B	C	D	E	F
25	學校對輔導員有考核體系嗎您認為合理嗎？	20%	66.3%	13.7%	0%	0%	0%
26	您認為考核體系對工作報酬和職位提升有影響嗎	9%	12%	28%	26%	25%	0%
27	您希望對以下哪些方面進行考核	85.8%	82.4%	82.3%	85%	85%	80%
28	您的職業規劃清晰嗎	53%	45%	12%	0%	0%	0%
29	您希望學校對您的職業規劃提供幫助嗎	2.8%	0.6%	96.6%	0%	0%	0%

（五）調查結論

通過對高校輔導員需求狀況的調查和數據分析，我們可以看出：

（1）生理需求層析方面。大多數輔導員對目前的經濟收入是不太滿意的，他們認為付出遠遠大於收入，在學校中低收入的狀態讓他們很難對輔導員這個職業有認同感。

（2）安全需求層次方面。輔導員工作時間較長，且擔負的責任重大，這無疑對輔導員自身的心理素質要求較高。他們渴望在工作的同時，能夠感受到上級領導的關懷，可以多鼓勵他們，為他們排解心理壓力，同時也希望擁有一個良好的工作環境，更好地開展日常工作。

（3）歸屬和愛的需求層次方面。大多數輔導員由於管理體制不合理、專業職稱晉升渠道不通暢、本身事務性工作較多、發展前途不明確等原因，對輔導員這一職業的歸屬感不強。他們也希望能到得到學校提供的幫助，願意參加業務培訓，提升自己的學歷和職稱，參與教學和科研立項，真正朝職業化專業化方向發展。

（4）尊重需求層次方面。大多數輔導員和學生的配比基本符合要求，但由於輔導員本身專業受限，沒有系統地進行思想政治教育、心理學、教育學、管理學、哲學等相關專業的學習，在管理學生時顯得捉襟見肘，很難在專業上取得學生的尊重。

（5）自我實現需求層次方面。輔導員兼具教師和幹部的雙重身分，大多數輔導員希望自己能夠在工作上有成就感，但同時更希望有一個合理的考核體系對於他們付出的工作給予肯定和認可；也希望學校在輔導員職業規劃上給予幫助，實現他們的自我價值。

三、結　語

高校輔導員是高等學校人力資源非常重要的構成部分，除了承擔思想政治教育工作之外，還承擔著日常工作管理的重任。從這個層面上來說，輔導員隊伍能否實現穩定，其工作積極性是否能獲得有效激勵，直接關係到高校學生管理工作質量的提升。基於此，瞭解輔導員的真實需求，對高校輔導員職業化發展就顯得很重要。馬斯洛需要層次理論主要立足於從人的需求出發，在調動及激發人的積極性方面具有較為明顯的啓發作用。本文通過對輔導員需求狀況的問卷調查，在需求層次理論視角下對高校輔導員需求狀況進行數據分析，希望能為高校輔導員隊伍管理與職業化發展提供較有利的輔助材料。

參考文獻

[1] 馬斯洛. 馬斯洛人本哲學［M］. 成明，編譯. 北京：九州出版社，2003.

[2] 亞伯拉罕·馬斯洛. 動機與人格［M］. 北京：中國人民大學出版社，2007.

[3] 丁蘭芬. 馬斯洛需要層次理論在高校教師管理中的運用［J］. 繼續教育研究，2003（2）：107-109.

[4] 胡萬鐘. 從馬斯洛的需求理論談人的價值和自我價值［J］. 南京社會科學，2000（6）：26-30.

[5] 雷娟. 論馬斯洛的需要層次理論對大學生思想政治教育的啟示［J］. 江漢石油職業大學學報，2008（5）：27-29.

Research and Anylysis on the Demand Condition of Private College Counselors Under Hierarchy Theory of Needs

Li Yang

(*English Department of Foreign Affairs Administration, CISISU, Chengdu, Sichuan, 611844*)

【Abstract】 Counselors are an important part of the teaching staff and management team of colleges and universities, and they bear the important task of ideological and political education and daily work management in private colleges. It is important to study the demand condition of private college counselors for motivating their enthusiasm. Maslow's hierarchy theory needs to reflect the common law of human behavior and mental activity to a certain extent. The research is engaged in analyzing the data about the demand condition on Maslow's hierarchy theory needs. It has a certain inspiration effect on motivating people's enthusiasm and construction of incentive mechanism of private college counselors.

【Key words】 Maslow's theory of hierarchy of needs; College counselor; Demand condition

從文化角度淺析高爾夫運動在中國的發展狀況

四川外國語大學成都學院體育部　許　可[①]

【摘　要】高爾夫文化是高爾夫運動的重要組成部分，也是一個國家或地區高爾夫運動發展是否良好的重要參考指標。本文通過對高爾夫文化的歷史發展進程分析，並與中國現階段社會文化相比較，找出一條適合中國具體國情的高爾夫文化建設道路。經過30多年的發展，中國在高爾夫文化建設方面取得了很大成績，但是在文化定位、輿論導向、監督管理、群眾基礎等方面仍非常落后。因此，本文對中國高爾夫運動在文化角度方面進行了分析，這對進一步完善高爾夫運動的理論研究，促進高爾夫這項運動的發展具有積極作用。

【關鍵詞】高爾夫文化；高爾夫運動；文化角度；發展

　　現代高爾夫運動誕生於14世紀中期的蘇格蘭，它是牧羊人為打發業餘時間和寒冷的天氣所發明的鄉間遊戲。這種消遣性極強的民間遊戲，后因知識分子的介入和貴族的喜愛和推廣，風靡了整個歐洲以至全世界，成了我們所熟知的「高爾夫運動」。也從那時起，它便貼上了「貴族運動」「紳士文化」的標籤。高爾夫運動與中國頗有歷史淵源，它與中國古代「捶丸」極為相似，而現代高爾夫運動真正傳入中國並開始發展是在1984年，隨著中國經濟實力的不斷提升，人們的生活物質水平的不斷豐富，整個社會文化大環境也在發生著巨大的變化。社會文化是高爾夫文化的土壤並決定其走向，因此，高爾夫文化在中國的傳播和發展過程中遇到什麼問題、面臨哪些困境，都是值得我們思考的問題。

[①] 許可，男，教育學碩士，四川外國語大學成都學院體育部講師。研究方向為體育史。

一、高爾夫文化在中國的發展特徵

（一）高爾夫文化建設在中國所取得的成績

1. 高爾夫人口及球場規模的大幅度增加

高爾夫運動在中國屬於「新興產業」且起步較晚。1984 年，由著名愛國企業家霍英東先生投資的中國第一家高爾夫俱樂部——廣東中山高爾夫鄉村俱樂部的成立，才真正標誌著現代高爾夫運動在中國的開始。1985 年 5 月，中國高爾夫協會正式成立，這在官方上開始指導中國高爾夫事業的發展，也從那時起慢慢走近國人的視野，從陌生的體育項目開始慢慢被熟知。20 世紀 80 年代以來，高爾夫運動在中國飛速發展，從最先的寥寥無幾的幾個球場到 2015 年年底，全國有超過 700 家高爾夫球場（球會）、接近數千萬的高爾夫愛好者。高爾夫運動在中國這 30 年的發展取得的成就是有目共睹的，在參與人口數量、球場建設、比賽數量及規模、競技水平等方面較以往都有了巨大的提升。

2015 年的《中國高爾夫行業報告》白皮書指出：近五年來，在經濟發達的沿海地區，高爾夫人口快速增長，平均每年增長率約為 25%。而北京、上海、廣州等大城市，隨著經濟引擎的繼續發力，參與高爾夫運動的人口年均增長約為 40%。經濟學家遲福林認為：中國潛在的高爾夫消費人群是 2,000 萬，2020 年可能達到 5,000 萬。在有的地區，有的高爾夫運動也已成為體育運動的常態。高爾夫球場及會所的建設在提升城市品質、吸引外資方面具有很大的城市功能。預計在未來十年，將還出現大量的高爾夫運動人口，前景是美好的。

2. 賽事類型和數量明顯增長

從 1986 年 1 月 25 日，「中山杯」職業/業餘國際邀請賽在中國首個高爾夫俱樂部——廣東中山溫泉高爾夫俱樂部舉行至今，在 30 多年的時間裡，中國高爾夫在賽事方面取得了巨大成績，有了很大突破。由中國高爾夫協會舉辦的官方賽事來看，國際國內賽事一般分為男子職業賽事、女子職業賽事、青少年賽事以及俱樂部賽事、業餘及教練賽事。2015 年發布的《中國高爾夫行業報告》顯示，現階段高爾夫賽事的數量每年均以 10% 的速度增長，青少年賽事和業餘賽事成為賽事增長的主力軍。與此同時，目前中國有數百萬人參與高爾夫球運動，而運動員及相關專業人員在過去兩年間也以 40%～50% 的速度激增。賽事運動的發展促進了人們更加廣泛地參與到高爾夫這項運動中來，而人數的增多也相應地提高了賽事的比賽規模和數量。

3. 市場開發初具規模

高爾夫的發展與市場經濟史密不可分的，這也是高爾夫能否在中國發展壯大的一個很重要方面。在市場開發方面，中國高爾夫協會先後與世界知名品牌 VOLVO、歐米茄、匯豐銀行等建立起戰略合作夥伴關係，拓寬市場渠道。同其他國家和地區協會共同創造巡迴賽組織（如美巡賽、歐

巡賽等），共同開拓國際職業賽市場。中高協先後與實力較強的集團企業合作，成立培訓基地和培訓學校，如安徽基地、南山培訓學校和訓練基地等。通過與上海通用汽車、中信銀行、美的、東方集團、世星集團等企業合作，進一步通過市場化運作，創新和完善了項目的賽事體系和培訓體系。在探索適合中國具體國情的高爾夫之路上，始終堅持創立和樹立自己的品牌，將自己的品牌發揚光大並具有國際影響力。

通過這些賽事，利用媒體的宣傳吸引世界各國優秀職業選手前來參加，不僅可以獲得贊助商的大力支持，也可以通過轉播、門票等讓自己獲得利潤。俱樂部組織的以會員和嘉賓為主的比賽，以名人效應來擴大自己的影響力。在「會員制」方面，出抬更多的優惠政策和銷售模式，盡量在不影響比賽的情況下讓人民大眾廣泛參與、廣泛接觸，無論是在對自身的知名度還是這項運動的本身發展都有很好的促進作用。

（二）高爾夫文化建設在中國面臨的問題

1. 思想觀念上認識偏差

中國是一個幾千年農耕文明的國家，人們自古以來把土地資源作為自身賴以生存和發展的基礎，而高爾夫運動又是一個對土地資源相對要求很高的體育項目，大眾認為用大量的土地資源去為極少數人服務，首先在思想上與民眾傳統相背離，認為那是「有錢人的運動」，不是人們大眾所能參與的。其次是在感情上無法接受，民眾傳統觀念認為土地應是發展生產的，而不是用大量的面積去搞一個看似與自己好不著邊的體育項目。這都是中國傳統觀念對現代高爾夫本質的歪曲理解。

從高爾夫這個體育項目來說，其運動本身是沒有貴賤之分的，高爾夫本源於民間，由於皇室的喜歡和推波助瀾才得以普及，最后由於殖民和教會擴張才帶到了全世界，從那時起，高爾夫便深深烙上了「貴族」的標籤。從 20 世紀 80 年代至今的 30 多年中，中國對於高爾夫的宣傳更多還是在技術和賽事上面，對於其獨特的魅力和內在精神並沒有得到很好的宣傳，導致群眾對於這項運動認識膚淺，人們在思想觀念上與其相抵制。這其實都不是高爾夫這項運動的本質，也可以說不是體育運動的本質，其高爾夫精神和文化尚未能深入人心，這些觀念的存在對高爾夫運動的發展、普及和推廣有很大的阻礙作用。

2. 文化環境相對滯后

高爾夫規則裡開篇中便指出：高爾夫精神為誠信、自律、主動為他人著想。中高協在此基礎上繼續昇華：高爾夫精神為誠信、自律、包容、進取。現代高爾夫運動之所以能夠在全球流行的一個很重要的原因是它蘊含的禮儀、規則和紳士文化，在過程中不斷挑戰自己，自律、自信等形成了高爾夫運動獨特的文化。然而，在中國的很多高爾夫球場，很多的高爾夫參與者並不理解或並不注意高爾夫運動的禮儀規則，將球場外的陋習帶到運動或比賽中去，如謾罵球童、大聲喧嘩、衣著不得體、隨意改動球的位置等，種種不良行為不僅影響了俱樂部打球的氛圍，而且影響了其

他高爾夫參與者的心情，有些甚至會產生傳播和傳染的效果。當前，中國很多高爾夫球會存在這樣一個現實：由於其本身營運成本較高，對很多會員的失範行為經常採取容忍態度，對發生的不妥行為並沒有有效制止，對高爾夫運動文化的失範行為也沒有有效的糾正，這也加劇了社會大眾對高爾夫運動的誤解更深，從而使得中國高爾夫運動異化為炫耀或宣洩的象徵。

3. 文化定位脫離實際

現代高爾夫運動在中國的正是發展是在20世紀80年代中期開始，距今時間三十多年，發展時間短又因為其開始的錯誤定位，將其高端化、突出的商務功能，從而造成了社會大眾對高爾夫運動的歪曲理解，對一項運動的誤解更會加大對其中禮儀規則和文化的缺乏瞭解。高爾夫運動本是一項非常健康、向上、熱愛自然和生活的體育運動，它不僅能修養身心、鍛煉意志、注重禮儀，而且還是一項傳播社會文明、促進社會文化的體育運動。在過去，曾對社會認同度有過專門調查，其結果顯示，高爾夫職業球員、俱樂部會員、俱樂部工作人員和普通民眾對高爾夫這項運動的認識具有很大的差異，群眾基本上並不瞭解高爾夫這項運動，其比例大大超過了預期。然而對高爾夫的內涵、性質及規則禮儀等更深層次方面也很少考慮，這其中超過一半的市民表示從未考慮過高爾夫球運動的相關問題，這對於高爾夫的普及程度看是一個非常嚴峻的現實。因此，當人們將高爾夫運動作為一項身分象徵炫耀的時候，其實是人為地將它定義，將其原本高雅的文化底蘊隨之拋棄。可以說中國高爾夫球員行為的失範和社會大眾對高爾夫運動的偏見在某種程度上顯示出中國高爾夫運動文化的普及程度還不夠。

二、中國高爾夫文化發展對策

（一）加快高爾夫文化建設

政府和媒體應加大高爾夫的社會功能進行宣傳，它所包含的文化、健身、休閒、娛樂等功能對於人們的業餘精神文化豐富有非常大的促進作用。另外，利用多方渠道建立高爾夫的社會文化組織，重塑健康文明的文化氛圍，迴歸於高爾夫自身的運動本質。一方面，在加快建設文化的同時鼓勵「引進來」，即把國外先進的管理經驗、先進的后勤保障、先進的球場維護水平和優秀教練等引入國內，更好地為中國高爾夫運動服務；另一方面，鼓勵「走出去」，即中國的職業運動員和教練員應多走出去比賽，累積賽場經驗和管理經驗。中國的高球運動贊助商業務也應走出去，同國外選手一起同臺競技，提高中國品牌的賽事文化和影響力。另外應從文化和理論層面加大理論探索和創新，探索出一條符合中國國情的高爾夫發展道路。

（二）加大中國高爾夫運動的賽事發展

在2016年的里約熱內盧奧運會上，中國第一次以國家隊名義參加高爾夫比賽項目，並且在女

子比賽中取得了一枚寶貴的銅牌。高爾夫迴歸奧運會和中國運動員取得的優異成績將大大促進中國高爾夫賽事的發展，在 2009 年高爾夫被確定為下兩屆奧運會的正式比賽項目後，對於我們來講是一個難得發展契機，因此，中國政府對於高爾夫的發展開始逐漸規範和重視。在政策方面，國務院〔2009〕41 號文件發布了《國務院關於加快發展旅遊業的意見》，值得注意的是，對高爾夫這項體育活動一貫使用的「禁止、嚴禁、限制」等詞彙已經改換為「規範發展」了，這是「入奧」以來中央政府以官方的形式首次以正面回應高爾夫運動。這將是巨大的發展機會，也是重大的好消息。另外在競賽方面，在這次奧運會上，中國高爾夫運動員首次參戰便取得了銅牌的好成績，不得不說是歷史性的一大突破，也為后面的訓練和比賽增強了信心。這對於高爾夫運動在中國的宣傳和認知度方面都有很大的提升，此外，中高協賽事體系也在逐步擴大，每年的賽事活動也在逐步增多。因此，要抓住難得的機會，加大對高爾夫運動的發展。

（三）普及和推動大眾化、群眾化參與水平

群眾和大眾化參與水平是高爾夫運動發展的生命線，群眾參與熱情的高低也直接決定在高爾夫運動在職業道路、賽事推廣、文化建設等方面的好壞。第一，要加大對群眾的正確輿論引導，瞭解這項運動的魅力，使其有一個正確的認識。第二，改變客戶定位及營運模式轉型，球會及俱樂部降低入會及練習場收費標準或者採取更能吸引的方式讓人民群眾廣泛地參與這樣運動中來。第三，多建設迷你高爾夫球場、高爾夫體驗區和室內模擬練習球場等，這樣不僅節約建設成本、節約土地資源，還能降低收費要求，便於隨地開展。第四，要在青少年這一群體中廣泛宣傳，讓他們從這一運動中產生興趣，從小獲得「紳士文化」「禮儀文化」的熏陶，教育要從娃娃抓起，而高爾夫運動更要從娃娃抓起，可採用體育課、夏令營或戶外拓展等形式從小進行正面的培養和熏陶，從而保證中國高爾夫運動后繼有人，能夠持續推動和發展中國的高爾夫事業。

參考文獻

[1] 盧元鎮. 謹慎的迂迴——中國發展高爾夫之路 [J]. 體育文化導刊, 2004（4）：12-13.

[2] 吳亞初. 試諭高爾夫文化的歷史演變與社會發展的特徵 [J]. 浙江體育科學, 2003（6）：1-3.

[3] 吳亞初. 現代高爾夫運動發展特徵及社會屬性之窺見 [J]. 北京體育大學學報, 2003（3）：321-322.

[4] 周浦. 淺談高爾夫文化 [J]. 體育世界（學術版）, 2010（7）：107-108.

Analysis on the Development of Golf in China from the Cultural Perspective

Xu Ke

(*Department of Physical Education, CISISU, Chengdu, Sichuan, 611844*)

【Abstract】 The golf culture is an important part of the sport of golf, golf is also an important reference index for the development of a country or region is good or not. Based on the analysis of the golf culture history of the development process, and present social and cultural comparison. We can find a suitable way for the specific conditions of the Chinese golf culture construction road. Through 30 years of development, China has made great achievements in the construction of the golf culture, but in the cultural orientation, public opinion, supervision and management, the masses foundation is still very backward. Therefore, based on the analysis of China's golf movement in the cultural perspective, it heeds to further improve. The theoretical research on the movement of has a positive effect on the development of golf.

【Key words】 Golf culture; Golf sport; Cultural perspective; Development

體育課程資源的內涵及開發利用問題的實踐探索

四川外國語大學成都學院體育部　吳奎忠[①]　陳秋麗[②]

> **【摘　要】**課程資源是學校順利開展課程教學活動的基礎，開發、利用課程資源是學習型社會對現代教育的挑戰，同時也是現代人才培養的基本要求。積極開發體育課程資源能夠讓體育課程資源的教育價值得到最大限度的發揮，是促進學校體育課程建設，實現體育課程目標的基本保障。本文以課程理論為指導，首先對體育課程資源的內涵、體育課程資源開發利用原則進行了分析，並在此基礎上闡述了體育課程資源開發利用過程中存在的問題，提出了拓展體育課程資源開發利用的相關途徑，以期為體育課程資源的開發利用提供一定的理論借鑑。
>
> **【關鍵詞】**體育；課程資源；開發利用；內涵

在中國基礎教育改革的持續推進下，課程資源的開發、利用問題也逐漸引起了教育學界的廣泛關注。課程改革是推進素質教育的核心內容，其強調課程資源在這一過程中的重要作用，國內各學科的專家學者都紛紛認識到了課程資源開發的重要性，並嘗試對自身學科的課程資源開發理論與實踐進行有益的探索。但是，目前來看，中國對於課程資源開發的研究還處在初級階段，特別是有關體育教育的課程資源開發研究更是近乎空白。鑒於此，探索體育課程資源開發利用的理論與實踐問題具有重大現實意義。

一、體育課程資源的內涵闡釋

課程資源指的是對課程實施、課程生成有益處的所有因素與條件的總和，如課程要素來源、

[①] 吳奎忠，男，教育學碩士，四川外國語大學成都學院體育部講師。研究方向為體育課程資源的發展及利用。
[②] 陳秋麗，女，教育學碩士，四川外國語大學成都學院體育部講師。研究方向為體育營運與管理。

課程實施條件等。體育課程資源作為課程資源的一個重要分支，其本質是課程資源，從課程資源的定義可將體育課程資源的內涵闡釋為：對體育課程的實施、生成有益處的所有因素與條件的總和，如體育課程要素來源（體育學科知識、體育技能、體育學科經驗、體育教學方法、體育課程培養目標等），體育課程開展的相關條件（體育器材、體育教師、體育場地等）。

根據體育課程資源的性質、特點的不同可進行分類，但目前尚無統一的體育課程資源分類標準，人們多根據研究需要來對其進行分類。有學者從功能、特點出發將體育課程資源分為素材性和條件性兩類，前者包括運動項目、體育知識、體育經驗與技能等，后者包括體育場地、體育器材、體育師資等。還有人從空間分佈角度把體育課程資源分為校內課程資源和校外課程資源。根據資源性質的不同，可分為自然課程資源（如大自然中的湖、河、山等）、社會課程資源（如圖書館、體育場館等）。從資源存在方式角度可分為顯性和隱性兩類課程資源，前者包括體育器材、場地、教材等，后者包括體育經驗、校園體育氛圍等。另外，還有人按照管理要素的不同，將體育課程資源分為人力資源（如學生、體育教師、家長等）、財力資源（如體育經費、社會贊助費等）、物力資源（體育場地、設施等）、信息資源（體育知識、體育書籍等）。

二、體育課程資源開發原則

積極開發體育課程資源能夠讓體育課程資源的教育價值得到最大限度的發揮，是促進學校體育課程建設，實現體育課程目標的基本保障。體育課程資源來源廣泛、種類多樣，在對這些體育課程資源進行開發利用時，要提高資源的利用效率就必須遵循一些特定的原則。具體原則如下：

（一）目標導向原則

進行體育課程資源開發是為了促進體育課程目標更快、更好的實現，所以在開發、利用體育課程資源前必須明晰相關體育教學內容所要達到的教學目標，然后再根據這一目標有針對性地對體育課程資源進行選擇、開發與利用。以籃球教學為例，掌握相關籃球文化知識是該教學內容需要達到的教學目標之一，要達到這一教學目標，教師在教學過程中就應當選擇與籃球文化知識相關的體育課程資源，比如籃球的歷史淵源、國內外籃球運動開展情況、籃球賽事評論等。由此可見，體育課程資源的開發利用，首先必須以課程目標、教學內容為基礎，堅持以教學目標為導向，合理篩選體育課程資源，以實現課程資源的有效利用。

（二）經濟性原則

體育課程資源的開發利用離不開人財物等方面的支持，但是從中國學校體育教育的現狀來看，多數學校的體育教育經費都較為緊張，能夠用於體育課程資源開發的財力十分有限。另外，中國

各級學校體育教師的專業素質整體偏低，體育課程資源開發的人力支持相對欠缺。從中國學校體育教育的現狀來看，進行體育課程資源開發有必要充分考慮到「投入與產出」的比例，盡量實現以最少的投入換取最大的教育效果，即體育課程資源開發利用要遵循經濟性原則。具體來說，體育課程資源開發利用要充分利用自身優勢和本地資源，盡可能地使用校內的、本地的體育課程資源，就地取材，比如將學校周圍的空地改造成體育場地，利用廢舊輪胎製作體育教學工具，等等。

（三）安全性原則

青少年學生尚處在身心發展的關鍵時期，在青少年中開展體育課程教學的最終目的也是為了促進學生身心的健康發展，所以保證學生安全是體育課程資源開發利用必須遵守的原則。體育課程通常都在室外進行，教學環境較為開闊、複雜，學生發生意外事件的風險也相對較高。尤其是一些自然的體育課程資源（如滑冰、遊泳、攀岩等），在對其進行開發利用時更要做好安全措施，以保障學生在運動過程中的安全。同時，體育教師在利用各種體育課程資源時，也要對學生進行安全教育，讓學生牢固樹立安全意識，從而在保障學生安全的前提下，讓體育課程資源最大限度地發揮出體育教育作用。

三、體育課程資源開發存在的問題

在體育課程資源的開發利用實踐中，暴露出了諸多問題，歸結起來主要體現在以下三方面：

（一）對體育教材的加工與挖掘不足

長期以來，不少體育教師對於體育課程概念都存在著誤解，他們普遍認為體育課程就是教育部根據教學計劃編寫的體育教材，這種對體育課程概念認識的不全面導致了體育教師對教材的盲目信服，認為教材就是不容置疑的權威，從而在教學過程中出現刻板、教條，重知識輕個體差異的現象。在體育課程資源的開發利用中，教師的創造性得不到充分的發揮，對教材的運用也做不到靈活、機動，在實際教學中甚至還會出現直接套用教材的現象，教師對體育教材的加工不足，更談不上對教材進行深度的挖掘與補充。基於體育教師對體育課程資源認知的不同，在面對相同的體育教材時就會有截然不同的表現，教學效果自然也大相徑庭。

（二）體育課程資源開發利用不夠深入

實踐發現，體育課程資源的開發利用普遍存在著深度不足、範圍不廣的問題，不少體育教師能利用、會利用的體育課程資源只有體育教材，眼中只看得到校園內的運動場，對於周圍其他可利用的體育課程資源則視而不見。比如對體育發展動態不聞不問，疏離大自然，一些學生甚至

連中國在 2016 年奧運會上奪得幾枚金牌都不知曉。體育教師對體育課程資源利用的不足，容易將學生孤立起來，學生無法接觸到外界豐富多彩的體育世界，自然也就難以激起學生的體育鍛煉興趣，從而在體育課堂上表現得消極、懈怠。

（三）體育課程資源的開發利用能力不足

按照教學計劃開展教學工作是中國體育教師長期以來養成的習慣，完全根據教材內容來進行教學，並未認識到其他體育課程資源在教學活動中發揮的重要作用。在新課改背景下，體育教師這種被動、刻板的教學態度與教學方式已然不能適應學生發展需要，新課標賦予了體育教師課程管理權力，要求體育教師同時肩負起課程實施與開發的雙重職責。體育課程資源具有內容生動、精彩、豐富多樣的特點，課外體育活動、運動會、體育賽事、體育新聞等都是可利用的課程資源。但是，大部分的體育教師都不具有強烈的體育課程開發意識，且課程資源開發利用能力有限，很多具有體育教學意義的課程資源得不到有效利用，體育課程資源的豐富性、開放性得不到充分體現，所以造成了體育課堂原本枯燥、乏味的局面並未得到改善。

四、拓展體育課程資源開發利用的途徑

（一）統籌校內外體育課程資源

全民健身運動的開展，極大地增強了人們的健身意識，促進了社會體育事業的發展，校外體育鍛煉設施、場所也越來越多，學生參與校外體育活動的積極性也在明顯增強。在此背景下，學校應當對校外體育課程資源的開發利用引起高度重視，做好校內外體育課程資源開發利用的統籌發展，充分利用校內外的體育場地、體育設施進行體育教學，促進學生健康發展。對於校內外體育課程資源的綜合利用，也必須分清主次，占主要地位的仍然是校內體育課程資源，而校外體育課程資源則以輔助、補充作用為主，其在加深體育課程資源開發深度，拓展課程資源開發廣度方面發揮著重要作用。

（二）優化物質與非物質體育課程資源

體育課程資源是由物質資源（如地理資源、物力資源、人力資源）和非物質資源（如體育知識、體育經驗、體育思想）兩部分組成，在開發體育課程資源的過程中應當把握好課程資源的核心內容，分清主次，從而對這兩類課程資源進行有效整合與優化。對於非物質資源體育課程思想資源的開發利用應將當重心放在指導思想與體育教育理念的培養上。對於體育課程知識資源的開發利用，首先要明確其在課程資源開發利用中的核心地位，體育教材始終是開展體育教學活動的主要依據。體育教材的開發利用，首先要對其編寫結構進行優化，根據當地的體育教育實際情況，

合理制定基礎內容與選編內容的比例，對原有教材進行修正、改進，以提高體育教材質量。教師對於體育教材的加工，應當根據學生特點、教學任務，充分發揮自身創造性有針對性地、有重點地進行加工，從而讓教材的實施更加符合學生需要。對於物質資源體育人力資源的開發，要追加體育人力資源投入，這既包括財力方面的投入又包括情感方面的投入，比如提高體育教師的薪資待遇，提升體育教師在學校中的地位，改善體育教師的工作環境等，以激發體育教師的工作熱情。

（三）強化體育教師的課程資源開發利用意識

綜上所述，作為體育課程資源開發的主體，體育教師應當具有先進的教育思想理念、紮實的體育專業知識，同時還應當充分掌握體育教學的目標、內容、任務，瞭解學生身心特點，才能夠在利用體育課程資源的過程中給予學生合理的指導，達到體育課程目標，促進學生健康發展。由此可見，體育教師自身的能力、素養在很大程度上決定了體育課程資源的開發利用水平。針對當前體育教師課程資源開發利用意識薄弱的問題，學校應當對體育教師加強素質建設，切實提高體育師資隊伍的體育專業知識水平，強化體育教師的課程資源開發利用意識，提高課程資源開發利用能力。

參考文獻

［1］吳健．體育課程資源開發研究［J］．體育時空，2012（3）：107．

［2］張慶勝．新課程理念指導下現代化學較體育課程資源開發與利用的研究［J］．心事·教育策劃與管理，2013（10）：157．

［3］李翠霞，李杰．運動人體科學基礎課程資源建設與實踐探討［J］．高教論壇，2013（11）：41-42，48．

［4］肖琴，曾琦．對九江學院體育課程資源開發和利用現狀的調查研究［J］．科技風，2011（3）：17．

［5］秦澤平．開發體育課程資源促進體育課程改革［J］．教學與管理（理論版），2011（4）：116-117．

［6］邊疆．獨立院校體育課程資源的開發與利用研究［J］．科學導報，2014（zl）：296-297．

［7］杜代軍．新課改下開發和利用體育課程資源的對策［J］．科技資訊，2014（5）：112，114．

［8］劉穎．論體育課程資源開發與利用［J］．新教育時代電子雜誌（教師版），2014（18）：201．

The Connotation of PE Curriculum Resources and the Practical Exploration of Its Development and Utilization

Wu Kuizhong   Chen Qiuli

(Department of Physical Education, CISISU, Chengdu, Sichuan, 611844)

【**Abstract**】 Curriculum resources are the foundation for school to carry out its teaching activities smoothly. The development and utilization of curriculum resources are challenges to the modern education in the learning society, and it is also the basic requirement of modern personnel training. To develop the PE curriculum resources actively can maximize its educational value, which is also the basic guarantee to promote the construction of school PE curriculum and achieve its objectives. This paper, based on the curriculum theory, analyses the connotation of PE curriculum resources and the principles of its exploitation and utilization. On this basis, it expounds the existing problems in the developing and utilizing process of PE curriculum resources and puts forward some ways to solve them, and in order to provide a theoretical reference for the development and utilization of PE curriculum resources.

【**Key words**】 PE (physical education); Curriculum resources; Exploitation and utilization; Connotation

其他

新聞學教育實踐探索研究
——以四川外國語大學成都學院文化傳媒系為例

四川外國語大學成都學院文化傳媒系　豆歡歡[①]

> 【摘　要】日新月異的傳媒環境變革對新聞傳播人才產生了新的需求，因此培養專業新聞人才的教育勢必需要變革。本文結合四川外國語大學成都學院開展的新聞學專業課程的實際教學情況，提出了獨立院校在應對來自傳統高校、同層次高等教育的競爭下，要具備「瞄準市場，彎道超車」的意識。在新聞課堂教育改革中，要從建設雙師型師資隊伍入手，加大課堂實踐比例，強化新聞專業技能，推進案例教學，善用新技術，實現將課堂歸還學生，培養出適應市場需要的新聞人才。
>
> 【關鍵詞】新聞學教育；案例教學；課堂實踐

在人人都是自媒體的時代，人人都有麥克風，看似人人都能夠做新聞，然而蔚為大觀的自媒體生產內容裡，卻充斥著大量的同質化、低俗化內容，新聞質量偏低，假新聞現象愈演愈烈。但同時，傳統高校培養的新聞學學生，本該具有極高的新聞專業精神，但由於新聞學教育培養計劃落後時代發展，在課程設置和授課中，往往側重培養理論創新，忽視了實踐動手操作能力，導致許多畢業生走上工作崗位后，策、採、編、寫、評、攝的業務能力很弱，並不能勝任新聞崗位要求。

對於獨立學院新聞學專業來說，如何培養出滿足社會需求的新聞學人才是一個不小的課題，除了面對來自傳統名牌新聞學院系的挑戰外，還有來自高職高專、民辦高校等同類大學新聞學專業的競爭。

四川外國語大學成都學院是四川省唯一一所專業類外語院校，但我校有注重實踐，培養直接

[①] 豆歡歡，女，文學碩士，四川外國語大學成都學院文化傳媒系助教。研究方向為新聞學、傳播學理論與實務。

與市場對接的外語人才的傳統。因此我校在 2014 年成立文化傳媒系，開設新聞學專業時候，首先，考慮的是「外語+新聞」能夠為新聞專業學生增加其他學校不具備的語言競爭力。其次，通過開展豐富的課堂實踐環節、獨立實踐教學、集中實踐教學等，讓學生掌握基本的新聞策、採、編、寫、評、攝的能力，為以後的新聞工作打下堅實的基礎。

在沒有前人可借鑑的基礎上，我校正在努力摸索一條瞄準社會市場，在特色獨立學院開展新聞專業教育的路子，力爭實現彎道超車。具體來說，我們為此做了以下的課堂教育的探索和嘗試。

1. 加強雙師型師資隊伍的建設和教學能力儲備

多年以來，獨立學院民辦高校新聞學教育的師資隊伍飽受詬病，教師資源主要來自於初出茅廬的應屆畢業生、一些退休返聘的教授專家，以及一些客座教授等。對於初出茅廬就到高校任教的應屆畢業生，實質上就是從高校到高校，實踐經驗和教學經驗幾乎為零；而一些離退休的專家教授雖然教學經驗豐富，但無奈精力有限，也無法很好地投入教學工作和課程改革。

該系新聞學專業在學科帶頭人張小元教授的主持下，對新聞學專業的師資隊伍建設提出了「雙師」原則，凡應聘新聞學教師的門檻就是必須有兩年以上的行業實踐從業經驗，要求具備紮實的實踐教學的素質，同時還要具備理論教學的能力。在這樣一個硬性要求下，現在我院的新聞學教師隊伍是一支以中青年教師為主的教師隊伍，實現了 100%具備媒體實踐從業經驗，從而很好地避免了應屆畢業生師資帶來的教學與實踐的脫節問題。

另外，在具體的實踐教學開展中，考慮到我校的實際情況，系部通過聘客座教授定期開展講座的形式，來實現與業界專家的對外交流；在一些具體的專業課程設置上，我們通過聘請專業的技術型人才作為兼課教師，從而全面加強師資力量建設。

2. 加強師生互動，力行課堂實踐

新聞採訪、新聞編輯、新聞寫作、新聞攝影、電視攝像與編輯等課程都是實務性質很強的課程。因此如何結合現在的傳媒動向，做到提高師生互動，將教學融入到實際的傳媒工作，成為任課教師的課題。為此，我們進行了摸索和嘗試。

比如，在開展「新聞寫作」和「網路傳播實務」這兩門課程時，我們探索了二、三年級一起進行實踐課程互動的方式，在任課教師進行主導和把控下，創辦了「川內川外」這樣一個微信公眾號，二、三年級的學生交叉組隊，以課外作業的形式來進行微信公眾號的運作，並借鑑媒體 KPI 考核的標準，以「點擊率、閱讀量、互動量」等作為平時成績考核參數，取得了非常好的實踐效果。

在實際課程改革中，我們總結的經驗是，跨年級進行交叉課堂實踐時，一定要充分考慮課型和學生特點的不同。比如，在這次課堂實踐環節，我們是由學習「新聞寫作實務」的二年級學生負責選題、採訪、寫作；學習「網路傳播實務」課程的三年級學生負責編輯排版、后期推廣以及網路營銷互動。如今「川內川外」已經實現了發文一百三十餘篇，累計實現十幾萬人次的閱讀量。其中一些優秀的稿件，如關於介紹我校外籍教師風采，我校學生的實踐活動的稿件突破了單篇上

萬次的訪問量。微信內容在不斷地摸索中，逐漸固定了「我在現場」「川成有夢」等欄目。

課程結束後，為了繼續有效開發前期所累積的粉絲資源。系部以「川內川外」公眾號為基礎，成立了以學生為主體的營運團隊，孵化出「野妹兒工作室」公眾號，進行固定的周更，選題也更加廣泛。在此過程中，該公眾號的影響力已經遠遠輻射到校外，甚至開始對外進行一些軟文創作，將廣告學的相關理論也應用到實踐中。公眾號發送了多篇關於我校學生的創新創業工作、學校周邊景點青城山古鎮的推廣，收穫了不俗的成績。

3. 師生互長，巧用新媒體新手段

2016年被譽為網路直播的元年。對我校新聞學的很多教師而言，網路直播同樣是一個新鮮事物。但是怎樣把業界的動向引進課堂，率先讓學生將知識轉化為能力，就需要教師不斷地充電學習，做學生實踐路上的領路人。

因此在本學期的「新聞採實務訪」和「新聞編輯實務」課程中，我們嘗試著學生將街頭採訪與直播形式結合起來。這樣因為形式新穎，學生的參與度很高，另外也讓學生身臨其境地體會到了面對鏡頭採訪，進行網路直播應該注意哪些事項。這比讓學生坐在教室裡學新聞的學習效果好很多。

每年的兩會是老百姓最關注的，對於媒介而言，這樣重大的新聞事件，也意味著是重大的媒介節日。因此在「全媒體理論與實務」課程中，任課教師除了帶領學生學習《人民日報》「中央廚房」的理念工作經驗外，也進行了課堂實踐的創新。比如，設計以兩會為主題的網頁綜合專題報導，圍繞兩會，生成了「聚焦兩會」的視覺化產品，同時指導學生做新聞類音頻節目，兩會的脫口秀直播和視頻。

課堂上，為了更充分地運動新技術新手段，教師嘗試通過自製音頻、視頻、直播節目以及頭條號、公眾號、企鵝媒體平臺等各新媒體平臺，與學生互動，加深了學生對於新技術帶來的媒體變革的認識，同時將其作為課後作業練習，提升學生的動手實踐能力。

事實上，所有這些課堂教學的嘗試，都是需要師生互動來共同摸索和完成的。對於很多教師而言，新媒介的蓬勃發展，也意味著需要新媒體思維，更意味著教師要緊跟媒介發展潮流探索和轉變課堂教學思維和方法。

4. 探索課程改革，推進案例教學

我校新聞學專業低年級階段的課程設置，主要包括新聞學理論、傳播學理論、新聞事業史以及新聞社會學等核心主幹課程，目的是為了讓學生能夠對新聞學專業有一個相對清晰的認識。高年級階段的課程安排，則是在原有核心理論學習的基礎上，重點開設了採訪、寫作、編輯、評論、攝影、攝像等提升專業素質的課程。同時從三年級開始，針對學生的興趣和當今市場需求，開設了廣告、公關、網頁設計、傳媒新技術的課程。這些課程的設置是與傳統高校在低年級只開設人文素養課程的設置很大不同。我們認為，在低年級的前期學習中，就需要讓學生瞭解新聞學這樣一個專業，而不單單是增加人文素養。

在課堂教學方面，則是鼓勵教師根據課型的不同進行大膽嘗試與創新，推進案例教學。如新聞採訪課程上，任課教師將自己的媒體實踐經驗作為課堂素材，創設採訪場景，學生的參與度高。新聞寫作課程則是在探索一種MBA案例實操課程的方法，比如，同一篇報導稿件，課堂上分別呈現出採訪寫作初稿、編輯稿件、成品稿件的環節，從而啓發學生體會其中不同。通過將稿件的拆解，讓學生領略和體會新聞寫作和編輯的獨特性。

　　即使是新聞事業史這樣的史論課程，我們依然在不斷探索和嘗試。從指導當下新聞實踐的角度出發，我們將諸如中國新聞事業史的課程內容進行了重心轉移，重點將視角放到了當代新聞事業史的發展，尤其是近三十年的新聞事業歷史的激盪上來。

　　儘管四川外國語大學成都學院的新聞學專業開設時間不長，但是做了有益的嘗試。通過成都商報、華西都市報、成都電視臺、封面新聞、紅星新聞等用人單位的反饋意見來看，對我校學生的認可度較高。在接下來的新聞課堂實踐工作中，除了繼續探索和加強實踐外，我們計劃重點抓兩方面的工作：一是鼓勵教師要不斷地學習新知識，編寫針對性、實用性、操作性強的自編教材，繼續推進案例教學；二是探索「外語+新聞」專業的特色優勢，與其他小語種系部探討出一些方向性的培養方案，培養出一些具有新聞傳播理論知識，同時能夠勝任編譯工作的差異化人才。

參考文獻

　[1] 史飛翔. 談民辦高校新聞學教育［J］. 陝西師範大學學報（哲學社會科學版），2007（S1）：195–197.

Research on the Practice of Journalism Education:
A Case Study of Chengdu Institute Sichuan International Studies University

Dou Huanhuan

(English Department of Foreign Affairs Administration, CISISU, Chengdu, Sichuan, 611844)

【Abstract】 The ever-changing media environment has created new demands for journalism and communication. The way to cultivate as a professional journalist is bound to change. This paper puts forward that the independent colleges and universities should have the consciousness of「aiming at the market and turning overtaking」under the competition of traditional colleges and universities with the same level of higher education in combination with the actual teaching situation of the journalism specialty courses carried out by Sichuan University of Foreign Studies. In the reform of classroom education, we should start from the construction of double-qualified faculty, increase the proportion of classroom practice, strengthen the professional skills of journalism, promote case teaching, make good use of new technology, realize the return of class to students and cultivate the needs of the market News talent.

【Key words】 Journalism education; Case teaching; Classroom teaching practice

四川外國語大學成都學院校園體育文化優秀案例
——以「青城太極舞」為例

四川外國語大學成都學院體育部

母慶磊[①]　王　亮[②]　熊志峰[③]　吳奎忠[④]　熊　旭[⑤]

【摘　要】校園體育文化是指，在學校這一特定的範圍內所呈現的一種特定的體育文化氛圍，是全校師生在教學和科研實踐過程中所創造的體育精神財富和物質財富的總和。校園體育文化作為學校教育的重要組成部分，在德、智、體、美、勞等全面發展的教育方針中，在培養身心健康和具有創新精神和實踐能力的社會主義現代化合格人才的過程中具有十分重要的作用。四川外國語大學成都學院從成立之初非常重視校園體育文化建設。為響應黨中央、國務院、教育部關於弘揚中國傳統文化、建設社會主義核心價值體系的堅強決心，秉承「傳播世界先進文化、促進國際經濟文化交流和服務社會」的辦學宗旨，學院高度重視和切實加強對中國優秀傳統文化的宣傳教育，創新創編了獨具風格的青城太極舞。學院青城太極舞以《舞動太極》作為伴奏曲，融合中國傳統體育項目太極拳的精華元素，與時尚現代的國際健身排舞有機結合，兼具太極元素的柔美飄逸和現代舞蹈的時尚激情，是一套適合全民健身的「太極舞蹈」。

【關鍵詞】四川外國語大學成都學院；校園體育文化；青城太極舞

[①] 母慶磊，男，教育學碩士，四川外國語大學成都學院體育部副教授。研究方向為學校體育學。
[②] 王亮，男，教育學碩士，四川外國語大學成都學院體育部講師。研究方向為體育教育與武術訓練教學。
[③] 熊志峰，男，教育學碩士，四川外國語大學成都學院體育部講師。研究方向為足球運動與訓練。
[④] 吳奎忠，男，教育學碩士，四川外國語大學成都學院體育部講師。研究方向為體育課程資源的發展及利用。
[⑤] 熊旭，男，四川外國語大學成都學院體育部助教。研究方向為高爾夫訓練與高爾夫教學。

一、研究目的

中華傳統文化，是中華文明成果根本的創造力，是民族歷史中道德傳承、各種文化思想、精神觀念形態的總體。2017年1月25日，中共中央辦公廳、國務院辦公廳印發了《關於實施中華優秀傳統文化傳承發展工程的意見》，實施中華優秀傳統文化傳承發展工程的戰略意義，強調要從堅定文化自信、堅持和發展中國特色社會主義、實現中華民族偉大復興的高度，切實把中華優秀傳統文化傳承發展工程提上工作日程，強化教育工程的責任擔當，使中華優秀傳統文化得以創造性轉化和創新性發展，使中華文明永續發展。

民族傳統體育是傳統文化的典型代表，保護傳統文化是社會和時代提出的要求。然而，工業經濟的發展以及逐利思想的泛濫給傳統體育文化帶來了負面的影響，中華傳統體育文化呈現出的逐漸消亡的局面，給人民敲響了警鐘，尋找其發展的有效途徑已迫在眉睫。

民族傳統體育不僅體現了中國傳統民族文化的人文主義精神，增添了體育文化的多樣性，也在體育活動中繼承與發揚了民族文化與民族精神，是世界文化寶庫的瑰寶，在現代人類健康、和諧發展的問題上起著重要作用。高校作為文化傳承和文化發展的中堅力量，有能力與責任傳承中國優秀的傳統體育文化。

四川外國語大學成都學院從成立之初就十分重視民族傳統體育文化的傳承和發展，在體育課程教學中，新生的公體課程開設武術項目（初級長拳第三路），並組織學院全體體育教師學習傳統體育技能和知識。大二的公體課程開設傳統體育項目——二十四式太極拳，在新生的體育選修課程中還另開設傳統武術與養生。在強調傳統文化學習的同時，學院十分重視校園的體育文化建設，利用學生的課餘時間精心創編了太極舞——《舞動太極》，現已成為我院的優秀校園體育文化代表作。在各大體育賽事和國際經濟與文化交流過程中，太極舞都作為表演項目展現中國優秀的傳統文化和學校校園文化，並成為都江堰市的一張活名片。

太極舞是利用中國傳統文化中的太極思想和養生理念，結合現代人的思想與觀念以及現代人的生活節奏及運動方式，採用時尚的音樂、鮮明的節奏，簡單、整齊劃一的太極動作所編排的太極舞蹈。在舞蹈編排中除了傳統的排舞腳步以外，容納了大量的太極元素。力爭把太極這個中國源遠流長的傳統文化推而廣之。利用最為流行的全民健身項目——排舞及其在全世界非常廣泛的群眾基礎對傳統體育文化進行傳播與推廣。

二、研究方法

（一）文獻資料法

根據本文的研究需要，筆者運用計算機檢索和人工檢索查閱了關於校園文化、校園體育文化等方面的論文 30 餘篇，閱讀體育學、社會學相關教材和專著十餘部。並對收集信息加以分析、研究，為研究提供相應的理論依據。

（二）專家訪談法

就本文的相關問題，筆者對研究對象中涉及的主管學校體育的領導、教師分別進行了訪問，與學生進行了座談，獲取第一手資料。筆者進行了專家訪談，向其請教並深入探討，為建設我院校園體育文化提供權威支持。訪談內容包括校園體育文化開展的方式、青城太極舞的產生與發展現狀等內容。

（三）邏輯分析法

在瞭解實際情況的基礎上，歸納總結校園體育文化開展的現狀、存在的問題以及影響學院體育文化發展的因素，對多項調查結果進行邏輯分析，得出結果。

三、結果與分析

（一）太極拳中的傳統文化

1. 太極拳中的「天人合一」的整體觀

金岳霖先生認為：「最高、最廣意義的『天人合一』就是主體融入客體，或者客體融入主體，堅持根本同一，泯除一切顯著差別，從而達到個人與宇宙不二的狀態。」在「天人合一」思想的影響下，中國文化將人與自然看作是一個有機的整體，注重並追求人與自然的統一。太極拳運動的動靜、虛實、開合、剛柔、輕重、蓄發、進退等都是陰陽的對立統一體，通過長期練習，能使人達到「天人合一、內外和一、形神合一」的最佳境界。

在中國傳統哲學「天地人，合內外」思想的支撐下，太極拳所表現的整體和諧已超越了一般體育項目所講的協調。

2. 太極拳體現形神合一的生命觀

太極拳有沉著穩靜之勢，練習之人神態安詳、氣沉丹田，加之動作飄逸，有著矛盾的運動內涵，虛實互換，綿綿不斷，鬆活抖彈，運動如抽絲，邁步如貓行，無不給人以瀟灑從容、神態安詳、千變萬化的意境之美。張景岳《類經》，引申出以精氣神為基礎的合於天道的生命本質觀，並在此基礎上衍生出調攝情志、形神共養等生命養護的方法。太極拳的深層內涵體現了自然生命精神，富含韻味無窮的生命意境，「形韻—意韻—神韻」構成了太極拳生命意境的三層次理論，映射出曲徑通幽的意境神韻和自然生命哲理底蘊。

3. 太極拳體現矛盾對立統一的哲學觀

清代王宗岳的《太極拳論》，其中談到了動靜、屈伸、陰陽、急緩、虛實、強弱、前後、仰俯、進退等十幾對陰陽對立的矛盾關係。這些對立統一的矛盾產生了和諧，太極拳家們把這些思想理論與太極拳實踐結合而形成了具有深厚哲理的太極拳術。揭示出事物中正反、強弱、生死、遠近等諸矛盾「負陰抱陽」，既對立又統一，彼此相互依賴、相互關聯、相生相成、相形相親的關係。

4. 太極拳體現中國傳統文化的審美觀

中國人在表達審美意趣時具有含蓄、朦朧或虛化的特點，而太極拳所講究的「運動如抽絲，邁步如貓行」等特點正是體現了一種美的修養和美的境界。太極拳在每個動作中，都要求對稱平衡，有上必有下，有前必有後，開中有合，合中有開，剛柔相濟，陰陽合德；要求所有動作非圓即弧，非順即頓，不僅每個動作的造型都能給人美感，而且尤其要有瀟灑而凝重、輕靈而沉穩、舒展而緊湊、圓活而端莊、有理有節、有情有景、賞心悅目、意趣盎然等美感。中國傳統文化的審美觀重視物體的對稱平衡之美、圓弧螺旋之美、中正安舒之美，乃至氣勢之美、神韻之美、意境之美。

（二）青城太極舞

1. 青城太極的脈絡

青城太極原名青城玄門太極拳，為青城派歷代掌門人秘修之養生技擊絕技。青城玄門太極拳的結印，過去為道門不外傳的養生訣竅，有單指相接、多指相接、指端疊接、指掌疊接、手指湧動、屈指翻掌等多種方式，並運用指掌捧氣、托氣、按氣、推氣、合氣、吐氣、拉氣、插氣、抓氣、旋氣等獨特的練功方法，達到形神兼備、天人合一、「無為無不為」的渾圓功能。

2. 青城太極的傳統文化

青城派是道教內丹修煉的派別。青城派發源於中國道教發祥地、中國歷史文化名城、國家5A級風景區、世界文化遺產——中國四川省都江堰市青城山。受傳統體育文化影響很深，擅吐納養生，重實戰搏擊，步型、身法、手法奇特，與國家競技武術區別很大，被聯合國確定為道教文化的重要組成部分。

3. 青城太極舞的產生

2013年9月，四川外國語大學成都學院由犀浦本部遷往道教的發源地——青城山之後，積極響應黨中央、國務院、教育部關於弘揚中國傳統文化、建設社會主義核心價值體系的堅強決心。秉承「傳播世界先進文化、促進國際經濟文化交流和服務社會」的辦學宗旨，學院高度重視和切實加強對中國優秀傳統文化的宣傳教育，創新創編了獨具風格青城太極舞。2017年1月中共中央辦公廳、國務院辦公廳《關於實施中華優秀傳統文化傳承發展工程的意見》的實施與頒布，青城太極舞也有了更高的發展空間與平臺，並逐步成為傳統文化宣傳的重要名片之一。

青城太極舞以《舞動太極》作為伴奏曲，融合中國傳統體育項目太極拳的精華元素，使其與時尚現代的國際健身排舞有機結合，具有太極元素的柔美飄逸和現代舞蹈的時尚激情，組合成一套適合全民健身的「太極舞蹈」。

（三）青城太極舞的特點

1. 具有太極拳應有特點

太極拳靜心用意，呼吸自然；中正安舒，柔和緩慢；動作弧形，圓活完整；連貫協調，虛實分明；輕靈沉著，剛柔相濟等幾大特點在青城太極舞中表現得淋漓盡致。

2. 配有中國古典原創音樂《舞動太極》

「一起來，一起來舞動太極，深深呼吸，天人合一……」原創排舞《舞動太極》的音樂節奏和旋律充分體現了青城山作為道教發源地的魅力和人文情懷。音樂的內涵與思想充分體現人與自然、人與社會的和諧，體現出讓人迴歸自然、迴歸本性的高尚情懷。

3. 結合時代，與現代的國際健身排舞相結合

太極拳的普及與發展離不開現代的健身理念和健身方式，同時傳統文化的傳承與發展也離不開時代的進步與發展。排舞是全球化健身運動類別的一個分支，英文叫Line dance，Line就是排和線的意思，dance是舞蹈。它起源於美國20世紀70年代的Western Country Dance（西部鄉村舞蹈）。其形式多樣，豐富多彩。傳統文化的傳承與發展既要發揚自身的長處，又要借鑑他人優點，這樣才能去其糟粕、取其精華。

（四）青城太極舞的產生與發展

1. 初創階段——嶄露頭角

2014年6月，學院青城太極舞集訓不到一個月就參加了參加首屆中國（成都）-中印國際瑜伽節的開幕表演。我院太極舞隊表演了《舞動太極》，該舞蹈結合了傳統太極與現代舞元素，舞風清新脫俗，令人耳目一新，充分體現了太極舞的魅力與時尚，為傳統文化的傳承與發展提供了有力的助力。

2. 發展階段——茁壯成長

2015年，太極舞隊在世界體育舞蹈大賽開幕式上表演了《青城太極舞》。2015年世界體育舞

蹈大賽是由世界體育舞蹈聯合會、成都市人民政府、中國體育舞蹈聯合會共同主辦，成都市體育局、都江堰市人民政府、成都市廣播電視臺承辦的國際性大賽。我院太極舞隊應邀參加了此次舞蹈大賽的開幕式表演，青城太極舞所呈現出的現代文化與傳統文化的完美融合深深震撼了每個人的心靈。

同年「舞動中國—排舞聯賽（四川賽區）」比賽在成都體育學院舉行，我院代表隊喜獲公開組排舞項目一等獎和最佳編排獎，同時也順利進軍2015年10月底在杭州舉行的全國總決賽。

我院學子參加都江堰市「青城太極舞」大型原創展演活動，並已納入2015年「舞動中國・排舞聯賽」總決賽的指定舞蹈。都江堰市體育局還決定聘請這批同學為推廣「青城太極舞」的社會指導員，以多種形式介紹推廣這套舞蹈，弘揚傳統文化。

3. 成熟階段——傳承傳統文化

2016年4月4日，由都江堰市政府主辦的2016中國・都江堰放水節暨中國最美黃金旅遊走廊旅遊季啟動儀式隆重舉行。我院學子參加了本次放水節的太極舞表演活動。《舞動太極》是我院的原創排舞項目，融合了傳統文化中太極的剛柔飄逸和舞蹈的優雅清麗，曾多次參加都江堰大型文化交流活動，是向世界介紹都江堰傳統文化的一張新名片。

2016年6月5日，由國家體育總局體操運動管理中心、全國排舞運動推廣中心主辦，全國排舞運動推廣中心（四川分中心）承辦的「2016年舞動中國——排舞聯賽（四川賽區）四川學生排舞比賽」在成都天府新區隆重舉行。我院太極舞最終取得專業院校組——自選排舞項目一等獎的佳績。

為更好地傳承太極文化、傳統文化，學院專門成立太極舞表演團隊，除了參與大型體育賽事、體育表演以及節日演出外，每學期專門組織太極舞隊開展融入社會、融入社區活動，傳承和宣揚優秀的傳統文化，使廣大群眾正確理解、認識傳統文化。

四、結論與建議

任何一種文化，如果要廣泛地影響現實社會，不斷傳承下去，都不能僅僅依靠抽象的義理，而是要固化為一種「現實形態」。在強調「文化走出去」的今天，我們更應該對歷史上流傳下來的各種文化的「現實形態」進行深刻的解讀，挖掘其深層的文化內涵，只有這樣才能使中國傳統文化適應時代，歷久彌新。太極舞作為傳統文化的「現實形態」之一，對於當今社會的建設和文化的發展具有非常獨特的借鑑價值。

校園體育文化建設的產生與發展，應當同當地的文化背景相結合，並依據自身的辦學特點和宗旨，建設適合的校園體育文化特點。青城太極舞就是我院優秀的校園體育文化的典範。

參考文獻

[1] 路廣. 談校園體育文化建設 [J]. 大觀, 2014 (6): 34-34.
[2] 溫力. 武術的內外兼修和它的中國傳統哲學基礎 [J]. 體育科學, 1990 (3): 12-15.

CISISU Campus Sports Culture Outstanding Case 「Qingcheng Tai Chi Dance」, for Example

Mu Qinglei　Wang Liang　Xiong Zhifeng　Wu Kuizhong　Xiong Xu

(*Department of Sports, CISISU, Chengdu, Sichuan, 611844*)

【Abstract】 Campus sports culture is a kind of group culture, which is characterized by the spirit of the campus, and which regards students as the main body, extracurricular sports and cultural activities as the main content and the campus as the main space. Campus culture, as a kind of social culture, is a combination of sports material wealth and spiritual wealth created by the school teachers and students in the course of practice under a certain social and political, economic, cultural, educational, sports and other conditions. As an important part of school education, Campus sports have very important role in the cultivation of physical and mental health, innovative spirit and practical ability of the socialist modernization of qualified personnel in education policies of moral, intellectual, physical, beauty, labor and other comprehensive development. Chengdu institute of Sichuan International Studied University attaches great importance to the construction of campus sports culture from the beginning of the establishment in response to the Party Central Committee, the State Council and the Ministry of Education's strong determination to promote the traditional Chinese culture and build a socialist core value system. Adhering to the schooling purpose of 「spreading of the world's advanced culture, promoting international economic and cultural exchanges and social services」, Chengdu institute of Sichuan International Studied University attaches great importance and effectively strengthen to the publicity and education of China's outstanding traditional culture, innovates a unique style for Qingcheng Tai Chi dance. Taking the song of 「dancing with Tai Chi」 as accompaniment, the essence of traditional Chinese sports Tai Chi as the ingredient, CISISU's Qingcheng Tai Chi dance is in the combination of the modern and fashionable international fitness dance, has the elements of the soft and elegant fashion of Tai Chi and the passion of modern dance. It is arranged as a set of 「Tai Chi dance」 which is suitable for national fitness.

【Key words】 Independent College; Campus sports culture; Qingcheng Tai Chi dance

獨立學院足球人才培養的機遇與挑戰
——以四川外國語大學成都學院為例

四川外國語大學成都學院體育部　熊志鋒[①]　王　亮[②]　孫　健[③]

> 【摘　要】獨立學院的發展有政府政策支持和自身的特點與優勢，獨立學院的出路在其辦學特色。《中國足球改革發展總體方案》的頒布表明了中國足球迫切需要通過改革推進校園足球發展為其培養后備人才。本文以四川外國語大學成都學院體育營運與管理專業國際足球方向人才培養模式為例，分析獨立學院培養足球人才的機遇與挑戰，為中國足球后備人才培養提供依據。
>
> 【關鍵詞】獨立學院；足球人才培養；機遇與挑戰

一、研究目的

　　隨著中國足球改革方案的頒布，黨中央把振興足球作為發展體育運動、建設體育強國的重中之重。社會各界人士都下決心要把中國足球事業搞上去，各足球俱樂部也不斷加大青訓人才培養的投入，中國足球改革發展迎來了飛速發展的契機。足球運動是世界第一大運動，群眾基礎深厚，有其他體育項目不可比擬的社會功效。足球的發展對國民的素質和精神需求有著很重要的意義，對實現體育強國夢也具有積極促進作用。但足球的發展有著自己獨特的發展軌跡，不能急功近利，本末倒置。目前中國足球發展面臨后備人才貯備嚴重缺乏、功利足球風氣盛行、青訓體制弊端重重等問題，嚴重阻礙了中國足球整體水平的提高。所以，獨立學院足球人才培養在國家大力發展

[①] 熊志峰，男，教育學碩士，四川外國語大學成都學院體育部講師。研究方向為足球運動與訓練。
[②] 王亮，男，教育學碩士，四川外國語大學成都學院體育部講師。研究方向為體育教育與武術訓練教學。
[③] 孫健，男，教育學碩士，四川外國語大學成都學院體育部講師。研究方向為足球運動訓練與足球技戰術教學。

高等教育及足球改革推進的大背景下，迎來了良好的發展契機。

二、研究方法

（一）文獻資料法

筆者在圖書館和中國期刊網查閱有關中國獨立學院足球發展現狀及足球人才培養的研究資料，同時瞭解關於校園足球方面的文件，為本文的撰寫提供了理論依據和基礎。

（二）專家訪談法

走訪四川足球方面的專家和教練，瞭解四川外國語大學成都學院足球人才培養的基本情況及發展趨勢，為本文提供了重要的參考依據。

（三）現場調查法

對四川外國語大學成都學院體育營運與管理專業足球方向的教學進行現場觀察與調查。

三、結果與分析

（一）獨立學院人才培養特色

獨立學院人才培養體現在學生專業和能力的培養。教學要求是理論聯繫實際，專業與市場接軌，人才培養與社會接軌。教師現場教學，注重學生參與和學習實用知識。獨立學院的教學理念經過了多年的累積，形成了優質化的教學資源，教師在日常教學中重視理論聯繫實際，充分發揮教學的作用。

獨立學院人才培養在教學活動過程中體現了「多樣性」。教學活動的編排豐富多樣，確保了學生能很好地吸收和理解所學知識，為學生創造更好的教學環境，體現了以學生為中心的人才培養思想。

獨立學院人才培養在考核評估方面側重綜合素質考察。平時成績與期末成績綜合考量學生的整體素養，考核的內容則有針對性地對學生的思維能力和邏輯能力進行考察，提高了學生的綜合能力。

（二）四川外國語大學成都學院足球人才培養模式

四川外國語大學成都學院足球人才培養的是具有服務與管理意識、紮實的體育理論知識和高

水準體育技術技能的體育研究者、組織策劃者、教育者、指導者、產業經營管理者、經紀人以及設備技術人員，能在體育服務領域從事群眾性體育活動的服務、組織管理、諮詢指導等工作的高素質技能型人才。

體育營運與管理專業國際足球方向結合外語專業和足球產業發展的市場需求培養具有良好的職業道德與服務意識、較強的溝通能力、優良的人文素質，掌握足球產業相關領域工作所應具備的基本專業知識和技能，具備從事足球運動訓練及教學、服務與管理，以及足球俱樂部經營管理、賽事活動組織和足球營銷等工作的專業能力，同時具備國際足球視野，能夠勝任國際足球交流、國際足球文化研究的高素質技術型、應用型人才。

（三）四川外國語大學成都學院足球人才培養面臨的機遇

四川外國語大學成都學院體育營運與管理專業國際足球方向具有很強的針對性，表現為其教學、服務及其他各項教學都與社會接軌。而且，教育部已經把足球教育確立為高校教育工作的重中之重，因而學校將辦學與地方工作缺口融為一體，便於解決學生的就業問題。

四川外國語大學成都學院體育營運與管理專業國際足球方向以學科、知識、技術、人才、設施、信息等方面的優勢，通過對足球專業現狀的研究，向學生傳授先進實用的足球知識和技能，使學生成為大、中、小學足球教育的潛在力量，並將接裁判、教練員、翻譯、管理等工作，通過理論與實際的結合，把實用的的觀念、思想與方法傳授給學生。

四川外國語大學成都學院體育營運與管理專業國際足球方向對地方教育資源進行優化配置，充分利用都江堰聯賽的實習基地給學生鍛煉提高的機會，使學生在適應足球聯賽發展的同時，最大限度地提高基本技能。

（四）四川外國語大學成都學院足球人才培養面臨的挑戰

足球教育的重點在於校園足球的推廣和發展。然而，從獨立學院足球人才培養的落實情況來看，雖然課程和教學質量取得了令人滿意的成果，但很多地區的獨立學院足球人才培養是跟著一哄而上，不注重教師的選擇標準和要求，使足球人才培養變成面子工程，我校足球應避免重蹈功利足球的危險。

我校應提防某些機構打著足球培訓的名義謀取利益。避免社會某些機構打著發展校園足球的幌子到處招攬學生，收取昂貴的學費到國外的專業足球俱樂部「遊學」，試圖以發展足球為名斂財。所以，四川外國語大學成都學院應本著以學生利益為中心的原則，努力聯繫具有優質資格的國外足球俱樂部和大學。同時還要落實足球教學中心的立項，確保我校足球教學擁有先進的教學設備和高質量的培訓中心，使學生能得到優質的教學。學校應與國際接軌，踏踏實實地加強教學質量的同時，吸取更多、更好的國際先進教學經驗為足球人才培養打下堅實基礎。

四、結論與建議

（一）樹立正確的足球人才培養思想和觀念

新時期我校要培養合格的應用型人才，就必須要適應足球市場對人才的需求，樹立高素質的足球人才觀，迎合社會發展要求而有針對性地發展我校課程建設，建立既滿足社會發展要求又注重個性發展的人才培養模式。從教育過程看，我們不但要關注學生的足球知識和能力教育，更要關注學生的健全人格，不但關注課內，而且關注課外。所以說，確立足球素質教育觀念，可以使我們的足球人才培養模式更加有效，符合培養高質量足球人才的需要。

（二）科學實施足球人才教育方式、教學制度、考核方式

盡可能地根據足球專業課的實際情況進行半開卷、開卷、口試、小論文、調研報告、大作業等方式考核學生成績。在課程設計上要靈活多變，考核的方式要靈活多樣。考核的控制上要努力做到答案不是唯一的，是主觀設計、歸納的，從而引導營造出開放式結論的教育環境，有利於足球創新能力的培養。

（三）建立一支穩定的、高素質的師資隊伍

目前全員聘任制制度得到了很好的推廣，公辦、民辦在職人員區別對待的現象逐步減少。所以，我校要強化師資隊伍，不斷完善保障體系，給予教師很好的待遇，使教師可以無后顧之憂地搞好本職工作，不斷提高科研水平，讓他們在獨立學院的工作中體現自身價值，更好地創造價值，從而穩定足球教師隊伍。

足球人才的引進應結合我校的特色進行合理的引進。獨立學院這一新生事物本身就是市場競爭的產兒，自誕生之日起就處於教育市場的競爭之中，選擇好定位是獨立學院生存的基礎。足球人才的引進應適應市場的變化，以適應學校的發展為根本。

（四）改進足球教學方法

深化足球教學改革的重要環節，是如何改進教學方法，培養學生的自學能力和創新能力。教師與學生通過共同討論和探索，將足球知識傳授過程轉變為教育研究的過程，將被動學習過程轉變為自覺研究和模擬知識發生、發展的過程。這一方法調動了學生學習主動性，促使學生積極思考，最終掌握分析問題、解決問題的能力。

（五）優化課程體系

除強化足球專業技能戰術課程外，在重點、難點的理論課程講授中，教師要盡可能留出部分課時和內容讓學生自學。教學的重要作用除在課堂上使學生掌握必要內容外，還應培養學生的實踐和比賽控製能力。

（六）形成自己的專業辦學特色

我院結合習主席關於《足球改革總體方案》相關指導精神，力志培養具有足球專業的基本知識和基本技能，能擔任足球教練員、裁判員、講師，或到企事業單位和部隊成為群眾足球活動的骨干，或進入足球協會、足球俱樂部從事足球管理和服務工作，能從事並適應足球相關產業的服務工作，能從事足球相關電視媒體的報導和賽事翻譯工作的應用型人才。

參考文獻

［1］劉林. 獨立學院特色化教育教學資源體系的構建［J］. 文教資料, 2008（26）：156-157.

Opportunity and Challenge of Football Talent Training in Independent College：Taking Chengdu Institute Sichuan International Studies University as an Example

Xiong Zhifeng　Wang Liang　Sun Jian

(Department of Physical Education, CISISU, Chengdu, Sichuan, 611844)

【Abstract】The development of independent colleges has the support of government policy and its own characteristics and advantages. And the reform of *China's Overall Plan for the Development of Football*, the urgent need to promote the reform of the development of campus football training for Chinese Football Reserve talents. This paper takes Chengdu University sports professional operation and management of international football direction talents in Sichuan Foreign Language University training model as an example, the analysis of the opportunities and challenges of football talents in Independent Colleges of education training, training to provide a reference for China football talents.

【Key words】Independent college; Football training; Opportunities and challenges

加強我院大學生創新創業教育的研究與實踐

四川外國語大學成都學院商務英語系　王　林[①]

【摘　要】 加強大學生創新創業教育是高校系統貫徹落實十八大精神，服務於創新型國家建設的重大戰略舉措，培養學生的創新創業能力是當今素質教育的一項舉足輕重的工作。近幾年，我院的創新創業教育和工作成績斐然，但也存在一些問題。調查發現，影響我院大學生創新創業教育深入發展的主要因素有：認識深度不夠、師資力量不足、激勵措施不夠等。加強和改進我院大學生創新創業教育，提高人才培養質量，對於實現我院創建特色鮮明的全國一流應用型大學的建設目標具有重要意義。

【關鍵詞】 大學生創新創業；人才培養質量；創新創業教育

「大眾創業、萬眾創新」是李克強總理 2014 年在夏季達沃斯論壇上提出的，2015 年被寫入《政府工作報告》。幾年來，「雙創」理念深入人心，「大眾創業、萬眾創新」已經成為這個時代的烙印和標誌。

高校創新創業教育改革是國家實施創新驅動發展戰略、促進經濟提質增效升級的迫切需要，是推進高等教育綜合改革、促進高校畢業生更高質量創業就業的重要舉措，要把深化高校創新創業教育改革作為推進高等教育綜合改革的突破口。至此，創新創業教育作為一種新的教育理念和模式擺在了我們面前，從國家層面，是經濟下行壓力狀態下讓創新創業帶動就業的政策理念；從高校層面，開展多樣化個性化的創新創業教育，推進更高質量、更高水平、更富成效的創新創業指導是提高高等教育供給側改革的必然選擇。推進創新創業教育改革，是時代賦予高等學校的光榮使命，是黨和人民對高等教育的熱切盼望，更是每一位高等教育者義不容辭的責任。

[①] 王林，男，四川大學公共行政管理專業研究生，四川外國語大學成都學院商務英語系黨總支書記。研究方向為思想政治教育、高等教育管理。

一、我院創新創業教育存在的主要問題

大學生創新創業能力的提高是大力提升高等教育人才培養水平的迫切需求，也是推進高等教育改革發展、促進高等學校學科發展、提升科研水平的重要舉措。創新創業教育是新生事物，各高校都還在探索和實踐階段，沒有現成的模式和標準可循。我院創新創業教育主要存在以下幾個方面的問題：

一是認識深度不夠。不少教師和學生對創新創業工作理解還不到位，認為創業就是就業工作的延伸，是就業工作的一部分。其實，創新創業工作是一項系統工程，涵蓋招生、教學、學生管理及就業等方方面面，是全員育人、全方位育人、全過程育人的最直接反映。創新創業教育需要各部門通力合作、持續推進。

二是師資水平不高。創新創業教育的關鍵在於師資隊伍建設，目前我院創新創業師資主要來自於本校從事專業教學的「雙師型」教師或者是從事學生工作的輔導員和管理人員，兼職的創業指導教師數量不多，指導力度不夠。由於經驗、閱歷等限制，學院內部的教師難以滿足創新創業教育的多元化要求，教師自身的創新創業能力比較薄弱，也很難培養出創新型人才。

三是激勵力度不夠。將學生創新創業工作納入系部目標考核，學院每年對開展創新創業實踐活動取得省級立項課題和參加互聯網+創新創業競賽的學生給予一定獎勵。教師指導學生參加創新創業各級各類競賽取得優異成績的在職稱評定、職務聘用等方面給予適當傾斜。

二、我院創新創業教育的改進辦法

「人才培養」是高等學校的根本任務。教育部高教司張大良司長說，創新創業教育要聚焦在「教育」上，而「教育」的源頭是「創新」，不能把聚焦點僅放在「創業」上。為改進我院的創新創業教育，我認為應從以下幾方面入手：

一是強化創新創業認識。創新創業教育其實質就是大學生的素質教育，抓與不抓不一樣，早抓晚抓不一樣。在學院內部，抓內涵發展、抓人才培養質量就是生動地抓、具體地抓、有效地抓創新創業教育。我們必須以創新為魂魄，把培養創新創業人才提升到一個極其重要的地位。

二是引領生涯教育價值。當夢想確定期限，就變成了目標；目標經過分解，就變成了計劃；當計劃經過行動，就變成了現實。創業最初的程序，就是夢想。作為專業外語學院的學子，三年或四年後是就業、考研、出國還是創業，在入學時就應做打算。新生入學教育是開展生涯教育的，宣揚創新創業價值的良好機會，對大學新生而言，在入學教育的時候如何把握起跑時機，掌控起

跑速度,將直接影響他們未來學習和生活的質量。

三是提升專業教育目標。專業教育與創新創業教育不是兩張皮,專業教育是創新創業教育的基石,創新創業教育對專業教育有促進和催化作用,二者有內在統一性和外在關聯性。創新創業教育的提出,要改變以前專業教育只是單純的知識傳授,更要注重創新精神、創業意識和創新創業能力的培養。

四是構建協同育人機制。協同育人是優化人才培養機制的重要制度創新,新建本科院校要與行業企業、科研所、事務部門協同,支持建立校企、校地,以及國際合作的協同育人機制,鼓勵共同制訂人才培養方案,開展學科專業建設,開發開設企業和社會所需課程,開設跨學科專業的交叉課程,建立跨院系、跨學科、跨專業,聯合行業企業交叉培養創新創業人才的機制。

五是深化學分制的改革。我院從2016級起全面實行學分制教學管理,下一步還要推行實施彈性學制,放寬學生修業年限,允許學生保留學籍休學創新創業。對參與創新創業的學生,學院要支持其跨學科專業修讀課程或轉入相關專業學習。將學生的自主創業、發表論文、競賽成績等折算為創新創業學分,建立創新創業檔案和成績單。

六是加強師資隊伍建設。學院要進一步加強對廣大教師和創新創業教育指導工作者的管理和培訓,提高其對大學生創業的指導水平。不斷完善大學生創新創業活動的導師制,聘請企業老總擔任大學生創業導師,鼓勵校內教師擔任大學生創新創業活動的導師。學院要對獲得省級以上立項課題和獎項的導師按級別給予相應的獎勵;導師指導的項目在職稱評定、崗位聘任中和同級別的科研項目享有同等待遇。

七是鼓勵創新創業競賽。學院要以互聯網+大學生創新創業競賽和四川省省級大學生創新創業項目立項為平臺和載體,鼓勵師生參加各類創新創業競賽,學院應積極營造良好氛圍。通過教務處、雙創辦、團委、創業社團等搭建項目學生交流平臺,定期開展交流活動。鼓勵創新創業優秀學生參加校內外學術會議和競賽,為學生創新創業提供經驗交流、展示成果、共享資源的機會。將學生創新創業工作納入學院目標考核中;學校每年對指導學生開展創新創業實踐活動取得一定成果的教師和對參加各類科技競賽獲獎、在實踐活動中取得突出成績的學生進行獎勵。充分利用院系各類媒體宣傳大學生創新創業典型,同時發揮我院優秀創業校友的榜樣作用,激發在校大學生的創業熱情,增強可信度和感召力。

我院作為新建應用型本科院校,要抓住雙創機遇,在互聯網+的時代背景下,發揮外語優勢,錯位發展,差異發展,以創新求異的思維,培養出更多符合全球化和信息化時代要求的創新創業型外語人才。

參考文獻

[1] 教育部高教司張大良司長在全國新建本科院校聯席會議暨第十六次工作研討會上的講話[N]. (2017-03-03). http://jwc.hlju.edu.cn/info/2017013566.htm.

Enhancement of the Research and Practice of College Students' Innovation and Entrepreneurship Education of CISISU

Wang Lin

(Business English Department, CISISU, Chengdu, Sichuan, 611844)

【Abstract】 To enhance the research and practice of college students' innovation and entrepreneurship education is a significant strategic move for higher education institutions to implement the spirit of the 18th National Congress of the Communist Party of China and serve the innovation-oriented national construction of our country. To foster the students' innovation and enterprise ability plays an important role in today's education for all-round development. These years, CISISU has made brilliant achievements in this aspect, but there are still some problems. According to the survey, the main factors that prohibit the development of students' innovation and entrepreneurship education include: inadequacy of understanding, shortage of faculty, lack of incentive measures etc. To enhance and promote the students' innovation and entrepreneurship education of our CISISU and to improve the quality of talents cultivation is of great significance for our university to achieve the construction goal of making the national first-class application-oriented foreign language university.

【Key words】 Innovation and entrepreneurship; The quality of talents cultivation; Innovation and entrepreneurship education

「95后」大學生網貸現象的調查和分析

四川外國語大學成都學院英語外事管理系　白　婷[①]　王健媛[②]

【摘　要】 近幾年，網路貸款成為一個新興行業，各類網路貸款平臺不斷湧現。隨著網路借貸的快速發展，一些網路貸款平臺向高校拓展業務，大學生成了各家網路貸款平臺爭搶的客戶。部分大學生受到「活在當下」等觀念的影響，崇尚「及時行樂」，超前消費，不顧自己的家庭經濟狀況。因此網路貸款平臺對在校大學生大開綠燈，不設審核流程，不設紅線。而網路貸款業務前幾年處於「三無狀態」，沒有監管部門、沒有規則、沒有門檻，監管上處於真空狀態。大學校園成為網貸的重災區。本文通過對「95后」大學生日常消費和網路貸款的數據調查和分析得出相關結論，為規範大學生網路貸款行為，防止大學生網路貸款出現惡性事件提供思路。

【關鍵詞】 網路貸款；大學生網貸；「95后」大學生

一、引　言

網路貸款即在網上實現借貸，借入者和借出者均可利用這個網路平臺，實現借貸的「在線交易」，主要分為個體網路借貸（即 P2P 網路借貸）和網路小額貸款。本文所指的大學生網路貸款主要指大學生群體在網上平臺的各種借貸行為。

「95后」大學生是指出生在 1995 年以后和 2000 年以前，目前在大學就讀的大學生。本文所指的大學生為「95后」大學生群體。

方便快捷的網路貸款跟接受新事物能力強的「95后」大學生聯繫起來后，出現了很多有負面

[①] 白婷，女，文學學士，四川外國語大學成都學院英語外事管理系講師。研究方向為比較課程與教學論。
[②] 王健媛，女，文學學士，四川外國語大學成都學院英語外事管理系講師。研究方向為思想政治教育。

影響的熱門事件,比如「裸條借貸」。更有大學生因深陷「高利貸」陷阱最終無力償還放棄生命的極端事件發生。熱門事件頻頻發生,並且事件主體往往為在校大學生。因此本文通過一系列調查數據來對大學生網路貸款這一行為進行分析,為防止網路貸款惡性事件提供思路。

二、大學生網路貸款的調查和分析

(一)調查目的

通過問卷調查收集足夠的、真實的、有效的數據為分析大學生網路貸款的現狀提供數據支撐和參考依據,得出調查結論。

(二)調查實施

向四川外國語大學成都學院英語外事管理系2015級的學生發放關於大學生網路貸款的問卷調查共305份,回收297份。

(三)數據分析

從表1可以看出,在被調查的「95後」大學生中,每月生活費在1,000元以上的大學生占78%,而有81%的大學生每月的消費水平在1,000元以上,有3%的大學生屬於超額消費。有92%的大學生的生活費來源於父母直接提供,加上有近5%的大學生生活費來源於助學貸款,能夠通過自己的學習和工作還支付生活費的大學生僅有3%。這一數據表明,作為年滿18歲的成年人,極少的在校大學生通過自己的努力獲取收入,更多的依靠家庭提供生活費來完成大學學業,因此也埋下了沒有理財意識和不能理性消費的隱患。而從每月支出的數據可以看出,68%的學生在基本生活支出以外有額外的支出,額外支出達到1,000元以上的人數占到了30%。

表1　　　　　　　　被調查大學生每月生活費基本情況

年齡	18歲以下 (0人)	18~22歲 (295人)	22歲以上 (2人)		
每月生活費	1,000元以下 (66人)	1,000~1,500元 (132人)	1,500~2,000元 (82人)	2,000元以上 (17人)	
每個月的 消費水平	1,000元以下 (56人)	1,000~1,500元 (122人)	1,500~2,000元 (101人)	2,000元以上 (18人)	
生活費主要來源	父母提供 (272人)	獎助學金 (2人)	兼職打工 (5人)	助學貸款 (16人)	其他 (2人)
每個月的支出 主要在	基本生活開支 (95人)	基本生活開支+ 500額外開支 (113人)	基本生活開支+ 1,000額外開支 (75人)	基本生活開支+ 1,000以上額外 開支(14人)	

從表2可以看出，64%的大學生瞭解過網路貸款，22%的大學生使用過網路貸款。雖然只有15%的大學生贊同使用網路貸款，但是卻有30%的大學生在經濟緊張時會選擇網路貸款，這一現象說明，對於部分大學生來說消費具有很強的吸引力，儘管自己的經濟能力不允許，甚至自己思想不贊同使用網路貸款的情況下還是會選擇網路貸款，理性消費意識淡薄。

表2　　　　　　　　　　　　被調查者大學生對網路貸款的瞭解

是否瞭解過大學生網路貸款	是（189人）	否（108人）			
是否使用過大學生網路貸款	是（65人）	否（232人）			
如何知曉這些網路貸款的	粘貼廣告（43人）	網路宣傳（178人）	他人普及（42人）	因個人需求主動瞭解（32人）	其他（2人）
是否贊同使用網路貸款來進行消費這種方式	是（43人）	否（254人）			
在經濟緊張時是否會選擇網路貸款	是（87人）	否（210人）			

從表3可以看出，85%的大學生認為網路貸款弊大於利，說明絕大部分大學生對網路貸款所帶來的負面影響有所認識，但僅有6%的大學生十分瞭解網貸到期不還需要承擔的責任。

表3　　　　　　　　　　　　被調查大學生對網路貸款的看法等

網路貸款的利弊哪方面更大	利大於弊（45人）	弊大於利（252人）		
是否瞭解網貸到期不還所要承擔的責任	十分瞭解（17人）	比較瞭解（40人）	一般瞭解（205人）	不瞭解（35人）

（四）調查結論

首先，相關部門監管不力。2015年，銀監會會同相關部門發布了《網路借貸信息仲介機構業務活動管理暫行辦法（徵求意見稿）》。在這一政策中，對網路貸款進行了明確的定義，確定了其監管機構，並且提出了「誰審批、誰監管」的原則，將風險防範與處置的責任劃歸了地方金融辦，同時要求網貸機構在18個月的過渡期內完成規範、自查、清理等工作，為順利開展接下來的工作打好基礎。但是，「愛學貸」「學生貸」「名校貸」「校園e貸」等名目繁多的網路貸款平臺依然快速發展，並且不斷有影響惡劣的「網貸」新聞爆出。例如：2016年6月，借貸寶公司爆發第一次裸條風波，有女大學生被要求「裸持」身分證（以手持身分證的裸照為抵押）進行借款，當逾期無法還款時，放貸人以公開裸體照片和與父母聯繫的手段要挾逼迫借款人還款。2016年11月，借貸寶第二次爆發「裸條門」，大量女學生通過「借貸寶」借錢時應出借人要求留下的裸照、

視頻流出，總體積超過 10G。河南牧業經濟學院大二學生鄭某以 28 名同學的名義在 14 家校園金融平臺貸款近 60 萬元無力償還后，跳樓自殺。多次網路貸款相關的熱門事件引起了社會對大學生網路貸款情況的廣泛關注，也說明有關部門對網路貸款的監管還有很多的不足，存在很多的問題，需要國家投入更多的資源。雖然網路貸款屬於互聯網金融，但沒有明確針對大學生網貸平臺的准入門檻和行業標準。網貸公司的利潤來自服務費和逾期費，這些費用都由網貸公司自行定標準，比較隨意。而一旦逾期，大學生要額外償還貸款總額的一定比例，這從側面反映了信用體系的不完善，容易導致一些學生重複借款，最終債臺高築，超出償還能力。

其次，家庭和高校對學生的教育和引導不夠。除了缺乏監管，網貸亂象的形成與大學生自身的價值觀不健全和社會經驗不足也是分不開的。一方面，大學生的家庭環境對其是否樹立正確的價值觀很重要。目前眾多的高校網貸案例中，在大學生貸款逾期時，求助父母還清貸款占到相當的比例，因為大學生本身缺乏收入，當過度消費導致逾期還款時，求助父母是最直接有效的方式，這也是目前為止大學生貸款壞帳率比較低的原因。但是，這樣對大學生及其家庭卻是一種傷害，家長幫助還款縱容了大學生的非理性消費，使其缺乏責任意識，容易讓過度消費變成習慣，讓一些貧困家庭承擔原本無力承擔的壓力，甚至可能會讓一部分大學生不能順利完成學業。另一方面，當前網貸行業競爭激烈，大學生由於消費能力強並且不理性消費比例較高，是各網貸平臺爭搶的主要對象，較多的網貸平臺都將貸款手續簡化，同時提高貸款金額來吸引大學生貸款消費，甚至只用提供身分證和學生證即可辦理高額貸款，但這樣就無法篩選出有償還能力的大學生，大學生貸款無法按時還清的風險較高。甚至有不良網路貸款平臺採取虛假宣傳的方式，通過隱瞞實際資費標準等手段誘導大學生貸款，侵犯大學生合法權益，造成不良影響。大學生是有一定文化水平的成年人，但是還沒有真正進入社會，因此在大學的過渡階段應該學習如何保護自己的個人隱私，學習相關的法律法規，校規校紀。現在高校成為網路貸款的重災區，與大學裡相對自由的氛圍，而大學生又缺乏自我保護意識有一定的關係。

最後，大學生自我管理能力欠缺。「95 后」大學生作為新一代的消費群體，可謂是市場的一支主力軍。「95 后」大學生出生在改革開放以後，成長於經濟發展迅速的時代，並且這一時代網路發達。在國家發展計劃從「全面建設小康社會」轉向「全面建成小康社會」的背景下，大部分大學生的家庭經濟情況良好，並且多為獨生子女，父母在消費上比較縱容，根據麥可思 2016 年大學生消費理財觀調查（2016.12.16—2017.1.16）顯示：94% 的大學生每月生活費由父母直接提供，40% 的大學生在生活費不足時會向父母求助，而除基本伙食費以外，其他食品消費、形象消費、社交和娛樂消費這三項在調查中成了生活費占比最大的前三位。「95 后」這一代大學生出生時中國經濟已經發生巨大變化，受社會經濟快速發展的影響，他們的成長伴隨著日新月異的經濟發展，這種社會環境很容易讓他們產生盲目攀比的心理，消費欲望與支付能力之間落差較大。而進入大學后因為出身地區、家庭背景等的不同，經濟條件高低不等，消費水平也呈現巨大的差異。世界觀和人生觀尚未完全健全穩定的大學生，更容易形成盲目的攀比心理。而當前大學生每月的

花費主要來源於父母給予的生活費，難以滿足其強烈的消費欲望，校園網貸的出現恰逢其事。大學生自身社會能力不足，對網貸認識不清，借助網貸，大學生們能夠購買自己原來難以負擔的商品，解決了部分大學生想買而買不起的現狀，所以網路貸款才在大學校園裡風靡起來，這凸顯了「95后」大學生在面對誘惑時的自我管理能力不足，對自己沒有正確的認識，在不具備收入的情況下過度消費，透支消費。

三、總結

總的來說，大學生網貸在中國是一個新興事物，我們應該理性地去看待。本文通過問卷調查全面瞭解目前大學生網貸的現狀，並通過數據分析，得出了國家政策、家庭教育和個人自我成長三方面造成校園網貸風靡的原因。調查結論有利於應對大學生網貸這一新興事物所帶來的正面或負面影響。

參考文獻

[1] 盈燦諮詢.2016年中國網路借貸行業年報［N］.（2017-01-06）http://business.sohu.com/20170106/n477957974.html.

[2] 蔡彧.大學生網貸的現狀及策略［J］.現代經濟信息，2016（15）：309，311.

[3] 成靜敏.網貸背景下大學生心理健康教育探析［J］.亞太教育，2016（24）：256-257.

[4] 李芬芬.大學生網路貸款的現狀分析與對策建議［J］.阻陽高等師範專科學校學報，2016，36（3）：71-72.

Research and Analysis on the Network Loan of Post-1995 College Students

Bai Ting   Wang Jianyuan

(*English Department of Foreign Affairs Administration, CISISU, Chengdu, Sichuan, 611844*)

【Abstract】 In the recent years, network loan springs up as an emerging industry, leading to the birth of considerable network loan platforms. With the development of this emerging industry, some of these platforms are extending their business to college campus, and on-campus college students become their preferred clients. College campuses become the worst-hit area of network loan. A number of college students are influenced by ideas like 「carpe that diem」, regardless of their family economic conditions, advocating the concept of enjoy the pleasure of life here and now」 and 「excessive consumption 」. For another thing, with no predetermined audit process and red limit line, network loan platforms does not place any obstacles for students network loan transactions. In the last few years, network loan servicing has been prospering in a perilous vacuum without supervision, regulation and limitation. Through the investigation and analysis of the post-1995 college students' daily consumption and network loan, some ideas could be given to regulate the behavior of college students' network loan and preventing vicious incident.

【Key words】 College students' network loan; Post-1995 college students

「一帶一路」背景下成都各區縣政府門戶網站英語版質量評估[①]
——以《2016年度中國政府網站外文版評估》為藍本

四川外國語大學成都學院翻譯系　周　黎[②]

>【摘　要】隨著「一帶一路」倡議的實施，中國各級政府部門迫切需要加強與世界各國的交流。作為政府對外發布信息的重要平臺，成都各區縣政府門戶網站的英語版是在蓉外籍人士獲取信息的重要渠道，然而其建設卻參差不齊。由中國日報社承建的成都溫江英文網作為全省唯一在《2016年度中國政府網站外文版評估》中獲獎的網站，其內容涵蓋豐富，版式安排合理，語言質量整體較好，但仍然存在一些問題。
>
>【關鍵詞】成都；政府；英文網站；質量；溫江

一、引　言

2015年3月28日，國家發展改革委、外交部、商務部聯合發布的《推動共建絲綢之路經濟帶和21世紀海上絲綢之路的願景與行動》，是中國主動應對全球形勢深刻變化、統籌國內國際大局做出的重大決策。這既是中國擴大和深化對外開放的需要，也是加強和亞、歐、非及世界各國互利合作的需要。這迫使中國各級政府部門加強與世界各國的對接與交流，而英文版網站的建設成為正面宣傳中國對外改革開放政策的第一平臺，成為各級政府對外溝通的核心通道。政府門戶網

---

① 本文是四川省教育廳2017年度人文社會科學科研項目「『一帶一路』背景下四川對外宣傳資料翻譯質量規範化研究——以成都市區縣政府網站為例」的部分成果，項目編號為17SB0428。

② 周黎，女，文學碩士，四川外國語大學成都學院翻譯系講師。研究方向為翻譯理論與實踐、商務文本研究。

站的英語版是政府對外發布信息的官方平臺，發布的內容或者信息一般涉及政治、經濟、社會、文化、生活、娛樂等多個方面。

成都是中國西南最重要的核心城市，也是整個西南地區最大的經濟、文化、旅遊城市。因此，在「一帶一路」背景下，為了迎合成都的國際地位，更好地為外籍人士提供宣傳信息的窗口、辦事服務的平臺、互動交流的渠道，成都各區縣政府門戶網站國際化建設必須提上議程安排。

二、「2016 年度中國政府網站外文版評估」

為全面推進「一帶一路」建設，進一步發展中國通向全世界及與「一帶一路」沿線國家的經濟合作夥伴關係，打造政治互信、經濟融合、文化包容的利益共同體、命運共同體和責任共同體，根據國務院辦公廳印發《關於加強政府網站信息內容建設的意見》中關於各級政府規範外語版網站內容的總要求，中國信息化研究與促進網聯合中國日報網、太昊國際互聯網評級機構連續五年組織開展全國政府網站外文版評估。該評估以推動「互聯網+政務服務、大數據+智慧政府」為主題，依據「分類指導、創新引領」的工作思路，針對各級各類政務網站、政務新媒體的行業特點和屬性進行分級分類測評。

根據中國信息化研究與促進網公布的中國優秀政務平臺推薦及綜合影響力評估中第五系列《2016 年度中國政府網站外文版評估》結果，成都市溫江區政府門戶網站英文版獲得 2016 年度中國外文版政府網站領先獎（計劃單列市及副省級城市所屬區縣及部門政府網），也是全省唯一獲獎的門戶網站。

三、成都區縣政府門戶網站英語版現狀

政府英文門戶網站是對外宣傳交流、招商引資、提升政府國際形象的重要工具，是為外籍人士服務的主要渠道，也是實現全球溝通互動的重要載體和有效渠道。目前成都各區縣政府門戶網站開設了英文版的有 12 個區縣政府，分別是：高新區、錦江區、武侯區、金牛區、成華區、溫江區、郫都區、龍泉驛區、新都區、青白江區、都江堰市、大邑縣。

從版面設計上看，12 個政府的英文門戶網站 logo 主題和標題風格各有特色，例如，高新區、武侯區、都江堰的英文版網站首頁都把自己當地的特色作為背景；而成華區、郫都區、新都區、龍泉驛區、大邑縣等主頁風格則篩選出具有代表當地特色的圖片進行編輯，動態、靜態圖片相結合，視覺效果明顯，其中郫都區還設置了時長約 2 分鐘的城市介紹宣傳短片，極大增強了網頁的視覺體驗；高新區、武侯區和溫江區的既美觀又實用，logo 設計也一目了然，讓人過目不忘，在

很大程度上體現了成都各區縣政府積極推進「互聯網+政務服務」的態度，提高了政府服務效率和透明度。

政府網英文版的服務對象主要是因求學、工作、旅遊、商務投資等而在中國城市長期或短期居住的外國人士，以及關注中國城市發展的境外外籍人士。因此在欄目設計安排上，政府英文網應以服務這些群體為目標，優化欄目內容。通過調查研究，在欄目編排上，12個區縣的英文版基本上涵蓋了政務動態、地方概括、旅遊、文化、招商引資、新聞快訊、各類服務信息等內容。比如，高新區門戶網站英文版還設置了互動平臺「Quick Enquiry」欄目，極大方便了該區外籍人士在旅遊、經商、投資等方面的相關活動。在欄目設置方面，溫江區門戶網站英文版網頁設置在眾多區縣政府門戶網站英文版中出類拔萃，內容上全部涵蓋了以上板塊，同時在中國日報英文網地方頻道頁面顯著位置設立入口，通過新聞稿件、圖片、視頻等，向全球傳播溫江區的城市品牌形象，進一步提升溫江區的宜業、宜居、宜遊國際化衛星城的影響力。2014年，該區英文網獲得中國政府網站外文版國際化程度領先獎；2015年，該網站獲得中國政府網站外文版國際化程度優秀獎；2016年，再度榮獲中國外文版政府網站領先獎。其中最值得注意的是，在新聞板塊的設置方面，該區的信息原創性方面，基本上做到獨立採編，同時時效性也基本上做到當日重大新聞次日即可在英文版同步更新。

然而，有些區縣政府英文版信息更新稍顯滯后，這有悖於新聞時效性的要求，未能較好體現電子政務快捷的優勢。例如，成華區「Current Affairs News」新聞最新更新時間為2017年5月18日；龍泉驛區的「Longquanyi News」板塊在主頁僅更新到2015年7月27日；郫都區的「Piduqu News」更新時間為2017年3月23日；高新區門戶網站英文版「Latest news」更新時間為2017年3月31日；新都區的政府主頁中「Xindu News」更新時間為2013年1月5日；其餘皆為2012年的「舊聞」。

從內容上，有些區縣在信息安排做得較為保守，僅僅設置了諸如「introduction」「culture」「investment guide」「travel」「picture」等常規內容，如錦江區、武侯區、都江堰、大邑縣等都沒有設置「新聞」板塊內容，內容安排上稍單顯一。有些區縣的政府門戶網站的英文版是其中文版的複製、粘貼、拼湊，從而造成一部分英文版內容有較強的翻譯痕跡。政府門戶網站英文版作為重要的外籍人士瞭解信息的公眾平臺，文本需要具備「信息豐富性、時效性、原創性與針對性」幾大特點，需要提供多類型的新聞信息，對最新信息予以及時報導，具有獨立採編能力，提供給外籍人士富有國際化元素的文本。

四、成都區縣政府門戶網站英語版語言質量

雖然各地的政府門戶網站的欄目設置略有差異，但目的都是對外介紹、宣傳本地的投資環境，

讓外國人特別是外國商人瞭解本地的政務、經濟、文化、城市建設等，以吸引更多的外國投資。

以成都市溫江區的政府門戶網站為例，在 2016 中國優秀政務平臺推薦及綜合影響力評估結果中，該區英文版獲國際化程度領先獎，在全國地級市政府網站中排名第三，是全省唯一獲此殊榮的政府網站。該英文版按照國外用戶的需求和使用習慣進行了全新設計，日常維護遵循國際傳播規律，挑選適合對外傳播的內容，集中向國內外英文讀者介紹該區在政治、經濟、社會、文化生活等領域的發展情況，以及豐富的自然和旅遊資源。該區英文版由中國日報承建，其發布的內容真實性、新聞實時性、語言準確性方面都能嚴格加以保證，使得該門戶網站起到了較好的對外宣傳作用。儘管如此，但是依然存在部分語言表達缺失現象。

（一）拼寫錯誤

在該區辦事指南（「Business－guide」）網頁中，關於辦證材料相關材料部分出現「Documents for certificates appolication」。很明顯，「appolication」為拼寫錯誤，應為「application」。

再如，在介紹溫江優越的地理優勢網頁部分，其中有一句：「Situated 16 kilometers to the west of Chengdu, Wenjiang enjoys a superior location⋯it connects with downtown through Guanghua Avenue, Furong Avenue, Chengdu-Wenjinag-Qionglai Expressway and the west part of Caojin Road.」很明顯，該句中的「Wenjinag」拼寫錯誤，應為「Wenjiang」。顯然在政府門戶網站英語版出現這樣的低級錯誤會影響當地的外宣形象。

（二）語法錯誤

在溫江景點專欄，有一段關於國色天香樂園的介紹：「The project includes a theme park covering an area of more than 0.6 square kilometers, a five-star hotel, a meeting center, a high-end internationalthemed community and stretches of grassland. ⋯it also includes supporting facilities such as a European style business center, an international bilingual school, a kindergarten and a hospital. The group aims to build a world-renowned 『international themed city』.」該部分多次出現「theme」和「themed」混用的現象，不夠規範，容易給人留下不嚴謹的影響，應該避免這類語法錯誤，建議統一修訂為「theme community」和「theme city」。

（三）用詞不夠準確

在介紹溫江美食中，該網站列舉了諸多名小吃，其中開頭的幾句是：「Sichuan province is a real hodge-podge of culinary delights and Chengdu's Wenjiang district is at the center of it all. All the Chinese foods the mind can conjure up are available there.」該句中「hodge-podge」不夠準確，根據陸谷孫教授編撰的《英漢大辭典》（第 898 頁）應改為「hodgepodge」更準確。

另外，在該區辦事指南網頁部分（「Business－guide」），分別羅列了三種類型的材料，分別

是「Documents Required to Apply for the Organization Code Certificate」「Documents Required to Obtain Corporate Seal」「Document Required to Apply for the Tax Registration Certificate」。其中，最後一種辦理稅務登記材料下列了六種不同的資料，顯然該處的「Document」應該與前面兩種材料都是名詞的複數，即「Documents」。

（四）重要信息表述不準確

在介紹溫江優越的地理優勢部分中，有這樣一句：「The urban light rail Line 4, outer ring expressway of Chengdu, and the Chengdu-Qingchengshan travel expressway also run through Wenjiang.」該句提及的「light rail Line 4」「outer ring expressway」「the Chengdu-Qingchengshan travel expressway」信息都有表述不當之處。

根據成都地鐵官網公示的運行路線圖，成都地鐵4號線是成都市一條東西方向的主幹線地鐵，一期（溫江非遺博覽園站至萬年場站）於2011年7月獲批，2012年2月開建，於2015年12月26日開通營運；二期東西延線於2017年6月2日開通試營運，而在2017年2月27日地鐵17號線也正式開工建設，溫江已經迎來「雙鐵時代」，可見文中表述的「light rail Line 4」有誤。在同樣介紹溫江地鐵網頁中出現了不一樣的措辭：「The ride from Wenjiang to the Chengdu central urban area is being shortened, thanks to subway Line 4 which will be in operation in 2015, and the Wenjiang section of the Chengdu-Pujiang inter-city railway which is under construction.」顯然，前者網頁內容是2014年的「舊聞」，後者網頁內容於2015年9月根據當時實際情況進行了更新，因此建議兩處都統一按照成都地鐵雙語標示修訂為「Chengdu Metro Line 4」，以免給外籍人士在當地的生活、工作、旅行帶來困擾。

同樣，在該部分介紹地理位置中提到的「outer ring expressway」，即為「成都繞城高速」，該高速公路全長85千米，是成都「環狀＋放射形」公路網的重要組成部分，準確表述應為「Chengdu Belt Expressway」，而不是網站提到的錯誤表述。同時該網頁提到的「the Chengdu-Qingchengshan travel expressway」即為「成青快速通道」，其中表述的「Qingchengshan」全部採用拼音值得商榷。根據成都市地方標準《公共場所雙語標誌英文譯法第1部分：道路交通和旅遊景點》，建議將其處理為「Chengqing Travel Expressway（Chengdu-Qingcheng Mt.）」。這樣既符合英語表達習慣，括號加註也有助於外籍遊客對信息的重要把握。

五、啟示

政府門戶網站具有發揮政府政治、管理職能，同時肩負著對大量有價值信息進行引導和服務於社會的職能，門戶網站的英文版作為一種對外公眾資源，是政府與外國民眾、企業之間相互瞭

解信息的重要平臺。在「互聯網+政務服務」這個大背景下，根據「一帶一路」戰略，各級政府應注意提升自己的門戶網站的英語版質量。

一方面，政府有關負責部門要在欄目規劃、信息管理、內容更新、質量監督和經費支持等方面發揮重要作用，著力建立「長效的管理機制」，設立專門負責的部門機構負責，聘請專業的宣傳、公關、語言等方面人才負責英語版的版面安排、內容審校等各個環節；尤其在文字編輯處理方面，要盡可能做到認真、細緻，在文本上網前，仔細進行校對，對錯誤信息、標點符號誤用和大小寫混亂等情況都要及時發現，並予以糾正。

另一方面，政府門戶網站英語版是反映當地改革開放成就和建設有中國特色社會主義進程的最直接的對外宣傳窗口，因此信息處理上要注重時效性與實用性的有效結合，實現網站的國際化、便捷化、開放化，滿足外國人的訪問習慣和服務需求，真正做到「互聯網+政務服務」，充分發揮英語版在對外宣傳交流、招商引資、提升政府國際形象方面的重要作用。

參考文獻

［1］中國信息化研究與促進網. 第五系列: 2016年度中國政府網站外文版評估, 2016年中國優秀政務平臺推薦及綜合影響力評估結果通報 ［EB/OL］. http://www.ceirp.cn/pgzq/pgjgfy/2016pgzwfb_7.html

［2］農雪明. 政府網英文版效益最大化研究——基於語言經濟學視角，［J］，廣西社會科學，2010（5）：131-134.

［3］張園. 政府門戶網站英文版發展現狀及問題剖析 ［J］. 傳媒，2007（11）：81-85.

［4］段自力. 地方政府網站政務類文本的特點及翻譯策略 ［J］. 翻譯研究新論，2007：319-329.

［5］溫江辦事指南 ［EB/OL］. http://www.chinadaily.com.cn/m/chengdu/wenjiang/2016-09/13/content_17397785.htm.

［6］溫江優越的地理位置 ［EB/OL］. http://www.chinadaily.com.cn/m/chengdu/wenjiang/2014-04/02/content_17399591.htm.

［7］溫江景點介紹——《國色天香樂園》 ［EB/OL］. http://www.chinadaily.com.cn/m/chengdu/wenjiang/2014-03/31/content_17392897.htm.

［8］溫江特色 ［EB/OL］. http://www.chinadaily.com.cn/m/chengdu/wenjiang/wenjiangsepcialties.html.

［9］溫江交通 ［EB/OL］. http://www.chinadaily.com.cn/m/chengdu/wenjiang/2016-09/07/content_17393365.htm.

［10］高瑞闊. 中國各級政府網站英語適用狀況調查 ［J］. 皖西學院學報，2011（6）：110-118.

In the context of "the Belt and Road Initiatives":
Quality Assessment of English Government Websites at All Levels in Chengdu

Zhou Li

(*Department of Translation and Interpretation*, *CISISU*, *Chengdu*, 611844)

【Abstract】 With the implementation of the strategy of "the Belt and Road Initiatives", the governments at all levels are in urgent need to strengthen the communication with other countries. As an important platform for the government to release information, the English version of the government websites at all levels in Chengdu, whose development is uneven, is the important interactive channel for acquiring messages for the expatriates in Chengdu. English Wenjiang official website sponsored by Chinadaily. com as the only winner in Sichuan province for *foreign Version Assessment of Chinese Government Websites in* 2016 covers a wide range of contents with a comparatively well-arranged layout and quite good language, but there are still some problems.

【Key words】 Chengdu; Government; English website; Quality; Wenjiang

現代漢語「被」字被動句研究綜述

四川外國語大學成都學院英語外事管理系　　張　麗[①]

> **【摘　要】** 在生成語法框架下，學界對於現代漢語「被」字被動句的研究取得了豐碩的成果，這些研究加深了我們對漢語「被」字被動句的認識和瞭解，然而，仍有一些相關的問題未能達成統一的認識。本文總結了對「被」字被動句的生成方式及「被」字的句法地位的兩類處理方式。一類是將所有的「被」字句置於統一的生成模式下的研究，對於「被」的句法地位主要有動詞說、介詞說、雙重地位說、輕動詞說。一類認為漢語不同的「被」字被動句有不同的生成方式，「被」在不同的「被」字句中的句法地位不盡相同。
>
> **【關鍵詞】**「被」字被動句；生成方式；句法地位

一、引　言

　　語言學界對「被」字被動句的研究由來已久，其中大部分集中在句法研究領域，尤其是從生成語法的角度，學者們提出大量的理論和方法來解決漢語「被」字被動句的相關問題，但仍然存在很多分歧。本文主要對生成語法學者們對漢語「被」字被動句的生成方式及「被」字的句法地位問題的研究進行梳理，綜述不同學者對這兩個問題研究的分歧及其各自研究的優缺點。希望通過這樣的回顧能為學界研究漢語「被」字被動句及其相關問題提供有價值的參考。我們根據學者對於「被」字被動句研究方法的不同，將研究結果分為兩大類：一類是將「被」字句置於統一生成模式下的研究；另一類是將「被」字句置於非統一生成模式下的研究。

[①] 張麗，女，文學碩士，四川外國語大學成都學院英語外事管理系講師。研究方向為句法學、語義學、英語教學。

二、將「被」字被動句置於統一生成模式下的研究

將「被」字被動句置於統一生成模式下的研究，即認為所有的「被」字被動句具有相同的生成方式。此類研究對於「被」的句法地位主要有動詞說、介詞說、雙重地位說和輕動詞說。

（一）「被」的介詞說

由於「被」字結構在發展演變過程中，「被」在句中的位置越來越固定，加之受到西方生成語法學家對於英語 be 式被動結構研究的影響，使得早期研究漢語「被」字被動句的生成語法學者如 Huang (1982)，Travis (1984)，Li (1985，1990) 等認為漢語「被」字被動句的生成方式類似於英語的 be 式被動句通過移位方式生成，「被」是一個類似於英語介詞 by 的一個介詞，被賦予抑制域外論元，吸收謂語動詞賦格能力的特徵，從而促使充當賓語的名詞性詞組為取得格位而移至「被」字句的主語位置，而被抑制的域外論元則變成一個附加成分。由於「被」字句中「被」不具備典型介詞的一些特徵，學者們對於「被」字介詞說產生一些質疑。例如，Huang (1999) 指出「被 NP」不能像典型介詞如「關於」一樣在句中可以移動。除此之外，如果將「被」視作介詞，就會出現「介詞懸空」問題，而漢語句法是不允許「介詞懸空」的。

（二）「被」的動詞說

為了解決「被」字介詞說所帶來的一些問題，不少生成語法學者認為應該迴歸到「被」字歷史上本來的動詞地位。認為「被」字被動句中的「被」為動詞。

Hashimoto (1969，1987)、魏培泉 (1994) 等學者認為漢語「被」字被動句不同於英語 be 式被動句是通過名詞詞組移位而生成，相反，漢語「被」字被動句的生成不涉及名詞詞組的移位。「被」是一個二元謂詞，其主語論元是動作的經歷者（Experiencer），其補語論元則是事件（Event），以一個內嵌的從句形式呈現，而這個內嵌從句的賓語由於和主句的主語一樣而被刪略。這種方法有效解決了「介詞懸空」的問題，但 Huang (1999) 等指出該方法無法解釋從句中賓語被刪略的原因。

綜合了上述兩種方法，Feng (1995) 認為漢語「被」字被動句的生成是空算子移位和謂語化的結果，漢語「被」字被動句類似於英語的 tough 結構。「被」是一個動詞，以一個 NP 作為主語，以一個內嵌從句作為自己的補語。內嵌從句的賓語是一個空語類，它經過非論元移位從從句賓語的位置移到［Spec, CP］的位置然后通過謂語化和主句主語建立一種語義關係（束約理論）。主語是基礎生成而不是通過移位生成的。Huang (1999) 沿用了馮勝利的研究方法並提供了一些例證來支持其觀點。

(三)「被」字雙重地位說

由於漢語「被」字句中「被」既可以跟動詞也可以跟名詞，黎錦熙（1992）、Shi（1997）、石定栩、胡建華（2005）等認為長短被動句中的「被」具有不同的語法地位。石定栩、胡建華（2005）提出漢語長短「被」字被動句具有相同的生成模式，其中的「被」具有雙重地位。認為短被動句的「被」是一個被動標記，而長被字句的有兩個「被」，一個是介詞，一個是被動標記，兩個「被」因為同音而被刪略。這種分析方法避免了「介詞說」的「介詞懸空」問題。

(四)「被」字輕動詞說

吳庚堂（1999，2000）、熊仲儒（2003）、李紅梅（2004）等將漢語「被」字被動句置於最簡方案的框架下來研究。吳庚堂（1999，2000）、熊中儒（2003）認為「被」是一個輕動詞，假設「被」能給緊跟的 DP 賦格並能預示 VP 中某個動詞的賦格能力被吸收，所以 DP 需移到［Spec, CP］的位置獲得格。李紅梅（2004）則認為「被」是漢語所獨有的只表示「被動性」的功能語類。

將「被」視作輕動詞也存在一些問題。Huang（1997）和 Lin（2001）指出漢語「被」字被動句中的「被」具有語音內容，而根據喬姆斯基（1995）的觀點，一個輕動詞應該是沒有語音形式的。其次，雖然認為短被動句的生成方式是動詞向左合併「被」的結果符合戴曼純（2002）提出的廣義左向合併原則，但在長被動句中「被」后帶有施事論元現象則違背了該原則。

三、將「被」字被動句置於非統一生成模式下的研究

以 Ting（1998）、鄧思穎（2001，2004，2008）、程杰（2007）等為代表生成語法學者將「被」字被動句置於非統一生成模式下的研究，認為漢語不同的「被」字被動句有不同的生成方式，「被」在不同的「被」字句中句法地位不盡相同。

Ting（1998）和 Tang（2001）將漢語的被動句分長被動句和短被動句兩類。前者認為兩類被動句中的「被」都為動詞，但是具有不同的生成方式。短被動句是由論元移位生成的，而長被動句則是由空算子移位實現並表現出非論元移位的特徵。其研究方法最大的不足在於沒能解釋長短被動句之間的聯繫。后者認為漢語長短被字句的不同主要在於「被」的次範疇不同，長被動句是一個雙從句（bi-clause）結構，「被」選擇一個句子作為補語，而短被動句選擇一個動詞詞組作補語。鄧思穎（2004）又提出漢語「被」字被動句和動詞的作格化有關，即及物動詞不及物化。經過作格化后，動詞的賓語無法合法存在，它必須通過兩種方式才能「存活」：移位到主語位置形成直接被動句；留在原位置獲得部分格，形成間接被動句。而長被字句則是一個包含一個沒有語音

形態的使役動詞組成，「被 NP」分析為嫁接語。鄧思穎（2008）把不能指派賓語受格的輕動詞 BECOME 引入句法推導，其具有三個特徵：不能指派賓語受格、邊界特徵、有界特徵。漢語長被動句的生成和空算子移位及謂語化有關與作格化無關，而短被動句的生成和輕動詞 BECOME 的邊界特徵有關，與作格化有關。將「被 NP」分析為嫁接語問題在於在現代漢語中嫁接語理應可以刪除，而在有些「被」字被動句則不可隱去「被 NP」。

程杰（2007）、張麗（2012）等從歷時的角度提出由於「被」字的語法化導致現代漢語多種被動句的存在。其理論依據即 Hopper 和 Traugott（1993）提出語法化的各個階段不是皆然分開的，相應成分在語言中的存在沒有嚴格的時間界限。程杰認為現代漢語三類不同的「被」字句的存在：間接被動句（包括間接長被動句和間接短被動句）、直接長被動句和直接短被動句。三類「被」字句中的「被」分別為動詞、介詞和語法標記。三類「被」字句應該用不同的方式來推導。間接長被動句和間接短被動句具有相同的生成方式，間接短被動句是由間接長被字句刪去論元 TP 主語組成的。其分析避免了將所有的「被」字句置於統一生成模式下來研究的一些弊端，同時也解決了 Ting（1998）研究中長短被動句之間的聯繫的問題。為了解決程杰研究中刪去論元 TP 主語的理據問題，張麗（2012）將現代漢語「被」字被動句分為直接長被動句，間接長被動和短被動句（包括直接短被動句和間接短被動句）三類。三類「被」字句中的「被」分別為介詞，動詞和語法標記。其次，漢語的直接短被動句和間接短被動句具有相同的生成方式，其中的「被」是一個被動標記，和動詞一起構成非賓格動詞，在 VP 的中心語位置合併，然後上移至 VP 中心語位置，間接短被動句中保留賓語直接從非賓格動詞處獲得部分格。這種分析與徐杰（1999）和鄧思穎（2004）對於保留賓語格位的分析一致，避免了程杰（2007）分析中 TP 主語刪略的問題。

四、述評

生成語法框架下對現代漢語「被」字被動句的研究，加深了我們對漢語被動句的認識和瞭解，與此同時，各種理論也都存在一些沒法解釋的問題。介詞說無法解釋「被」字「介詞懸空」的問題，動詞說在處理技術上存在很多問題，雙重地位說無法解釋一些長被動句仲介詞詞組「被 NP」無法刪略的問題，輕動詞說缺乏將「被」視作輕動詞的理論依據，而被動句的分類問題則是非統一生成模式分析的最大的問題。「被」字被動句的生成方式及「被」的句法地位問題仍需進一步探討。

參考文獻

[1] Feng, Shengli. 1995. The passive construction in Chinese [J]. *Studies in Chinese Linguistics* (1). 1–28.

[2] Hashimoto, M. J. 1969. Observations on the passive construction [J]. *Unicorn* (5)：59–71.

［3］Hopper, P. J. & E. C. Traugott. 1993. Grammaticalization ［M］. Cambridge：Cambridge University Press.

［4］Huang, C. -T. James. 1982. Logical Relations in Chinese and the Theory of Grammar ［D］. Ph. D. Dissertation. Cambridge, Mass.：MIT.

［5］Huang, C. -T. James. 1997. On lexical structure and syntactic projection ［J］. *Chinese Languages and Linguistics* (3)：45-89.

［6］Huang, C. -T. James. 1999. Chinese passives in comparative perspective ［J］. *Tsing Hua Journal of Chinese Studies*, 29（4）：423-509.

［7］Li, Y. -H. Audrey. 1985. *Abstract Case in Mandarin Chinese* ［D］. Ph. D. Dissertation. Los Angeles：University of. Southern California.

［8］Li, Y. -H. Audrey. 1990. *Order and Constituency in Mandarin Chinese* ［M］. Dordrecht：Kluwer Academic Publisher.

［9］Lin, T. -H. 2001. Light Verb Syntax and the Theory of Phrase Structure ［D］. Ph. D. Dissertation. Irvine：University of California.

［10］Shi Dingxu. 1997. Issues on Chinese passive ［J］. *Journal of Chinese Linguistics* 25（1）：41-70.

［11］Tang, S. -W. 2001. A complementation approach to Chinese passives and its consequences ［J］. *Linguistics* 39（2）：257-95.

［12］Ting, J. 1995. A Non-Uniform Analysis of the Passive Construction in Mandarin Chinese ［D］. Ph. D. Dissertation. New York：University of Rochester.

［13］Ting, J. 1998. Deriving the *bei*-construction in Mandarin Chinese ［J］. *Journal of East Asian Linguistics* 7（2）：319-354.

［14］程杰. 論分離式領有名詞與隸屬名詞之間的句法和語義關係［J］. 現代外語, 2007, 30（1）：19-29.

［15］戴曼純. 廣義左向合併理論——來自附加語的證據［J］. 現代外語（季刊）, 2002, 25（2）：120-141.

［16］鄧思穎. 作格化和漢語被動句［J］. 中國語文, 2004（4）：291-301.

［17］鄧思穎. 漢語被動句句法分析的重新思考［J］. 當代語言學, 2008, 10（4）：308-319.

［18］馮勝利.「管約」理論與漢語的被動句［J］. 中國語言學論叢, 1997（1）：1-27.

［19］黎錦熙. 新著國語文法［M］. 北京：商務印書館, 1992.

［20］李紅梅.《最簡探索：框架》下對「被」字結構的再探討［J］. 現代外語, 2004, 27（2）：173-177.

［21］橋本萬太郎. 漢語被動式的區域發展［J］. 中國語文, 1987（1）：36-49.

［22］石定栩, 胡建華.「被」的句法地位［J］. 當代語言學, 2005, 7（3）：213-224.

［23］吳庚堂.「被」的特徵與轉換［J］. 當代語言學, 1999（4）：25-37.

［24］吳庚堂. 漢語被動式與動詞被動化［J］. 現代外語, 2000, 23（3）：249-260.

［25］魏培泉. 古漢語被動式的發展與演變機制［J］. 中國境內語言和語言學, 1994（2）：293-319.

［26］熊仲儒. 漢語被動句句法結構分析［J］. 當代語言學, 2003, 5（3）：206-221.

［27］徐杰. 兩種保留賓語句式及相關句法理論問題［J］. 當代語言學, 1999, 1（1）：16-29.

A Review of the Categorical Status of *Bei* in Mandarin Chinese

Zhang Li

(*English Department of Foreign Affairs Administration*, CISISU, Chengdu, Sichuan, 611844)

【Abstract】 The study on Mandarin Chinese *bei*-passives has entailed extraordinary results under the framework of generative grammar. These studies make us have a better understanding of Chinese *bei*-passives, but there is, so far, no consensus achieved as to some *bei*-passives related problems. This paper mainly reviews the previous studies on the categorical status of *bei* and the derivational mechanism of *bei*-passives. There are two main lines of ways to approach *bei*-passives: the uniform fashion in which there are prepositional approach, verbal approach, dual status approach and light verb approach and the non-uniform approach in which there are different forms of *bei*s in different *bei*-passives with different derivational mechanisms.

【Key words】 *Bei*-passives; The derivational mechanism; The categorical status of *bei*

國家圖書館出版品預行編目(CIP)資料

外語教育與應用 / 尹大家 主編. -- 第一版.
-- 臺北市：財經錢線文化出版：崧博發行, 2018.12

　面；　公分

ISBN 978-957-680-317-8(平裝)

1.外語教學 2.教學研究 3.文集

800.3　107019964

書　　名：外語教育與應用
作　　者：尹大家　主編
發 行 人：黃振庭
出 版 者：財經錢線文化事業有限公司
發 行 者：崧博出版事業有限公司
E-mail：sonbookservice@gmail.com
粉絲頁　　　　　　網　　址：
地　　址：台北市中正區延平南路六十一號五樓一室
8F.-815, No.61, Sec. 1, Chongqing S. Rd., Zhongzheng Dist., Taipei City 100, Taiwan (R.O.C.)
電　　話：(02)2370-3310　傳　真：(02) 2370-3210
總 經 銷：紅螞蟻圖書有限公司
地　　址：台北市內湖區舊宗路二段 121 巷 19 號
電　　話：02-2795-3656　傳真：02-2795-4100　網址：
印　　刷：京峯彩色印刷有限公司（京峰數位）

　　本書版權為西南財經大學出版社所有授權崧博出版事業有限公司獨家發行電子書及繁體書繁體版。若有其他相關權利及授權需求請與本公司聯繫。

定價：400元

發行日期：2018 年 12 月第一版

◎ 本書以POD印製發行